AF393310

Anmerkungen der Autorin:

Sämtliche Handlungen und Personen sind frei erfunden. Obwohl diese Story das Phantastische impliziert, thematisiert dieses Buch ebenfalls psychische Krankheiten. Wenn du oder eine Person, die du kennst, Hilfe benötigt, wende dich an eine Person deines Vertrauens oder wähle diese Nummer: 0800 1110111 oder 0800 1110222.

Über die Autorin:

Kläre Kling wurde in Bengasi/Libyen geboren und wuchs danach in verschiedenen Bundesländern auf. Sie studierte Modedesign und Illustration in Hamburg. Sie lebt und arbeitet in der Lüneburger Heide.
»Als Luzie verschwand« ist ihr dritter Jugendroman.

Weitere Titel der Autorin:

Die Chroniken der Fee Vin Vandervelt - ALBIN ISBN 9 783757882204
Die Chroniken der Fee Vin Vandervelt - ESRA   ISBN 9 783757816940

Prinzessin Zuckerherz und die Angst (Bilderbuch) ISBN 9 783751973298

KLÄRE KLING

ALS LUZIE VERSCHWAND

ROMAN

Für Fenna

Originalcopyright © Kläre Kling 2024
Originaltitel Als Luzie verschwand
Umschlagillustration Birgit Brell/Kläre Kling
Verlag: BoD · Books on Demand GmbH, In de Tarpen 42,
22848 Norderstedt
Druck: Libri Plureos GmbH, Friedensallee 273,
22763 Hamburg
ISBN: 978-3-7597-9342-3

Prolog

Manchmal glaube ich, sie noch irgendwo in der Menge zu sehen. Es ist nur ein winziger Moment, in welchem die Zeit stillzustehen scheint. Ein, zwei Sekunden vielleicht. Dann hat mich das normale Leben wieder.

In diesen kurzen Augenblicken sehe ich noch einmal ihr wunderschönes Gesicht. Ihre Augen, in denen immer das Licht zu tanzen schien, ihren spöttisch verzogenen Mund, wenn wir über jemanden sprachen, den wir nicht ausstehen konnten. Und sie fehlt mir so sehr!

Heute weiß ich: Man sollte vorsichtig sein. Ich habe meine Erfahrungen gemacht, was passieren kann, wenn man denkt, dass alles um einen herum selbstverständlich real ist. Das ist es nämlich vermutlich nicht.

Alles begann an einem trüben Freitag im November, an dem meine Eltern über das Wochenende wegfuhren, um sich mal wieder »so richtig zu amüsieren«.

Na danke. *Ich* sollte mich wohl eher *nicht* amüsieren, dafür hatten sie mit einem Babysitter in Gestalt unserer Großtante Marlene gesorgt.

Wie hätte ich denn ahnen können, dass dieses Wochenende der Anstoss zu all diesen unheimlichen, rätselhaften Ereignissen sein würde. Mal echt jetzt. Wobei – genau genommen steckte ich ja bereits mittendrin!

»Du denkst, du kennst mich?«, schienen ihre Augen zu fragen.

»Ich habe einmal ganz anders gelebt, ausgesehen, gehandelt ...«

Bumm, bumm, bumm. Mittlerweile war das energische Klopfen in ein Hämmern übergegangen.

»Mach schon auf, verdammt, was treibst du da drinnen, mach sofort die Tür auf!« Meine Schwester redete nicht mehr, sie schrie, was nicht weiter verwunderlich war, sie wollte noch auf eine Party und ich blockierte seit einer halben Stunde das Bad.

»Gleich«, rief ich durch die Tür. »Einen Moment!«

»Spinnst du, du kommst da jetzt raus!«

Womm. Das war jetzt eindeutig ein Fußtritt gegen die Tür gewesen.

»Was soll denn der Lärm?« Mein Bruder David klang genervt.

»Sie hockt seit Stunden da drin und kommt nicht raus und sie weiß genau, dass ich noch weg will – mach jetzt die Tür auf!« Meine Schwester kreischte vor lauter Wut.

Widerwillig klippte ich den kleinen Schalter im Türknauf in die Waagerechte und drehte die Klinke auf. Das Badezimmer war der einzige Ort, wo ich ungestört sein konnte.

Die anderen Zimmer ließen sich nicht abschließen. Wenn ich wirklich Ruhe von meinen Geschwistern wollte, war das die einzige Möglichkeit. Also normalerweise. Aber eben nicht jetzt. Nicht, wenn meine Schwester sich für eine Party fertigmachen wollte.

»Du bist so ein …« Wütend stieß Vivi mich zur Seite.

Ich beschloss, nicht weiter zu fragen was ich war, irgendwie war ich nicht in der Stimmung für weitere Wutattacken meiner Schwester. Und schließlich – ich wusste selber nicht, was ich eigentlich die ganze Zeit im Bad gemacht hatte.

Tatsächlich nur vorm Spiegel gestanden, begutachtet, ob der Pickel auf meiner Stirn noch mehr mutieren würde oder nicht (es sah ganz danach aus), meine Augen betrachtet und überlegt, ob ich es doch mal wieder mit Wimperntusche probieren sollte, UND mich gefragt, wie blöde der Abend noch werden konnte.

Freitagabend – und ich würde mit einer alten Frau zu Hause hocken! Und das alles nur, weil meine Eltern mich offensichtlich für ein Baby hielten und tatsächlich eine Aufsichtsperson beauftragt hatten, nach mir und meinem kleineren Bruder zu sehen und bei der Gelegenheit auch ein Auge auf meine beiden älteren Geschwister zu haben. Pah, wie bescheuert war das denn bitte?

Meine Eltern hatten beschlossen, übers Wochenende zu verreisen – grundsätzlich war dagegen nichts einzuwenden – allerdings hätten sie wirklich darauf verzichten können, deshalb Großtante Marlene einzuladen. Echt, total überflüssig war das. Außerdem kannte ich sie kaum! Sie war irgendwann einmal bei uns gewesen, aber das war ewig her!

»Jetzt komm schon, so schlimm ist das doch nicht«, sagte meine Mutter, nachdem sie die frohe Botschaft verkündet hatte.

Mein Bruder David nahm es gelassen zur Kenntnis. Er war fast 18 und es interessierte ihn nicht sonderlich. Er würde sowieso nicht da sein, sondern irgendwo mit seinen Freunden abhängen. Das tat er immer und davon würde ihn auch keine Großtante abbringen.

Mein jüngerer Bruder Benjamin verzog allerdings das Gesicht. »Wieso können wir nicht allein bleiben, wir sind doch alt genug!«

»Eben«, hatte meine Mutter daraufhin erwidert und das war das Ende der Diskussion gewesen.

Ben hatte klein bei gegeben. Er wusste, dass es keinen Sinn machte, zu versuchen, sie zu überreden. Es brachte nichts.

»Und dass ihr mir ja auf Marlene hört!« Meine Mutter war schwer in action. Sie stand bereits im Mantel vor dem großen Spiegel in der Diele.

»Und wann kommt Tante Marlene?« Ich war schon jetzt leicht toxisch drauf.

»Sie müsste jeden Moment da sein«, sagte meine Mutter. »Jetzt zieh nicht so ein Gesicht. Gönn' Papa und mir doch auch mal was. Außerdem sind wir doch Sonntagabend, spätestens um Mitternacht, wieder da!«

Ja toll, dachte ich und wir, das heißt hauptsächlich ich, haben dann deine olle Tante auf dem Hals, super!

Die Türglocke gab ein brummendes Geräusch von sich, was jäh in ein helles »DINNNNNG« überging und dann bei diesem Ton stecken blieb. Meine Mutter verzog das Gesicht. Ihr Blick blieb an meinem kleinen Bruder hängen.

»Oh Gott, diese verflixte Klingel! Benji, geh doch mal schnell und mach sie aus, das hört sich ja furchtbar an!«

»Sag nicht immer Benji, ich bin doch kein kleines Kind mehr«, murmelte Ben verbissen zwischen den Zähnen hervor, aber damit konnte er bei Ma nichts werden. Sie würde ihn fröhlich weiterhin Benji nennen, ob ihm das nun gefiel oder nicht. So war sie eben. Vermutlich hatte sie auch völlig vergessen, dass Vivi heute Abend auf eine Party ging. Naja, ich würde ihr das jetzt auch nicht auf die Nase binden, sie war noch in bester Laune.

Vorne im Flur hörte man Ben die Tür öffnen und eine vergnügte Stimme, die in rascher Abfolge vom Wetter und jungem Mann erzählte.

Ein dumpfes Geräusch ließ vermuten, dass irgendetwas Schweres abgestellt wurde. Dann ertönte das leise Ploppen der Wandschranktür, hinter der sich die Garderobe verbarg, und schließlich betrat mein kleiner Bruder zusammen mit unserer Großtante das Kaminzimmer, wie wir es nannten.

Nun wuselte kurz alles durcheinander. Benjamin wollte sich verdrücken, wurde aber von meiner Mutter genötigt, bitte gefälligst dazubleiben.

Hände wurden geschüttelt, Namen wiederholt. Es wurde sich noch einmal dafür bedankt, dass die liebe Leni Zeit gefunden hatte, zu kommen. Kurz, man begrüßte sich ausgiebig.

»Und das ist unsere jüngere Tochter, aber das weißt du ja, unsere Toni. Ihr kennt euch noch von der Feier bei …«

Den Rest überhörte ich. Meine Mutter plapperte unaufhörlich auf unsere Großtante ein.

Ich betrachtete diese skeptisch von der Seite. Naja, wie eine uralte Frau sah sie nun nicht aus. Sie trug Jeans, flache Schuhe, die mir unerklärlicherweise bekannt vorkamen, einen grau melierten Blazer und darunter ein knallgelbes Shirt. Wenn ich ehrlich war, musste ich zugeben, dass diese Tante gar nicht so alt wirkte. Einmal abgesehen davon, dass sie graue Haare hatte, die sie aufgetürmt zu einem hohen Dutt trug. So ähnlich, wie Vivi es manchmal mit ihren Haaren machte. Nur eben in Grau. Sicher, das Gesicht wirkte nicht mehr so jung wie zum Beispiel bei meiner Mutter. Aber die blaugrauen Augen blitzten abenteuerlustig unter zwei geraden Brauen hervor, und der Mund schien amüsiert zu lächeln.

Ich beschloss, sie einfach nett zu finden und mich nicht mehr weiter zu ärgern. Vielleicht erlaubte sie mir sogar mehr, als Ma lieb gewesen wäre – wer weiß.

Als hätte sie meine Gedanken erraten, sah mir Tante Marlene plötzlich voll ins Gesicht. Auf einmal kam es mir vor, als ob ich bei einer Prüfung wäre.

So ähnlich hatte ich mich zuletzt bei der Mathearbeit gefühlt, als Frau Greif bei mir stehenblieb und meinte: »Na, hoffentlich klappt 's diesmal, Antonia!« Das war ziemlich gemein von ihr, fand ich. Vor allem, weil sie ziemlich lange bei mir stehenblieb. Aber ich glaube, sie wollte mir nur einen Tipp geben, denn ihre Finger klopften plötzlich auf die Anfangszeile der Aufgabe. Hätte sie mich nicht darauf aufmerksam gemacht, wäre ich niemals auf das richtige Ergebnis gekommen, puh.

Das war also bei der Klassenarbeit gewesen, und ich hatte den Verdacht, dass meine Großtante mich genauso abschätzte wie ich sie eben abgecheckt hatte.

»Wo hast du mich denn untergebracht?«, fragte sie nun meine Mutter.

»Wir dachten, wir geben dir das große Gästezimmer, da hast du mehr Platz für dich und was auch immer du tun möchtest. Es ist auch noch ein kleiner Fernseher da. Du musst also nicht unbedingt im Wohnzimmer sitzen, falls du später noch fernsehen willst, sondern kannst dabei ganz gemütlich im Bett liegen. Ist das in deinem Sinn?« Meine Ma strahlte ihre Tante Leni an.

»Danke«, sagte diese. »Das ist sehr lieb von dir. Ich werde mich bestimmt wohlfühlen bei euch. Wolltet ihr nicht eigentlich los?«

»Ja, du hast recht. Wo ist denn Papa schon wieder«, wandte sich meine Ma an mich. »BAAAASTIIIEEE!«

Meine Mutter hatte die Angewohnheit, jedem unserer von ihr möglichst verkürzten Namen ein »i« hintendran zu stellen. Papa hieß eigentlich Bastian, also Basti, David wurde zu Davie (Puh, da hatte er gerade noch mal Glück gehabt, stellt euch vor, sie hätte ihn Didi genannt!), Vivien wurde zu Vivi, Benjamin zu Benji und mein Name war eigentlich von Anfang an Toni gewesen. Ich kann mich nicht daran erinnern, dass mich in dieser Familie jemals einer Antonia genannt hätte. Für meinen großen Bruder war ich ab und zu auch »Anton«, seitdem ich mir die Haare hatte kurz schneiden lassen. Da standen wir nun alle und warteten auf Papa, das heißt, Vivi fehlte, sie war vermutlich noch immer im

Bad. Das wurde dann auch schließlich, nachdem Papa seinen Autoschlüssel in der Küche gefunden hatte, von meiner Mutter bemerkt.

»Viviiiiiieee! Wo steckt denn nun schon wieder eure Schwester, Benji, geh sie doch mal eben hol …«

»Tadaaaa, da bin ich! Hallo Tantchen!«

Meiner Ma blieb, wie uns allen, kurz die Luft weg. »Was soll denn dieser Aufzug, Vivien?«

Also, ich fand's genial. Vivi hatte sich ausgiebig geschminkt. Zu einer äußerst blass anmutenden Gesichtshaut trug sie einen knallroten Lippenstift auf reichlich angeschwollenen Lippen – wie auch immer sie das nun wieder hinbekommen hatte – und reichlich Kajal um die Augen, der am unteren Lid dramatisch verwischt war und in einer aufgemalten Träne endete. Darauf glitzerte ein Strasssteinchen. Ihre Augen wirkten unnatürlich groß, was vermutlich an den überlangen, falschen Wimpern lag.

Sie trug ein klitzekleines, bauchfreies Glitzershirt, das sie zuletzt Silvester getragen hatte, dazu einen superkurzen Jeansrock mit ausgerissenen Seitennähten, Netzstrümpfe mit extra Löchern – und: turmhohe, schwarze Plateaustiefeletten, die ich vorher noch nie an ihr gesehen hatte. Und waren das etwa echte Piercings an der Nase?

Sie war vermutlich nicht so ganz das, was man sich unter einer netten Großnichte vorstellte, es sei denn, man kannte sich in ihrem Clan aus. Dann musste einem klar sein, dass ein solches Outfit zu einer Party gehörte.

Von dieser Kenntnis war meine Ma aber weit entfernt. Sie klappte den Mund wieder zu und starrte meine Schwester an. Die starrte zurück. Jetzt würde es losgehen. Es war immer das Gleiche. Die beiden waren manchmal wie zwei Katzen, die sich grollend umkreisten. Meistens endete das dann in endlosen Diskussionen, die Nichteingeweihte vermutlich als ein einziges Angeschreie bezeichnen würden.

Meine Schwester wollte auch gerade damit anfangen, das sah man, denn sie holte tief Luft, als meine Tante plötzlich laut sagte: »Ach Brigitte, man könnte fast meinen, das bist du, nur dreißig Jahre früher, und es fehlen noch ein paar Accessoires! Zu drollig. Mir gefällt's. Na gut, die Stiefel sind vielleicht etwas … aber eigentlich, nein, das kann man so stehen lassen.«

Vivi stieß die Luft, die sie eben angesammelt hatte, wieder aus.

Meine Mutter schaute eher irritiert meine Tante an, fasste sich aber schnell und sagte dann: »Das war ja wohl etwas anders damals. SO habe ich bestimmt nicht ausgesehen! Was hast du dir nur dabei gedacht? Ich zeig den an, der das gemacht hat!« In ihren Augen schimmerte es verdächtig feucht. Weinte sie etwa?

»Naja, ich sagte ja auch fast. Fast könnte man meinen …«

Mein Vater räusperte sich. »Hrmhrm, also ich finde es auch etwas …«

»Ja?« Meine Ma schaute ihn erwartungsvoll an.

»Na, etwas Retro, so könnte man sagen. Wollen wir nun los oder wollen wir los, oder was jetzt?« Mein Vater seufzte. »Meine Güte, lass sie das doch mit Leni klären. Wir müssen jetzt wirklich gehen. Das dauert hier schon wieder eine Ewigkeit.«

Meine Mutter schnaubte. »Willst du ihr das etwa durchgehen lassen? Piercings? Der ganze Mund ist schon geschwollen, guck sie dir doch an! Ich bin entsetzt!«

»Ach Mama, die sind doch nicht echt!« Vivi rollte genervt mit den Augen.

»Und was ist mit deinem Mund passiert? Ist das auch aufgemalt, oder wie?« Die Stimme meiner Mutter klang mittlerweile nicht nur frostig, sondern leicht hysterisch.

»Das ist doch nur ein lip plumber, du hast einfach keine Ahnung, das machen doch alle, ich …«

Mein Vater unterbrach Vivis Wortschwall mit einer Handbewegung. Meine Schwester senkte ein wenig den Kopf und murmelte: »Tut mir leid, Mama. Das ist doch alles nur fake!«

Mama sah aus, als würde sie sich innerlich schütteln.

»Leni, lass dir auf jeden Fall die Adresse UND Telefonnummer geben, wo sie sich heute herumtreibt. Und um Punkt elf bist du wieder zu Hause, klar?«, sagte sie zu Vivi gewandt. »Wer holt dich ab und wer bringt dich?«

Vivi knirschte fast mit den Zähnen: »Du bist nicht allen Ernstes der Meinung, dass ich um elf Uhr wieder hier bin, das ist ’ne Party Mama! Da geht man um zehn frühestens los!«

»Ach ja? Und wieso läufst du dann jetzt schon in diesem Aufzug herum? Und wo bitteschön …«

»So, jetzt ist es aber genug, Schatz.« Mein Vater war jetzt ernstlich genervt, das hörte man. Außerdem trat die kleine Ader an der Schläfe hervor, was bei ihm immer eine gewisse Anspannung erkennen ließ. Und wieder war es Tante Leni, welche die Wogen glättete. »Wie wäre es, wenn ihr Bruder sie abholt, hm? Und um die Adresse und so weiter kümmern wir uns gleich. Habt ein schönes, entspanntes Wochenende, ihr zwei. Wir arrangieren uns schon, oder?« Mit einem kleinen, feinen Lächeln sah sie meine Schwester an. »Oder?« fragte sie nun noch einmal.

»Ja – klar«, sagte Vivi gedehnt.

»Bin dabei«, beeilte sich mein großer Bruder zu sagen.

»Bestimmt?« Meine Ma hörte sich plötzlich ängstlich an. Sie drückte jeden von uns noch einmal kurz, nahm Vivi etwas länger in die Arme und flüsterte: »Pass auf dich auf, ja?«

»Ach Mama«, sagte Vivien leicht genervt, dann nahm mein Vater sie noch einmal beiseite und sagte leise, aber so, dass eigentlich alle es hören konnten: »Dass mir keine Klagen kommen, klar?« Damit schob er meiner Mutter den Arm unter und zog sie zur Tür, wie man ein bockiges Kind mit sich zieht.

»Aber …«

»Komm schon, du Muttertier«, grinste mein Vater nun wieder.

»Bis Übermorgen«, hörten wir unsere Ma noch rufen, dann klappte endlich die Haustür zu, und wir atmeten alle auf.

»Okay.« Tante Leni baute sich vor uns auf und sah jeden einzeln an. »Versprochen ist versprochen. Vivi, du schreibst mir jetzt den Namen, Adresse und Telefonnummer auf. Deine brauche ich natürlich auch. Oder was haltet ihr davon, wenn wir eine Familiengruppe erstellen?«

»Gute Idee«, sagte David. Ich mach mal eben eine klar. Wo bist du denn? Also, welchen Messenger nutzt du? «

Meine Tante gab ihm kurz Auskunft, woraufhin er ein etwas verdutztes Gesicht machte und sich mit seinem Handy auf die Lehne einer der alten Ohrensessel setzte.

»Also, ich wollte mich gleich hier mit Anneke treffen«, sagte Vivien. »Falls sie nicht wieder kneift«, setzte sie düster hinzu. »Aber dann gehe ich eben alleine!«

»Könnte David dich denn zur Party bringen, würdest du das bitte klären?« Unsere Tante sah Vivi abwartend an.

»Hier.« Meine Schwester gab Leni den Adresszettel, den sie schnell gekritzelt hatte. Diese gab ihn an David weiter.

»Ach nee«, sagte mein Bruder, nachdem er den Zettel gemustert hatte. »Sag bloß, du bist da wirklich eingeladen? Seit wann gehörst du denn zu DENEN? Ich dachte immer, du stehst mehr auf so Grungetypen, Schwesterchen. Aber wenn du DA hinwillst, dann solltest du doch wenigstens was anderes anziehen!«

»Wieso?«, fragte Vivi misstrauisch. »Woher willst DU denn bitteschön wissen, was auf der Party angesagt ist?«

»Ganz einfach, Leon ist ein guter Kumpel von mir. Und der steht garantiert eher auf so Ladies mit Paillettenkleidchen oder schicken Lederröcken!«

»Na, wenn du da mal nicht von dir selbst ausgehst, pffff, Paillettenkleidchen, ich glaube, du hast zu viel Pailletten im Hirn, ths!«

»Uuuuhhh, da ist aber jemand beleidigt, was?« David musterte Vivi abschätzend. »Dein Top ist doch schon mal ganz nice. Jetzt ziehst du einfach einen anderen Rock an oder die Jeans, die du gestern anhattest, dazu noch andere Stiefel, Cardigan drüber und los geht's. Ach so, dein Make up müsste etwas frischer aussehen, nicht dieser fakestyle, vielleicht …«

»Du bist sooo dumm, echt! Das glaub' ich dir einfach nicht, du verarscht mich doch«. Wütend stiefelte Vivi aus dem Zimmer.

Unsere Tante sah ihr nach, seufzte dann und sagte zu David: »Musste das sein? Oder war das jetzt wirklich dein Ernst? Hey, deine Schwester ist jetzt bestimmt traurig. Willst du nicht mal nach ihr sehen?«

»Die? Die ist nicht traurig. Die macht jetzt vor lauter Wut genau das, was ich ihr eben gesagt habe. Nee wirklich, das hab ich eben ernst gemeint. Die Mädchen, die da hingehen, kenne ich. Die sind ganz anders drauf. Keine Ahnung, was sie da jetzt plötzlich zu suchen hat. Ist sonst überhaupt nicht so ihr Style gewesen, ehrlich.«

Leni seufzte noch einmal und wandte sich dann an mich und Benjamin. »Und ihr beiden? Was hattet ihr heute vor?«

Ben sah mich verschwörerisch an. »Ich schlafe heute bei Tom, das war auch eigentlich schon so abgesprochen«, sprudelte es aus ihm heraus. Aber er war schon immer ein lausiger Lügner gewesen.

Tante Leni durchschaute ihn auch sofort und sagte: »Na, dann gib mir doch gleich die Nummer der Eltern von Tom, nur damit ich mich rückversichern kann, ob auch alles rechtens ist.«

Ben verzog den Mund. »Hm ja, die wissen ja, glaub ich, noch gar nichts davon. Wir hatten das auch erst mal nur so überlegt, er wollte sie noch fragen …« Böse starrte er zu mir herüber. Als ob ICH was dafür konnte, wenn er so erbärmlich log. Naja, das waren also jedenfalls meine Geschwister. David siebzehn, Vivi sechzehn, Ben zwölf, und ich hing mit fast vierzehn Jahren dazwischen herum.

Unsere Tante nickte ein wenig mit dem Kopf und verzog leicht ihren Mund – keine Ahnung, ob das jetzt ein Lächeln werden sollte. Dann sagte sie: »Ja gut, sobald du das geklärt hast, kannst du mir ja den weiteren Verlauf deines Abends mitteilen. Und du Toni?« Sie schaute mich aufmunternd an. »Auch schon was vor heute?«

»Nicht wirklich. Ich wollte nachher nur noch mal kurz zu Tinka rüber gehen, wenn das für dich okay ist. Ich würde dann aber bestimmt in einer Stunde oder so wiederkommen.«

»Und wer ist diese Tinka, und wo wohnt sie? Telefonnummer?« Meine Tante schien es wirklich ernst zu meinen.

»Äh ja, aber sie wohnt gleich gegenüber, willst du da jetzt auch anrufen? Nicht dein Ernst, oder?«

»Doch, mein voller Ernst. So ist es abgemacht, und daran halte ich mich auch.« Sie war ganz fröhlich, als sie das so sagte. Ich fand es etwas zu fröhlich. Ehrlich gesagt war ich baff. Hallo? Ich meine, mal echt jetzt, Tinka wohnte bei uns direkt gegenüber! Wir gingen nicht in die gleiche Klasse, aber ich kannte sie von der Schule. Wir waren sowas wie eine Zweckgemeinschaft. Tinka war eben einfach da. Und ich konnte jetzt auch nicht gerade sagen, dass ich mich vor Freundinnen kaum retten konnte.

Es gab allerdings eine wirklich echte Freundin. Dummerweise wohnte sie in der Stadt, in der ich zur Schule ging. Und meine Eltern hatten uns in dieses Kaff verschleppt, in dem man ohne Fahrrad verloren war, und ansonsten entweder den Bus nahm – der allerdings nur zu gewöhnungsbedürftigen Zeiten fuhr – oder jemanden hatte, der einen durch die Gegend kutschierte. Meine Ma fuhr uns manchmal, aber es war jedes Mal ein Kampf, sie zu überreden.

Unschlüssig stand ich vor meiner Tante und überlegte. War das jetzt sinnvoll, ihr wegen einer knappen Stunde die Adresse, Telefonnummer aufzuschreiben UND sie ein Telefonat mit Tinkas Mutter führen zu lassen? Tinka würde sich bestimmt totlachen. Ich konnte mir lebhaft ihr Gesicht vorstellen, wenn sie von dem Aufstand erfuhr, den Tante Leni veranstaltete. Hm.

Diese hatte, ganz klar, keine Lust mehr auf eine Antwort zu warten. »Das Gleiche gilt also auch für dich, Toni«, sagte sie und ging in den Flur, um ihre Reisetasche zu holen.

»Schreib mir alles auf, dann kannst du gerne zu deiner Freundin hinübergehen, okay?«

»Ich überlege noch mal«, sagte ich. »Womöglich ist sie gar nicht da, dann war der ganze Quatsch umsonst!«

»Wie du meinst«, grinste Leni. »Sag, wo war noch gleich das größere Gästezimmer?«

Eine halbe Stunde später machte ich mich dann doch auf zu Tinka. Nachdem ich unserer Tante versucht hatte klarzumachen, wie uncool das für mich war, wenn sie die Mutter von Tinka anrufen würde – und wie megapeinlich für mich – hatte sie erstaunlicherweise so etwas wie Verständnis gezeigt und mir versprochen, NICHT dort anzurufen, was ich ihr hoch anrechnete.

Bei Tinka angekommen, stellte ich fest, dass es woanders auch nicht gerade immer so toll war. Schon auf der Straße, noch lange vor der Haustür, konnte man Tinkas Stimme hören, die sich mit ihrer Mutter in einer lebhaften ›Unterhaltung‹ befand. Gerade hörte ich noch ein wütendes Kreischen: »Du hast doch keine Ahnung, 16 – mit 16 ist die Jugend vorbei!« Da ging auch schon die Haustür auf und heraus stürzte Tinka, tränenüberströmt. »WAS?« blaffte sie mich an, als sie mich so unvermittelt vor sich sah. »Tschuldigung, ging nicht gegen dich«, schniefte sie.

Auf der Türschwelle erschien ihre Mutter. »So nicht, Fräulein«, rief sie mit wutverzogenem Gesicht. Naja, sie schrie wohl eher ein bisschen, und irgendwie war es mir peinlich, dass ich sie so erlebte.

Bis jetzt hatte ich sie immer als eine supercoole Mutter kennengelernt. Sie konnte also auch anders!

»So nicht«, schrie sie noch einmal, »du kommst jetzt SOFORT wieder rein! Das lasse ich dir nicht durchgehen, hast du mich verstanden? Ach hallo, Dings, äh Toni«, sagte sie hastig, als sie mich da so stehen sah. »Ich glaube, du gehst mal besser wieder nach Hause, wir haben hier noch SO EINIGES zu besprechen«, schrie sie nun schon wieder eher, als dass sie es sagte.

Okay. Das war wohl nichts. Ich warf Tinka einen fragenden Blick zu, aber die zuckte nur mit den Schultern. Offenbar hatte sie sich etwas beruhigt und stiefelte durch den Vorgarten, um dann hinter der Hausecke zu verschwinden. Unschlüssig blieb ich stehen. Tinkas Mutter stand immer noch in der Haustür. Mittlerweile murmelte sie wüste Drohungen laut vor sich hin. Schließlich drehte sie sich um und schlug die Tür nicht eben behutsam hinter sich zu.

Ich stand unschlüssig auf der Straße. Tinka war nirgends zu sehen. Vielleicht hätte ich da noch ewig so gestanden und auf ein Lebenszeichen von ihr gewartet, wäre nicht plötzlich laut knatternd ein Motorrad aufgetaucht. Und dann noch eins und noch eins. Alle drei parkten vor unserer Auffahrt.

Mein Herz begann auf bestialische Weise zu hämmern. Es war so laut, dass ich dachte, dass man es auch noch kilometerweit hören konnte. Verdammt. Das war ganz eindeutig Vince mit seinen Freunden. Offenbar wollten sie zu uns. Natürlich nicht zu mir oder meiner Schwester. Die drei hingen andauernd mit meinem Bruder David herum. OmG! Vince!

Meine Knie fingen ein bisschen an zu schlottern, überhaupt war mir alles gleichzeitig. Etwas übel, kalt, heiß. Hätte ich jetzt etwas sagen müssen, wäre nur ein Kieksen aus mir gekommen, da war ich mir sicher. Aber wenn man wie ich einen älteren Bruder hat, der ziemlich nice ist UND auch noch coole Freunde hat, musste man schnell lernen niemals, ich wiederhole NIEMALS die Fassung zu verlieren. Was mir allerdings auch unter größten Anstrengungen trotzdem andauernd passierte – aber ich blieb dran.

Jetzt hatten sie mich leider kalt erwischt. Ich war nicht auf den Besuch der so ziemlich beliebtesten Jungs der Gegend gefasst gewesen. Mist. Wie sah ich aus? Was hatte ich an? F..., f..., f.... Es war ja mal wieder so klar!

Meine Haare waren nicht gewaschen, ich hatte die Schlotterjeans an, na, wenigstens keine Puschen wie sonst, wenn ich mal kurz zu Tinka rüberging. Da stand ich, immerhin jetzt am Straßenrand, unfähig in die eine oder andere Richtung zu gehen. Vielleicht geschah ja ein Wunder und Quantenteleportation war doch möglich? (Hatte ich bereits erwähnt, dass ich mich mit Quantenphysik beschäftigte?) Oder vielleicht hatten sie mich ja gar nicht gesehen!? Ich hielt den Atem an.

Vince nahm seinen Helm ab. Es war ganz klar Vince, ich hatte ihn schon so oft beobachtet. Hey, fragt mich was, ich wusste fast alles über ihn. Er war mein Star, mein Held, der Beste der Besten. Er war Mr. Unbelievable.

Also für mich so. Ich fand ihn so cool, ich hätte wirklich alles darum gegeben – ja, wozu nun genau, kann ich euch jetzt auch nicht sagen, der Typ verwirrte mich einfach total. Ich stand immer noch völlig neben mir da, als er mich über die Straße herüber laut ansprach.

»Hey, suchst du irgendwas?«

Na gut, das war jetzt nicht wirklich romantisch, aber immerhin! Er sprach mich an. Jetzt war mein Augenblick gekommen. Ich würde mit ihm reden, wir würden gemeinsam lachen, ich würde zu seinen Leuten dazugehören, ich …

Ich schüttelte den Kopf. Er nickte mir noch mal kurz zu und ging dann den anderen in Richtung unserer Haustür nach. Na toll! Boah – war ich blöde. Geknickt schlich ich in sicherem Abstand hinterher.

Das ist ja mal wieder typisch für dich, echt super hast du das hingekriegt, wie doof kann man sein, der spricht nie wieder mit dir, so eine Chance und du verpatzt sie, wirklich, du bist so …

Meine Liste der Selbstbeschuldigungen und des Niedermachens der eigenen Person war riesig lang.

Als ich im Flur ankam, um meine Jacke aufzuhängen, lugte meine Tante aus der Küche um die Ecke. »Nanu, das ging jetzt aber schnell, war deine Freundin nicht da? Du kannst es doch nachher vielleicht nochmal versuchen, was meinst du? Ach jeh, so schlimm?«

Mist. Jetzt hatte meine Tante auch noch mitbekommen, dass ich völlig von der Rolle war. Aus dem unteren Teil des Hauses war dumpfes Gelächter zu hören, welches allerdings kurz ganz klar und laut wurde, als mein Bruder David die Tür seines Zimmers öffnete. Er hatte seine Unterkunft in den Keller verlegt, wobei Keller nicht so ganz den Tatsachen entspricht.

Der ›Keller‹, wie wir ihn nannten, war eigentlich ein Souterraingeschoss, in dem es sich bestimmt herrlich leben ließ. Es hatte sogar eine eigene kleine Terrasse, die mein Bruder und seine Kumpels oft zum Grillen benutzten. Meine Schwester war schon lange scharf darauf. Sie hatte die Hoffnung, dass David studieren ging; und zwar möglichst weit weg, damit sie sich dort einnisten konnte. Diesen Gedanken hatte sie übrigens nicht allein. Ich hatte da auch schon so meine Vorstellungen.

Aber vorerst sah es nicht danach aus, dass mein Bruder studieren würde. Vermutlich konnte er froh sein, wenn er sein Abi überhaupt schaffte, jedenfalls behauptete meine Ma das immer.

David kam in die Küche und fragte unsere Tante Leni freundlich und charmant, wie es so seine Art war, ob sie etwas dagegen hätte, wenn er sich und seinen Freunden ein paar Pizzen machen würde. Sie hatte nichts dagegen einzuwenden, fragte allerdings, ob er dann bitte gleich Pizza für alle machen könnte. Es wären doch hoffentlich genug für alle da?

»Hey Anton, geh doch mal eben gucken, wieviel Pizza noch in der Kühltruhe ist.« Mein Bruder versuchte mal wieder, andere für sich arbeiten zu lassen, außerdem nannte er mich schon wieder Anton.

Jaja, haha, Anton Antonia, aber mir war nicht nach Späßen zumute. »Guck gefälligst selber«, wollte ich ihn gerade anpampen, als plötzlich Vincent ebenfalls in der Küche erschien.

»Wer ist Anton?« fragte er, indem er in die Runde schaute. Diesmal hatte ich keine Zeit zu erstarren. Stattdessen kam mir ungewollt mein Bruder zu Hilfe.

»Unsere kleine Toni hier«, sagte er und fuhr mit seiner Hand durch meine kurzen Haare.

»Ach so, echt jetzt? Also ich finde nicht, dass du nach Anton aussiehst.«

Mist, bestimmt war ich ganz rot im Gesicht, jedenfalls merkte ich, wie mir das Blut in den Kopf schoss.

»Ich guck mal eben«, murmelte ich immerhin und setzte mich in Richtung Tiefkühltruhe in Bewegung. Okay, jetzt hatte ich wenigstens einen Grund, ganz schnell von der Bildfläche zu verschwinden! Ich schaute gerade in der Truhe nach, wie viele Pizzen noch da waren, und ob meine Lieblingspizza auch noch darunter war, als plötzlich neben mir Vince auftauchte. Oh mein Gott! Meine Hände fingen an zu zittern, mein Magen wollte sich unbedingt noch einmal anschauen, was es heute schon gegeben hatte – jedenfalls fühlte es sich so an.

»Habt ihr auch noch Pizza Mozzarella? Das ist meine Lieblingspizza. Spinat wäre auch gut.« Er schaute mich schief hinter seinen langen Ponyfransen an und lächelte sein umwerfendes Lächeln. »Komm, ich nehm' die schon mal.«

Seine Hände berührten meine, als er mir die Kartons abnahm, die ich in den Händen hielt. Pizza Mozzarella? Das war auch meine Lieblingspizza! Es war nur noch eine da, das hatte ich mit einem Blick bereits abgecheckt. Blöd. Ich seufzte ein bisschen.

»Oh, oder wolltest du die gerne haben? Ich kann auch irgendeine andere nehmen, kein Problem!«

»Schon gut«, flüsterte ich hastig, mehr war einfach nicht drin, Leute. Ich war mal wieder so geflasht von ihm, das ging so was von gar nicht – aber schließlich, was hätte ich tun sollen? Und schwupp, verschwand Vince so schnell, wie er eben gekommen war, und ich stand völlig gestört immer noch vor der Kühltruhe.

»Hey Anton, kommst du noch mal wieder?« Das war eindeutig mein Bruder. Er lachte ein bisschen, als er das rief. Aber es klang nicht gehässig, eher so ein bisschen kumpelhaft. Ich beschloss mich, so gut es ging, wieder unter Kontrolle zu bekommen, und ging langsam, mit den eiskalten Pappbehältern beladen, durch den Wirtschaftsraum zurück in die Küche. »Na, konnste dich mal wieder nicht entscheiden?« Mein Bruder grinste mich frech an. So ein Blödmann, der ließ heute aber auch gar nichts aus.

»Pfff«, machte ich und legte die Pizzen neben den Ofen.

»So viele passen da doch gar nicht rein!«, jammerte mein Bruder. »Wir kriegen ja unsere noch nicht mal ganz unter!«

»Na, dann macht ihr sie eben in Etappen, das ist doch kein Problem!«, ließ sich Tante Leni plötzlich vernehmen. Ich hatte sie schon fast vergessen – stimmt, die gab es ja auch noch!

»Mhmja, aber wer passt so lange darauf auf?« David sah mich an.

»Also ich steh hier jetzt nicht die ganze Zeit und pass auf eure Pizzen auf«, sagte ich bockig.

»Ach Tonilein, bitteeee!« Mein Bruder hatte den Schalter wieder auf liebster Bruder umgelegt. Aber dieses Mal würde ich hart bleiben. »Tonilein, bitte, ja?« Und schon wollte sich mein Bruder wieder verdrücken.

Da hatte er die Rechnung allerdings ohne Tante Leni gemacht. »Toni hat jetzt gerade etwas anderes zu tun, ihr müsst euch schon selber kümmern. Außerdem wisst ihr ja noch gar nicht, wer alles eine will. Ich schlage vor, dass ihr das erst einmal klärt! Komm Toni, du wolltest mir doch helfen.« Damit schob sie mich aus der Küche. Ich wusste gar nicht so recht, was ich davon halten sollte. Fragend schaute ich sie an. »Warte«, flüsterte sie fast ohne die Lippen zu bewegen. Schließlich waren wir in ihrem Zimmer angelangt.

»Wieso«, wollte ich gerade anfangen, aber Tante Leni fiel mir ins Wort.

»Ich hatte auch einmal einen älteren Bruder. Ich habe ihn noch, aber ich muss nicht mehr mit ihm zusammen wohnen«, grinste sie. »Bei mir war es früher Kaffee.«

»Kaffee? Verstehe ich nicht.«

»Meine beiden älteren Brüder haben mich früher immer Kaffee kochen lassen. Sie waren irgendwo draußen und schraubten an ihren Motorrädern, und ich musste immer Kaffee kochen.«

»Ach so. Na, du hättest doch auch nein sagen können, so wie ich eben.«

Meine Tante lachte. »Dein Bruder David erinnert mich stark an meinen jüngeren Bruder früher. Der hätte dich so lange bearbeitet, bis du dann doch ja gesagt hättest, glaub mir, diese Tour kenne ich nur noch allzu gut!«

»Hm, danke. Und was soll ich dir helfen?«

»Ach Toni«, Tante Leni lachte leise. »Ich hab dich nur retten wollen, nichts weiter. Aber wenn wir hier schon mal so nett zusammen sind: Hast du ein Handykabel für mich? Ich habe meins offenbar zu Hause liegen lassen, zu dumm.«

»Ja, hab ich, ich weiß nur nicht, ob es bei dir passt. Ich hole es eben.« In diesem Moment hörte man Gejohle aus der Küche. Shit. Jetzt konnte ich ja schlecht wieder hingehen. Außerdem sollte ich ja das Kabel holen.

Schnell lief ich in mein Zimmer. Nur kurz die Schublade am Schreibtisch aufgezogen und schwupps – das Kabel war nicht da! Hä? Ich war mir sicher, dass es da sein musste. Ben! Na, dem würde ich aber was erzählen!

Schnaubend lief ich weiter. »Wo ist mein Kabel?«, schnauzte ich und stürmte durch seine Tür. Aber Ben war gar nicht da. Stattdessen sah ich mein Handy samt Kabel unter einem Berg Wäsche liegen, der wohl vom Bett gefallen war, denn es waren einige der T-Shirts sauber zusammengelegt und DAS war auf keinen Fall mein Bruder gewesen, soviel war sicher. Meine Mutter musste hier noch aufgeräumt haben, denn es sah erstaunlich ordentlich aus. Jedenfalls nicht so wie sonst. Wütend zog ich das Kabel samt Handy unter der Wäsche heraus.

»Dieses kleine …«. Ich seufzte. Immerhin hätte er mich fragen können. Naja, zugegeben, ich war da auch nicht besser als er. So lange war ich übrigens noch gar nicht im Besitz dieses Handys.

Ursprünglich war es mal »das Familienhandy« gewesen. Nachdem meine Mutter ein neues hatte, durfte ich es netterweise für mich behalten. Na, fast. Eigentlich sollte ich es mit Ben teilen. Aber wozu brauchte der ein Handy, bitteschön? Eben. Komisch, warum hing das Kabel dran, wenn er es nicht auflud? Vermutlich hatte er wieder gespielt und es dabei am Stromnetz gelassen. Das hätte ich jedenfalls so gemacht. Dass er es allerdings wieder aus der Steckdose genommen hatte, sah ihm so gar nicht ähnlich. Langsam und leise vor mich hinmurmelnd ging ich wieder zu Tante Leni ins Zimmer.

»Ah, da bist du ja. Lass mich sehen, ob die Größe stimmt.« Tante Leni strahlte mich an.

»Passt!« sagte sie triumphierend. »Gott sei Dank, das wäre jetzt wirklich zu dumm gewesen!« Sie lächelte immer noch, während sie mich musternd ansah. »Und was jetzt? Sollte ich den Jungs mal etwas auf die Finger sehen, was meinst du? Oder möchtest du das vielleicht erledigen, während ich es mir hier schon mal gemütlich mache, hm?«

»Äh ja, kann ich machen«, sagte ich leicht hastig.

Meine Güte, konnte meine Großtante Gedanken lesen? Schließlich WOLLTE ich doch UNBEDINGT in die Küche zurück. Natürlich nur so, dass ich mich jederzeit wieder verziehen konnte, war ja mal ganz klar.

»Dann los. Du kannst mir dann Bericht erstatten, falls irgendetwas schief läuft.« Tante Leni sah mich spitzbübisch von der Seite an.

Ich grinste zurück. »Klar, mache ich.« Ich kam mir vor, als wäre ich Agentin Bondi die Erste, geschickt auf eine geheime Mission, von Mrs. XYZ. Und nur sie wusste, worum es eigentlich ging. Naja, oder so ähnlich. Wir waren zwei Verbündete, so viel stand fest.

Bereits vor der Küche roch es leicht angebrannt. Verdammt, das konnte unmöglich schon die Pizza sein, oder? Stirnrunzelnd öffnete ich die Tür. Rauchschwaden hingen in der Luft, jetzt fehlte nur noch dass ….

Ein schriller hoher Ton direkt über mir bestätigte meine Gedanken als der Rauchmelder losging. Boah, war das laut! Ich hielt mir die Ohren zu, während ich laut nach meinem Bruder kreischte. Es war nämlich niemand in der Küche! »Du Idiot!«, schrie ich noch hinterher.

Jemand schob sich an mir vorbei, schubste mich aus der Tür, lief zum Herd, schaltete ihn aus, lief weiter zum Küchenfenster und riss es auf.

»Wo habt ihr einen Besen oder so was«, rief eine Stimme.

Das war eindeutig NICHT mein Bruder. Es war – Vince!

»Im Schrank im Wirtschaftsraum!« Meine Stimme klang dumpf. Aber klar, ich hielt mir ja noch immer die Ohren zu.

Mittlerweile standen auch David, Ben und Tante Leni in der Tür.

»Los, reißt mal alle Fenster auf«, übernahm Letztere das Kommando. Ich nahm die Hände wieder von den Ohren. Vince hatte mit Hilfe eines Schrubbers den Alarm ausgeschaltet.

»Schade um die schöne Pizza«, schniefte Ben.

»Wieso, wir hatten ja noch gar keine im Ofen, wir hatten ihn nur schon mal vorgeheizt.«

Tante Leni schnupperte. »Es ist aber etwas verbrannt!« Mit lang ausgestreckten Armen zog sie vorsichtig die Herdklappe auf und lugte hinein. Darin befand sich ein verkohltes kleines Brötchen, das wohl vom Frühstück übrig geblieben war. David strubbelte sich durchs Haar. Es war ihm offensichtlich total peinlich.

»Sowas passiert«, sagte Tante Leni schließlich. »Aber jetzt bitte ich euch wirklich darum, bei der Pizza zu bleiben, wenn ihr sie abbackt. Nein«, fuhr sie fort, während sie die Hände wie zur Abwehr hob, denn David wollte ihr dazwischen quatschen. »Das macht ihr nach wie vor selber und damit basta. Ich will nichts weiter hören. Komm Toni, du hast jetzt etwas anderes zu tun.« Und schon wurde ich wieder aus der Küche gedrängt. Das war einerseits sehr nett von ihr, aber andererseits – jetzt hatte ich wohl keine Gelegenheit mehr, ganz zufällig auf Vince zu treffen! Ein bisschen maulig war ich deswegen schon. Vielleicht lief ich ihm später wieder über den Weg? Bis die Pizza fertig war, könnte ich ja noch … uuups, ich blieb kurz bei dem Gedanken hängen, als sich meine Schwester an mir vorbei drängelte. Sie war es wirklich. Nur sah sie nicht mehr aus wie die Vampirlady, sondern eher so ein bisschen schickimickimäßig. Öhm, was soll ich sagen, eben so, äh, normal! Schon etwas aufgetakelt, aber irgendwie sah sie sich nicht mehr ähnlich. Anders kann ich das jetzt auch nicht beschreiben.

»Was ist«, blaffte mich dieses fremde Wesen an. »Was guckst du so blöde?« DAS war allerdings eindeutig Originalton meine Schwester, ganz klar.

Sicherheitshalber zuckte ich nur mit den Schultern und schlich wortlos an ihr vorbei.

»Heyheyhey«, hörte ich David grölen, als er Vivien sah. Merkwürdigerweise bekam ER keine pampige Antwort, jedenfalls hörte ich nichts weiter.

In meinem Zimmer angekommen, schmiss ich mich missmutig aufs Bett. Toll. Alle anderen hatten ihren Spaß, nur ich hing mal wieder alleine herum. Es war zum Heulen, ehrlich wahr. Und wo bitteschön war mein Handy nun schon wieder? Ich hatte es doch vorhin aus Bens Zimmer mitgenommen, oder nicht? Hastig wühlte ich mein Bett durch. Mist. Es musste doch da sein! Wenn jetzt auch noch das Handy weg war, dann war es aus mit mir. Langsam wurde ich wütend. Dieses kleine …! Das war doch bestimmt wieder Ben gewesen. Ich ließ mich zurück aufs Bett plumpsen. Es durfte einfach nicht sein. Vor lauter Wut drosch ich auf mein Kissen ein. Aua. Etwas Hartes stoppte meine Hand. Als ich das Kissen wegzog, lag es da. Ganz friedlich. Mein Handy. Komischerweise freute ich mich kein bisschen. Ich war immer noch wütend. Jetzt auf das dämliche Handy. Deshalb hörte ich auch nicht gleich das Klopfen an meiner Tür. Überrascht sah ich auf, als sich plötzlich ein Kopf durch die Tür streckte, der zu meiner Nachbarsfreundin Tinka gehörte.

»Na?« Ich machte wohl ein etwas dümmliches Gesicht, denn Tinka grinste, als sie mich ansah.

»Na?«, murmelte ich muffelig zurück. Ich war noch immer stocksauer, warum auch immer.

»Soll ich lieber wieder gehen? Deine Laune scheint ja nicht so die beste zu sein.«

»Nee, schon gut. Ich hab mich nur gerade geärgert.« Über was, konnte ich ihr schlecht sagen, ich wusste es ja selber nicht so genau. Und richtig, da fragte sie auch schon.

»Worüber denn?«

Ich seufzte. Meine Wut war verflogen. »Ach, eigentlich nichts weiter. Mein kleiner Bruder nervt manchmal, das ist alles.«

»Wollen wir ein bisschen raus? Oder darfst du nicht?« Tinka setzte sich neben mich aufs Bett.

»Keine Ahnung, ich glaube schon.« Ich verdrehte etwas die Augen. »Meine Tante ist da, ich muss sie wegen jedem bisschen fragen.«

»Ach, du Ärmste, das ist ja nervig. Aber das merkt sie doch gar nicht, wenn wir kurz abhauen.«

»Nee, lass mal, die ist eigentlich ganz okay. Ich sage ihr nur eben Bescheid, warte kurz.«

Mit gehobener Laune ging ich nach unten. Wie ich vermutet hatte, war Tante Marlene in der Küche, in welcher es immer noch leicht verkohlt roch. David und zwei seiner Freunde standen fachmännisch vor dem Herd und beäugten die Pizzen, die sich mittlerweile im Ofen befanden. Von Vince war nichts zu sehen. Schade.

»Na Toni«, Tante Leni lächelte mich an. »Hast du schon Hunger? Die ersten drei Pizzen sind gleich fertig, denke ich.« Ich schnupperte kurz Richtung Herd.

»Ist da eine Pizza Mozzarella dabei?«

David schaute zu mir herüber. »Ja, aber ich glaube, die wollte Vince haben. Wieso?«

Jemand legte mir seine Hand auf die Schulter. Als ich mich umdrehte, stand Tinka da und lächelte David an. Der lächelte kurz zurück, das sah ich genau.

»Vielleicht könntet ihr die Pizza teilen«, sagte Tante Leni. »Und wer bist du? Ich glaube, wir haben uns noch nicht kennengelernt, oder? Hallo, ich bin die Tante. Du kannst mich aber einfach Leni nennen, wenn du magst.« Leni lächelte Tinka an.

Tinka warf mir einen kurzen Blick zu und lächelte zurück. »Ich bin Tinka, ich wohne gegenüber. Hmmm, das riecht ja lecker hier!« Sie sah ganz eindeutig zu David, als sie das sagte.

Der guckte sie abschätzend an. »Willst du mitessen?«

Gab es ja wohl nicht. Die beiden flirteten! Oder? Ich linste prüfend zu Tinka. »Ich dachte, wir wollten raus?«

»Jetzt?«, fuhr Tante Leni dazwischen. »Es gibt doch gleich etwas zu essen!«

»Ja, wir wollten auch nur ganz kurz vor die Tür, wir wären ja sofort wieder da«, beeilte ich mich zu sagen.

»Heimlich rauchen, was?« Vince stand plötzlich hinter mir. Ziemlich nahe sogar. Mir blieb kurzfristig die Luft weg.

Leni rettete die Situation, indem sie mit den Armen wedelte und alle aus der Küche scheuchte, die nicht unbedingt dort hingehörten. Dabei wäre ich fast in Vince reingefallen, weil wir uns so schnell umdrehten.

»Wollen wir alle zusammen essen, oder wie hattet ihr euch das vorgestellt«, hörte ich meine Großtante in der Küche sagen. David nuschelte etwas vor sich hin wie: »Weiß nicht.« So genau konnte ich das nicht verstehen.

Tinka und ich sahen uns fragend an. Ich wollte gerade all meinen Mut zusammen nehmen und Vince fragen, was er dazu meinte, aber der war schon wieder verschwunden. Vermutlich abgetaucht in das Souterrain.

»Komm, wir gehen raus, ja?« Tinka zog mich Richtung Haustür. Ich holte kurz Luft und ging dann mit ihr nach draußen.

»Was war eigentlich vorhin bei euch los, gab es noch Ärger?«

Tinka entfuhr ein verächtliches »Pfff, meine Mutter mal wieder«, woraus ich natürlich nicht eindeutig schlau wurde. Daher schwieg ich erst einmal. Tinka schien mir gerade nicht besonders redselig zu sein.

Stumm gingen wir nebeneinander die Straße hinunter. Ich wartete, ob noch etwas von ihr kam, aber sie kniff den Mund auf eine Art und Weise zusammen, als ob sie kein einziges Wort herauslassen wollte. Na, dann eben nicht. Da hätten wir auch bei uns bleiben können.

»Hey, verdammt, hört ihr denn nichts? Seid ihr taub oder was?« Ben stand an der Pforte und schrie aus Leibeskräften.

»Geh lieber wieder rein«, Tinka wies mit dem Kopf in

Richtung unseres Hauses. »Die warten mit der Pizza.«

»Du kannst bestimmt mitessen. Möchtest du?«

»Nee, lass mal.« Tinkas Laune schien aus unerfindlichen Gründen plötzlich auf dem Tiefstand zu sein. »Ich geh auch wieder nach Hause. Du weißt ja, meine Mutter …« Tinka verdrehte die Augen. Ich sollte gleich wiederkommen. Vielleicht sehen wir uns morgen? Hast du Zeit?«

»Klar«, sagte ich. Was hatte ich schon vor!

Als ich zurück ins Haus kam, schlug mir fröhliches Gelächter entgegen. Vivi lachte? Seit wann das denn? Ich ging den Geräuschen nach und fand alle, ich wiederhole wirklich ALLE im Esszimmer vor dem Kamin am Tisch! Meine Tante Leni strahlte mich an und sagte: »Ist das nicht schön, so zusammen? Ich dachte, es wäre nett, wenn wir gemeinsam essen, so ist es doch viel lustiger, oder? Komm, setz dich. Neben – wie heißt du noch, entschuldige.« Sie sah zu Elle hinüber, dessen wirklichen Namen eigentlich keiner kannte.

»Elle!«, rief Vivi dazwischen. Sie quietschte ein bisschen, denn David hatte sie gerade in die Seite gekniffen. Was war hier los?

Etwas umständlich setzte ich mich und vermied dabei, in die Runde zu sehen. Wo saß Vince denn?

Die Antwort kam aus der Küche. »Tadaaa! Wer möchte etwas von dieser einzigartigen Pizza haben? Es ist auch noch Pizza spinaci da!« Vince kam mit einem Teller beladen durch die Tür. Er lächelte mir zu und zwinkerte.

Fast hätte ich mich umgedreht. Meinte er wirklich mich?

»Du sitzt übrigens auf meinem Stuhl, macht aber nix. Ey Dave, habt ihr noch irgendwo einen Stuhl?«

Vor lauter Aufregung stand ich auf, um mich gleich wieder hinzusetzen.

»Gib her, ich mach das schon!« Vince nahm meinem Bruder den Stuhl ab, den David aus der Küche geholt hatte, und steuerte direkt auf mich zu. »Rück mal«, befahl er Elle.

Alles rückte plötzlich zur Seite. So einfach konnte das Leben sein! Und ich? Ich ließ erstmal meinen Teller fast fallen, als Vince mich kurz am Arm streifte. Oh Gott. Meine kühnsten Träume wurden wahr! Er saß neben mir! Wie sollte ich jetzt essen?

Scheinbar interessierte es aber niemanden, ob oder warum Vince ausgerechnet neben mir saß. Alle aßen munter weiter, und unterhielten sich, als sei nichts weiter passiert. Das war so krass, ich sage euch, ich fühlte mich wie in einen Film hineinversetzt, den außer mir niemand checkte. Und meine Geschwister erkannte ich auch nicht wieder. Wer waren diese zivilisierten jungen Menschen?

Vivi unterhielt sich gerade mit Benno über einen Film, den sie sich mit ihrer Freundin ansehen wollte, Ben redete ernsthaft mit Tante Leni und David überraschte als Gastgeber. Sehr merkwürdig. Hatten die alle irgendeine Substanz zu sich genommen, die bewirkte, dass man sich nicht mehr normal verhielt? Hätte Vince neben mir nicht normale Laute von sich gegeben – ich weiß nicht, was ich gemacht hätte. Aber der saß seelenruhig neben mir, kaute an seiner Pizza und musterte mich zwischendurch.

»Was ist, magst du nichts essen?«

Erschüttert fuhr ich aus meinen Gedanken hoch. Hilfe, er sprach mit mir! So normal irgendwie.

Ich hüstelte etwas ungekonnt, verschluckte mich dabei und griff nach meinem Wasserglas. Vince klopfte mir auf den Rücken. Das machte es nur noch schlimmer. Ich war, ganz klar, eine Idiotin. Andere Mädchen hätten jetzt eine schwungvolle Unterhaltung gestartet und auf Teufel komm raus geflirtet. Aber ich? Fehlanzeige. Ich sorgte nur dafür, dass alle verstummten und mir plötzlich zu Hilfe eilten. Verdammt, war das alles peinlich!

»Gehts wieder?«, fragte Tante Leni anteilnehmend. Sie sah mich prüfend an, als hätte ich gerade eine schwere Krankheit durchgemacht. Ach nee, war das alles blöde gelaufen!

»Wollen wir dann gleich los?«, rief David vom anderen Tischende.

»Ja, wenn die Verletzten versorgt sind«, rief Vince zurück. Er lächelte mich kurz an, bedankte sich bei meiner Tante für das Essen und stand auf.

»Bringt ihr euer Geschirr gleich in die Küche? Das wäre nett. Am besten stellt ihr es auch gleich in den Geschirrspüler, ja?« Tante Lenis Ansage hatte sich wie eine Frage angehört, trotzdem schlurften die Jungs mit ihren Tellern alle brav in die Küche.

Vivi stand auch auf. »Nehmt ihr mich dann mit?«, rief sie den Jungs nach.

»Geht klar!«, tönte es aus der Küche.

Vivi lächelte Tante Leni an. »Danke, das war toll, so alle zusammen. Brauchst du noch etwas von mir? Eigentlich hatte ich dir ja alles gegeben. David holt mich um halb eins ab, ja?«

Aha, daher wehte also der Wind. Deshalb war sie so super freundlich zu Leni.

Die ließ sich allerdings nicht so schnell einwickeln.

»Hatte deine Mutter nicht etwas von elf Uhr gesagt?«, fragte sie lächelnd.

Vivis hübsche Fassade bröckelte. In ihren Augen sammelte sich augenblicklich ein Heer von Tränen. Sie tat mir leid. Fast.

»Was hältst du von einem Kompromiss?«, fuhr Leni fort. »Du kommst um zwölf wieder, na, wie hört sich das an?«

Vivien verzog das Gesicht, als ob sie etwas Saures im Mund hätte.

»Ach liebe Tante Leni, bitte, um zwölf geht es doch eigentlich erst richtig los! Kann ich nicht bis um halb eins bleiben, bitte!« Die Vorstellung war profimäßig.

»Meine liebe Vivien, mein Angebot steht. Also gut, ich komme dir noch etwas entgegen. Wenn dein Bruder mitmacht, versteht sich. Du gehst dort um zwölf weg und bist dann spätestens um halb eins wieder hier. Nein«, sagte Tante Leni, denn Vivien wollte sie unterbrechen. »Ich will jetzt nichts weiter hören, das war mein letztes Angebot!«

Vivien zog ihre Mundwinkel nach unten, gab sich aber geschlagen. »Na gut, wenn du meinst. Äh danke«, fügte sie noch hinzu.

Na immerhin. Ich sah kurz zu Leni herüber um zu checken, wie sie wohl reagierte. Aber sie sagte nichts weiter und überließ Vivien ihren Gedanken, während sie selber Richtung Küche verschwand.

»Was?«, blaffte mich Vivien in ihrer normalen Schwesterstimme an. »Kümmer du dich mal um deinen eigenen Kram!«

Dazu fiel mir leider auf die Schnelle nichts Intelligentes ein. Wie üblich. Ich seufzte ein bisschen und schlich mich davon. Also wirklich.

Da hatte ich mal so etwas in der Art wie Mitgefühl entwickelt und was war der Dank? Eben. Es machte einfach keinen Sinn. Meine Schwester war und blieb Kotzbrocken Vivien. Früher war sie mal ganz lieb mit mir gewesen. Aber das war vor Äonen von Jahren gewesen. Nee nee, man konnte wirklich nicht sagen, dass sie nett zu mir war. Ich seufzte erneut.

Schade, jetzt hätte ich gerne mit meiner Freundin Lou gesprochen, was aber leider nicht möglich war. Zuerst war ich etwas verdattert gewesen, als Lou mir sagte, dass sie weder Telefon noch Handy hatte. Sowas gab es doch gar nicht! Aber Lou hatte gesagt, dass es gar nicht so übel wäre. Immerhin könnte man so nicht ohne weiteres geortet werden, was ich mega spannend fand.

Geortet werden, das hörte sich so nach Abenteuerthrill an, fand ich. Na, jedenfalls konnte ich sie jetzt nicht anrufen, was sehr blöde war.

In meinem Zimmer hockte ich mich auf die kleine Bank, die vor meinem Fenster stand und schaute hinaus. Es war etwas diesig draußen. Der Himmel war wohl auch nicht in bester Laune. Von den Bäumen rieselte das Laub, so dass es aussah, als ob es Blätter regnen würde. Herbst eben.

Vor unserem Haus standen jede Menge Bäume. Eichen, glaube ich. Eichen sind auch nur Buchen. Oder war das andersherum? Ähh, Buchen waren auch nur Eichen? Was dachte ich eigentlich für einen Scheiß?

Unten knarrte die Haustür, die Jungs gingen also. Und wo war Vivien? Ach ja, sie wartete wohl noch auf ihre Freundin. Aber da erschallte die liebliche Stimme meiner Schwester. »Ey, wartet mal, ich bin noch nicht fertig!«

War ja klar. Wann war Vivien schon mal pünktlich fertig? Ich beugte mich etwas weiter vor, um noch einen Blick auf Vince zu werfen, der sich gerade seinen Helm aufsetzte. Uups! Hatte er eben nach oben zu mir gesehen oder bildete ich mir das nur ein? Jedenfalls sah ich schleunigst zu, dass ich vom Fenster wegkam. Wie demütigend, hier am Fenster zu hocken mit der gnadenlosen Erkenntnis, dass mein Abend einfach nur öde werden würde. Ich wurde schon fast wieder wütend.

An meiner Tür klopfte es leise. »Ja?«, schnaubte ich etwas unwillig. Bestimmt mein kleiner Bruder. Seit wann klopfte der denn? Aber es war Tante Leni, die mich fragte, ob es so etwas wie Feueranzünder in diesem Haus gäbe. Sie wollte den Kamin anmachen. Ob ich ihr helfen könnte? Sie würde sich revanchieren und uns einen Kakao machen.

Oh Gott. Super. Mit Tante Marlene vorm Kamin sitzen und Kakao trinken. Es war mein Ende. Aber was sollte ich machen? Sie war ja nett. Und ich mochte Kakao. Es musste ja niemand erfahren, wie uncool ich meinen Abend verbrachte, oder?

»Und wo ist Ben?«, fragte ich daher gnädig.

»Oh, der wollte noch kurz zu seinem Freund und meldet sich noch einmal, ob er über Nacht dort bleibt. Das ist alles in Ordnung, ich habe mit der Mutter gesprochen. Kommst du dann?«

Ich rappelte mich vom Fußboden hoch, auf den ich mich gekauert hatte, um aus dem Sichtfeld des Fensters zu verschwinden und folgte Tante Leni schweigend. Nachdem ich ihr das Kleinholz sowie die Anzünder gezeigt hatte, machte sich Leni unverzüglich ans Werk.

»Könntest du kurz aufpassen, dass das Feuer nicht ausgeht? Ruf mich einfach, wenn du glaubst, dass Holz nachgelegt werden muss, ja?« Und schon verschwand sie in der Küche. Ich beschloss, das Beste aus der Situation zu machen und schleppte die beiden Kaminsessel etwas näher Richtung Feuer. Meine Eltern saßen im Winter gerne hier und machten es sich gemütlich, wie meine Ma immer sagte.

Ich ließ mich in einen der Sessel fallen und starrte auf die Flamme, die sich weiter ausbreitete und schließlich das Kleinholz erfasste. Huh, das flackerte aber ganz schön. Draußen musste es ziemlich windig sein!

In der Küche klapperte Leni mit Geschirr. Ich überlegte kurz, ob ich noch Kleinholz hinterher schieben sollte, ließ es dann aber doch lieber sein. Mit dem Kaminofen wusste ich nicht so gut Bescheid, das machten meistens meine Eltern, manchmal auch David. Klar wusste ich, wie es funktionierte, aber das war mehr so graue Theorie! Trübe sah ich zu, wie sich das Feuer langsam durch das Holz fraß.

Sogar mein kleiner Bruder hatte etwas vor. Nur ich hing hier alleine mit meiner Tante herum. Das Leben war öde! Meine Mutter würde jetzt sagen: Zieh nicht so ein Gesicht. Dir geht es doch so gut. Du hast doch alles. Andere Mädchen in deinem Alter … Jajaja, ich kannte diese Texte. Es half mir aber nicht wirklich weiter. Ich sehnte mich nach meiner Freundin Lou. Ihr würde bestimmt was Besseres einfallen als hier herum zu hocken.

Tante Marlene kam fröhlich mit zwei Tassen Schokolade und drückte mir eine davon in die Hand. »Wir müssen jetzt Holz nachlegen«, bemerkte sie und nahm ein etwas größeres Holzscheit, um es kurz entschlossen auf das Feuer zu legen. Befriedigt schaute sie in die Flammen. »Sehr schön, das brennt jetzt erst mal. Gut gemacht!« Sie schaute mich prüfend an. »Und du bleibst zu Hause? Na, mach dir nichts draus, es werden noch viele Wochenenden kommen, an denen du etwas unternimmst und deine Geschwister bleiben hier. Manchmal ändern sich Dinge recht schnell!«

»Mmmh«, brummte ich. Tatsächlich fand ich es plötzlich gar nicht mehr soo doof, hier vor dem Feuer zu sitzen. Ich stopfte mir noch ein Kissen in den Rücken und stützte meinen Kopf auf die Hände. Wärme rieselte über mein Gesicht und ich genoss das leise Knistern im Ofen. Komischerweise war ich nicht mal mehr wütend. Ich linste zu meiner Großtante hinüber und sah zu, wie der Feuerschein über ihr Gesicht glitt. Leni lächelte. »Als ich in deinem Alter war, konnte ich mir auch nicht vorstellen, dass sich einmal alles ändern würde. Es ging mir ähnlich wie dir, ich saß auf dem Land fest. Mofafahren war meiner Mutter nicht geheuer und mit dem Fahrrad kam man nicht sehr weit. Und natürlich durfte ich noch nicht so lange raus. Aber ich hatte eine gute Freundin, das war der einzige Lichtblick. Naja, wenigstens, bis ich mich verliebte. Das war schon …«

Tante Leni schwieg und starrte ins Feuer. Sinnend schaute sie in die Flammen. »Ich glaube, wir müssen nachlegen, sonst geht es uns wieder aus.« Sie nahm eines der größten Holzscheite und legte es behutsam auf. »So, das hätten wir. Und was machst du sonst so, wenn du nicht gerade in der Schule bist? Gibt es irgendetwas, was dich besonders interessiert?« Tante Leni legte den Kopf etwas schief und sah mich geradezu gespannt an. Das war ganz klar ein Ablenkungsmanöver, oder?

»Ach so dies und das. Ich mag Physik. Aber das versteht hier keiner. Naja, Papa schon. Aber die anderen eben nicht. Und ich mag Kunst. Wenn wir nicht gerade mit Pappschachteln basteln oder so. Das finde ich irgendwie öde. Mir fällt dann meistens nichts ein. Ach egal. Und in wen hast du dich damals verliebt?«, hakte ich schnell nach. Jetzt war ich aber mal gespannt, Tante Leni verliebt. Interessant.

Soviel ich wusste, war sie nie verheiratet gewesen, sie hatte auch keine Kinder. Das Gute daran war, dass sie, als ihre Schwester starb, sich um meine Ma und ihre beiden Geschwister kümmern konnte. Sie hätte für uns so eine Art Ersatzoma werden können, aber dazu war sie später zu viel unterwegs. Und nun würde ich einen Einblick in ihr Liebesleben bekommen, ujujui. Ich rekelte mich genüsslich auf meinem Sessel und nahm einen Schluck Kakao.

Tante Leni blinzelte ein wenig in die Flammen, dann stand sie auf und marschierte in die Küche. »Dazu brauche ich etwas Stärkeres als Schokolade«, rief sie im Weggehen. Ich hörte sie in der Küche rumoren, offenbar suchte sie etwas. »Habt ihr keinen Tee im Haus?«

Widerwillig stand ich auf. Ach Mensch, es war gerade so gemütlich gewesen. Na gut. Wenn es denn sein musste!

»Der Tee steht immer oben, über dem Herd«, wies ich sie an.

»Aha, Darjeeling, sehr gut. Möchtest du auch einen?«

Ich schüttelte den Kopf. »Nein danke, lieber Saft oder so was. Aber ich habe auch noch Kakao.« Ich blieb noch eine Weile in der Küche stehen. Als von Leni nichts weiter kam, ging ich langsam wieder zurück vor den Kamin.

Schließlich kehrte auch meine Großtante mit einer Tasse dampfenden Tees zurück. Sie setzte sich sehr gerade auf den Sessel und sah mich nicht an, während sie sprach. »Hör mal, Toni. Ich will dir gerne etwas über meine Jugend erzählen, nur bitte versprich mir, dass das unter uns bleibt. Deine Mutter will von solchen Geschichten nämlich nichts hören. Sie hält es für Humbug. Aber es gehört nun einmal zu mir …«

Sie brach plötzlich ab und starrte in die Flammen, als ob es dort etwas Besonderes zu sehen gäbe. Mir wurde aus unerfindlichen Gründen plötzlich mulmig. Tante Leni wollte mir etwas erzählen, ja gut, gerne. Aber wieso sollte meine Ma nichts davon wissen? Von klein auf hatten wir zu hören bekommen: Traut niemals jemandem, der unbedingt etwas vor euren Eltern verheimlichen will. Ein Erwachsener, der so etwas verlangt, verheißt nichts Gutes!

Vermutlich war es das, was mir so einfuhr. Aber ich meine – es war Tante Leni. Kein wildfremder Mensch, naja, jedenfalls nicht soo! Und sie war eine Frau. Und alt. Nicht so sehr alt, aber immerhin! Oder?

Unwillig starrte ich sie an. »Also darf keiner etwas davon wissen, oder wie? Das ist nämlich gegen die Abmachung mit unseren Eltern.«

»Natürlich kannst du ihnen davon erzählen«, bemerkte Leni hastig. »Sie werden es nur nicht hören wollen, vermute ich! Außerdem kennen sie die Geschichte bereits, also jedenfalls deine Mutter.« Leni schwieg eine Weile. »Weißt du, es ist ja auch schon eine Ewigkeit her, dass ich so jung war wie du. Und vielleicht ist es auch wirklich noch nichts für dich. Lassen wir es einfach.«

Och nö, ne? Jetzt war ich erst so richtig interessiert. Meine Mutter kannte eine Geschichte, von der sie aber nichts hören wollte? Seltsam. Jetzt wollte ich natürlich alles erst recht wissen, war doch mal klar, oder?

»Ach bitte«, bettelte ich daher wie ein Kleinkind, was noch eine Gutenachtgeschichte hören will.

Tante Leni sah mir direkt in die Augen. »Na gut, wie du meinst. Aber sag nachher nicht, dass ich dich nicht gewarnt hätte!«

Was sollte das denn bitteschön? »Wieso, du hattest mich nicht gewarnt. Wovor denn überhaupt?«, fragte ich daher etwas aufgebracht.

Hielt mich Tante Leni für ein Baby? Frechheit! Ich war immerhin fast vierzehn und hatte mir auch schon diverse Krimis angeguckt, die ich eigentlich nicht gucken durfte, David sei Dank. Also wovor hätte ich gewarnt werden sollen? Vermutlich dachte Leni, dass sie sich doch etwas weit nach vorn gewagt hatte mit ihrem jugendlichem Liebesleben, das war es vermutlich.

»Ist dir schon einmal etwas passiert oder begegnet, was du dir nicht erklären konntest? Weißt du, was ich meine?« Meine Großtante sah mich forschend an.

Uhh, es ging um etwas Übernatürliches. Na, damit konnte sie mich nicht weiter beeindrucken. Alles, was ich so über seltsame Vorkommnisse wusste, ließ sich prima physikalisch erklären. Ich räusperte mich ein bisschen. »Ehrlich gesagt, glaube ich nicht an sowas. Ich weiß, einige meiner Schulkameraden sind ganz scharf auf solche Sachen. Aber es ist doch so: Alles lässt sich immer irgendwie erklären. Und die meisten wollen sich doch nur mit solchen Geschichten wichtig machen. Also nicht, dass du jetzt denkst, dass ich glaube, du willst dich wichtig machen«, warf ich hastig ein. »Äh, ich meinte mehr so meine Klassenkameraden, weisst du, das hat nichts mit dir zu tun, ich wollte nicht …« Mitten im Satz fiel mir nichts mehr ein. Oh man, das war jetzt irgendwie ziemlich dumb von mir. Ich sackte ein wenig tiefer in den Sessel und lugte vorsichtig zu meiner Großtante hinüber.

Aber Leni sah überhaupt nicht verärgert aus oder so. Sie lächelte auf eine seltsame Art und stürzte ihre Lippen ein wenig vor, so als wollte sie sagen: Jaja, rede du nur, ich weiß es besser. Ja, Tante Leni zog ganz klar eine Schnute. Lustig.

»Weißt du, als du vorhin sagtest, dass du dich für Physik interessierst, habe ich kurz überlegt, ob du vielleicht eine Lösung für mich parat haben könntest.« Leni legte den Kopf etwas schief als sie mich ansah. »Es wäre sogar ziemlich gut, von dir eine Meinung zu hören, denke ich. Was meinst du: Bist du bereit, dir eine merkwürdige Geschichte anzuhören und sie dann mit mir zu analysieren?«

Hm. Na gut. Ich konnte mir ihre Geschichte ja mal anhören, wer weiß, vielleicht war sie ja ganz lustig?

»Okay, ich bin gespannt«, sagte ich und grinste ein wenig dabei. Und dann kippte ich einfach in ihre Geschichte.

Honigkuchenpferde sehen ihresgleichen immer so an!

Lenis Geschichte 1974

Warum mussten wir aber auch immer wieder umziehen. Ich mochte diese Schule nicht, so gar nicht. Es ging schon im Sekretariat los. Und da half es übrigens so überhaupt nicht, dass meine Mutter mitgekommen war. Im Gegenteil.

Die Schüler, die vorbeiliefen feixten, als sie mich sahen. Jedenfalls hatte ich das Gefühl. Mir gefiel die Sekretärin auch nicht. Sie war so ein Typ: Sprich mich ja nicht an, wenn es nicht unbedingt sein muss! Das sagten mir ihre kleinen, stechenden, eingefallenen Augen, der verkniffene Mund und die lange, etwas spitze Nase, die aussah, als ob sie immerzu in der Luft herumschnüffelte. Was vermutlich daran lag, dass dieses Frau tatsächlich immer wieder ihre Nase in die Luft streckte und in kurzen Abständen die Luft einzog. Sofort hatte ich das Bedürfnis, an mir selber zu riechen, was ich aber nicht tat. Soweit hatte ich mich noch unter Kontrolle!

Nachdem meine Mutter diverse Unterlagen empfangen und unterschrieben und die Sekretärin, (die dann übrigens auch noch Wittern hieß), geklopft hatte, durften wir das

Allerheiligste betreten. Das Direktionszimmer. Andächtig gingen wir hinein.

Es war ein mittelgroßer, getäfelter Raum mit dem gleichen anthrazitfarbenen Fussbodenbelag, den man bereits im Sekretariat bewundern konnte, auf dem hier immerhin ein kleiner Farbfleck in Form eines Teppichs lag. Der Mann, der hinter dem Schreibtisch saß, blickte kaum auf, als wir vor ihm standen.

»Nehmen Sie doch bitte Platz«, sagte er und wies, ohne uns eines Blickes zu würdigen, auf zwei Stühle, die vor dem Schreibtisch standen.

Es war ganz klar, dass wir, im Gegensatz zu ihm, nicht viel zu melden hatten. Sogar die Stühle sahen aus, als ob sie bei so viel Autorität etwas in sich zusammengeschrumpft waren. Endlich blickte der Direktor auf, und musterte uns mit zusammengekniffenen Augen über seine Hornbrille hinweg, als wollte er sehen, wo wir am besten zu treffen waren. Ja komisch, ich weiß, aber so fühlte es sich für mich nun mal an.

Nachdem er uns tatsächlich doch noch die Hand gereicht hatte, setzte er sich wieder in seinen Schreibtischstuhl und fing an, in dem mitgebrachten Zeugnis sowie Begleitschreiben zu lesen, wobei mir auffiel, dass er Ähnlichkeit mit einem Bernhardiner hatte, jedenfalls was die Lefzen, äh, Hängewangen anging. Schließlich räusperte er sich und sah mich durchdringend an. »Soso, Mathematik ist wohl nicht dein Steckenpferd, wie?«

Tja, was sollte ich sagen. Das Zeugnis zeigte ganz eindeutig eine Vier. Und das Begleitschreiben mit Sicherheit eine

Tendenz, die nach unten ging, so viel war sicher. Mir fiel zu dieser Frage nichts ein. Daher versuchte ich, seinem Blick standzuhalten und schüttelte einfach den Kopf.

Der Direktor, der sich uns übrigens nicht namentlich vorgestellt hatte – offenbar setzte er voraus, dass man seinen Namen kannte – führte das Gespräch mit meiner Mutter fort, ohne sich weiter um mich zu bemühen. Ich war in seinen Augen bereits durchgefallen, nahm ich an.

Es ging dann noch eine Weile hin und her über Noten, Fremdsprachen, meine Interessen, aber keiner von beiden, weder meine Mutter, noch der Direktor, dessen Namen ich immer noch nicht wusste, nahm in irgendeiner Form weiter Notiz von mir. Ich war unsichtbar. Vielleicht konnte ich so entwischen? Unsichtbar wieder aus diesem Betonklotz huschen und zurück zu meinen Freundinnen in Nordrhein-Westfalen? Jäh wurde ich aus meinen Tagträumen gerissen, als meine Mutter sich erhob.

»Vielen Dank, Herr Dr. Schender. Sie wird sich die größte Mühe geben. Es wird ihr hier bestimmt gefallen, da bin ich mir sicher!« Meine Mutter kannte seinen Namen! Wie das? Ich stand ebenfalls von meinem Stuhl auf und freute mich auf unser Zuhause. Naja, wenigstens auf mein Bett, welches immerhin mit umgezogen war und bestimmt weich und kuschelig auf mich wartete. Aber da hatte ich die Rechnung ohne meine Mutter gemacht.

»Frau Wittern wird Sie dann zu dem Klassenraum führen und Ihnen noch die nötigen Unterlagen mitgeben. Auf Wiedersehen.« Herr Dr. Schender gab uns beiden noch einmal die Hand. Unsere Unterredung war offenbar beendet.

Wie jetzt? Wir gingen zum Klassenraum? Aber ich hatte doch gar nichts mit. Also, außer meinem Zeugnis und so. Verwirrt und etwas ärgerlich sah ich meine Mutter an. Die nickte mir kurz zu, was soviel bedeuten sollte wie: ›Sag jetzt nichts weiter‹, und machte sich gemeinsam mit der Sekretärin auf den Weg. Ich schlich etwas panisch hinterher. So hatte ich mir meinen ersten Schultag nicht vorgestellt. Also genau genommen hatte ich mir überhaupt nichts vorgestellt.

Mein Leben bestand daraus, möglichst nicht aufzufallen, meinen Geschwistern aus dem Weg zu gehen und mich so normal wie möglich zu verhalten. Ich fand, das war schon mehr als genug. Jedenfalls für meine Verhältnisse. Meine Familie war immer irgendwie im Focus von irgendwem. Nie fühlte man sich so richtig zugehörig. Vermutlich, weil wir nie lange genug an einem Ort blieben.

Mein Vater hatte immer wieder andere Projekte. Er arbeitete in der Forschung an den unterschiedlichsten Universitäten und Hochschulen. So hatte ich im Laufe meines dreizehnjährigen Lebens bereits zwei Länder sowie drei verschiedene deutsche Bundesländer durchkreuzt. Und nun also das vierte Bundesland: Niedersachsen. Also, ich mochte es erst mal nicht so besonders.

Vor einer der orangerot lackierten Zimmertüren blieb Frau Wittern plötzlich stehen. Sie öffnete sie einen Spalt, murmelte etwas in den Raum hinein und ging dann.

Ein junger Lehrer öffnete die Tür sperrangelweit, so dass auch der letzte Schüler der hintersten Reihe sehen konnte, wer da vor der Tür stand, und bat mich herein. Hätte nur noch gefehlt, dass er mich in die Klasse schleifte, denn ganz ehrlich, so fühlte es sich für mich an. »Hier haben wir ein neues Mitglied der Klasse. Stell dich doch bitte kurz vor, damit wir wissen, mit wem wir es zu tun haben, ja? Mein Name ist Kirscht und ich unterrichte hier Geschichte und Deutsch. Willkommen!«

Entsetzt blickte ich in etwa 26 Augenpaare, gefühlt waren es mehrere Tausend. Kein Entkommen, die Tür hatte sich geschlossen, beziehungsweise meine Mutter hatte sie wohl leise zugemacht. Hilfe! Ich bekam keinen Ton raus, meine Kehle war staubtrocken, am liebsten wäre ich ganz schnell aus der Klasse gestürzt und hätte mich schutzsuchend an meine Mutter geklammert, aber nun hieß es, sich möglichst nichts anmerken zu lassen. Allerdings war es dazu vermutlich bereits zu spät. Mist.

»Ja, also«, kiekste ich leise, »mein Name ist Marlene und ich habe vorher in Nordrhein-Westfalen gelebt.«

Ich verstummte. Was sagte man denn noch so? Wollten die jetzt alles über mich wissen? Wieviele Geschwister ich hatte, ob ich schon mal verliebt war, welche Körbchengröße mein BH hatte, äh – was?

Gott sei Dank kam mir unerwartet jemand aus der Klasse zu Hilfe, indem er fragte, ob ich in der Stadt wohnte oder in einem der umliegenden Dörfer. Puh.

Ich antwortete höflich und so knapp wie möglich, dass wir in Lodansdorf wohnten, da begann plötzlich die Pausenglocke zu klingeln, und ich war erlöst. Erleichtert atmete ich auf. Ab sofort interessierte sich niemand mehr für mich, nicht einmal dieser Lehrer, denn er nickte mir nur noch kurz zu und verschwand dann zusammen mit den Schülern, die sich so schnell wie möglich durch die Tür quetschten, draußen im Gang. Toll. Und jetzt?

Ich sah nach, ob ich meine Mutter irgendwo sehen konnte. Und tatsächlich, sie stand vor einem der vielen Bilder, die überall aufgehängt waren. Vermutlich Werke der oberen Klassen. Es war immer das gleiche Motiv abgebildet. Eine Banane, die bereits Flecken hatte und halb geschält war. Das hob meine Stimmung jetzt auch nicht sonderlich. Ich ging zu meiner Mutter, die ganz versunken in die Betrachtung eines besonders fiesen Exemplars war – hier hatte jemand ein Bröckchen Banane daneben platziert, so dass es aussah, als ob das Stückchen wieder ausgespuckt worden wäre. Doch wirklich, für mich sah es ganz danach aus. Wie auch immer, ich hatte meine Mutter gefunden und fragte, ob wir denn jetzt nach Hause könnten. Aber nein. Natürlich nicht. Es musste noch schnell ein neuer Badeanzug gekauft werden. Ich hatte keinen mehr, seitdem ich versucht hatte, mich ein letztes Mal hineinzuquetschen. Ein Versuch, den das Oberteil nicht überlebt hatte. Na dann!

Laut Stundenplan war vorgesehen, dass wir einmal im Monat Schwimmen hatten. Und das gleich morgen. Scheinbar war es in Ordnung, dass ich jetzt einfach ging, warum hatte dann diese Peinlichkeit von eben sein müssen? Ich verstand es nicht. Gerade wollte ich meine Mutter darauf ansprechen, als sie es von sich aus tat. Offenbar hatte der Schulleiter ihr das nahegelegt. Ich hatte nur mal wieder wie üblich nichts mitbekommen, zu blöd. Jedenfalls hatte ich wohl das Schlimmste hinter mir. Aber da hatte ich mich wieder verrechnet, wie ich später feststellen musste.

Es war so: die Mädchen waren entweder total bescheuert oder sadistisch veranlagt, und die Jungs waren ein Haufen Hormone im Stimmbruch. Mit einem Hohlkörper, wo sich ansonsten das Hirn befand. Gleich am ersten Tag schickten mich zwei meiner lieben Mitschülerinnen so ganz aus Versehen ins Jungsklo. Die Türen waren leider nicht eindeutig gekennzeichnet. Na danke, blöde Tussen! Es war zum Heulen. Und der Schwimmunterricht war die Hölle. Ich konnte ja nicht ahnen, dass diese Schule bekannt war für die besten Schwimmer des Landes! Ich konnte gerade mal etwas Brustschwimmen, vom Kraulen ganz zu schweigen. Am schlimmsten war es, als die Sportlehrerin mich mit in das Nichtschwimmerbecken nahm. Peinlich! Meine Mitschüler tummelten sich im Wasser, als wenn sie da nie wieder raus wollten – ich fror bereits nach vier Minuten. Da nützte auch der schicke neue Bikini nichts. Überhaupt stellte ich fest, dass die anderen Mädchen alle mehr oder weniger einen Badeanzug trugen. Nein wirklich, ich war nicht besonders begeistert. Und das sollte sich in den darauffolgenden Wochen vorerst nicht ändern.

Bis eines Tages die Sonne für mich aufging! Es war einer dieser Tage, an denen man wirklich nichts Gutes erwarten konnte, also ich jedenfalls nicht. Ich hatte meine Lieblingsjeans in der Wäsche, meine kleine Schwester hatte meinen besten Pulli angezogen, und ich erwischte den Bus erst in letzter Minute, um dann festzustellen, dass ich einen Teil meiner Hausaufgaben vergessen hatte. Der Tag war für mich bereits gelaufen. Dachte ich. Als ich missmutig in die Klasse kam, bemerkte ich, dass der Platz, wo sonst Larissa saß, von einem anderen Mädchen besetzt war. Larissa lümmelte einen Tisch weiter vorne bei Beate herum. Neugierig schaute ich zu dem Mädchen. Sie bemerkte meinen Blick und lächelte. Und ich schwöre, in diesem Moment wurde es hell im Raum. Mir muss der Mund offen gestanden haben, denn Christian rempelte mich an und sagte so was wie: »Merkst du noch was?«

Keine Ahnung, was mit mir los war. Ich war völlig von der Rolle. Viel Zeit hatte ich allerdings nicht, mich mit diesem Gefühl auseinander zu setzen, denn Herr Voss betrat das Klassenzimmer und mir fiel siedend heiß ein, dass ich meine Hausaufgaben nicht dabei hatte, also die für diese Erdkundestunde. Herr Voss überraschte uns allerdings mit der Nachricht, dass wir heute einen Film sehen würden, der sich seiner Meinung nach hervorragend für diese Stunde eignen würde. Ich schickte ein Dankesgebet an wen auch immer, und beschloss, dass der Tag doch noch Potenzial hatte. Verstohlen sah ich zu der Neuen, die sich ganz lässig auf dem Stuhl fläzte. Ich fand, sie sah einfach umwerfend aus. Dagegen konnten Manuela und ihre Mädels total abstinken, echt.

Sie war eher zierlich, hatte lange, mittelblonde Haare, die sie zu einem losen Knoten gewunden hatte und trug Boots zu einer knallengen Jeans. Ihre Augenfarbe konnte ich nicht ausmachen, ich glaubte sie seien wohl eher hell. Wie ich später feststellte, waren sie karamellfarben mit grünsilbernen Pünktchen. Ja, ich weiß, das hört sich jetzt übertrieben an, aber sie sah einfach so unglaublich aus! Und dann ihr Aufzug! Sie trug eine Weste unter der ein schwarzes T-Shirt hervorlugte. Wenn ich mich nicht verguckt hatte, sah man den Schriftzug Pink Floyd oben heraus blitzen. Genau so ein Shirt hatte ich mir neulich vorgestellt, als mein Bruder mir erzählte, dass er eine neue Gruppe entdeckt hätte, die Pink Floyd hieß. Ich war hin und weg.

Plötzlich nickte sie zu mir herüber, und wies mit dem Kopf auf den Stuhl neben ihr. Der Raum wurde gerade abgedunkelt, und ich beschloss, dass es die Gelegenheit war, mich unauffällig neben sie zu setzen. Kaum hatte ich mich gesetzt, flüsterte ich ihr zu: »Was grinst du mich eigentlich die ganze Zeit an wie ein Honigkuchenpferd?« Oh nein, warum hatte ich das bloß gesagt? Bestimmt war sie jetzt sauer und wollte mich nicht mehr neben sich haben, oder?

Etwas ängstlich schaute ich sie an. Aber hey, nein, sie war so cool – sie lächelte, beugte sich zu mir herüber und flüsterte zurück: »Honigkuchenpferde sehen ihresgleichen immer so an!«

Sie hieß Luzie. Und dies war der Beginn einer der wunderbarsten Freundschaften, die ich je haben würde. Von da an war die Schule ein Klacks für mich, ich entwickelte mich von einer eher schüchternen Schülerin zu einem der angesagtesten Mädchen der ganzen Schule. Ich machte im Unterricht nicht nur mit, nein, ich bestritt ihn sozusagen. Ohne mich lief keine Diskussion, die Lehrer liebten mich geradezu. Es war einfach unglaublich.

Luzie und ich verbrachten die ganze Zeit miteinander. Egal, ob nun Unterricht, Pausen oder sonst welche Aktivitäten. Wir machten fast alles zusammen. Sie war nicht nur ungeheuer hübsch, sie war auch noch klug, witzig und absolut schlagfertig. Daher war ich anfangs auch total verwirrt, dass sie ausgerechnet mich zu ihrer Freundin auserkoren hatte. Aber hey, so war es eben, und mir konnte es nur recht sein, dass sie die Anderen links liegen ließ. Ich war glücklich wie nie. Manchmal benahm sie sich allerdings etwas seltsam. Wenn ich nachfragte, bekam ich entweder nur ein amüsiertes Lächeln oder aber eine ironische Antwort, die mich dann meistens verstummen ließ.

Zum Beispiel gingen wir einmal gemeinsam über den alten Friedhof, der eher so eine Art Ausstellung war, weil sich irgendein Künstler aus dem Dorf in den Kopf gesetzt hatte, dort lauter Sinnsprüche aufzustellen. Es gab aber immer noch eine kleine Gruppe alter verfallener Gräber dort.

Vor einem der Kreuze blieb Luzie plötzlich stehen und murmelte vor sich hin. Ich konnte nicht richtig verstehen was sie sagte, daher fragte ich: »Sprichst du mit jemandem?« Luzie sah mich nur an und bemerkte dann etwas schnippisch: »Mit wem sollte ich reden? Mit den Toten? Mit denen kann man nicht mehr reden, sie sind nämlich nicht mehr da, oder? Du kannst es aber gerne mal versuchen, wenn du meinst, dass es geht!«

Sie hatte etwas heftig gesprochen, ich war ein bisschen erstaunt über diese Antwort. Da ich sie zu dem Zeitpunkt noch nicht so gut kannte, murmelte ich nur: »Ach nee, komm schon, lass mal.« Und damit war das Thema für mich erledigt. Aber sonst war es einfach der Wahnsinn, so eine coole Freundin zu haben!

Manchmal, wenn ich wusste, dass meine Geschwister unterwegs sein würden, nahm ich sie auch mit nach Hause.

Ja, du wunderst dich bestimmt, warum ich das so machte, aber ich hatte in Westfalen immer wieder feststellen müssen, dass einige Mädchen sich scheinbar mehr für meine Brüder interessierten als für mich, und ich wollte nicht riskieren, dass mir das wieder passierte, sie war ja auch so irre hübsch! Ich wollte sie eben ganz für mich haben und nicht wieder an einen meiner Brüder verlieren.

Da mein Vater fast nie da war und meine Mutter ständig zu tun hatte, blieben wir von meiner Familie verschont. Keine blöden Fragen, wer ihre Eltern waren, was ihr Vater von Beruf war, wie viele Geschwister sie hatte und so weiter und so fort. Ich fand das sehr angenehm. Meine Mutter konnte nämlich echt nervtötend sein wenn sie erst mal anfing, einen mit Fragen zu bombardieren. Ich war also zufrieden mit meinem Arrangement.

Es war spannend mit Luzie die Gegend zu erkunden, bald kannten wir jede Straße, jeden noch so kleinen Pfad im Wald, der nicht weit entfernt lag. Uns fiel immer etwas ein, was wir machen konnten, die Ideen gingen uns nie aus und ständig gab es irgendetwas zu besprechen und zu erzählen. Eines Tages meinte Luzie, es sei jetzt an der Zeit, dass ich ihr Zuhause einmal kennenlerne. Ich war sehr aufgeregt, denn sie hatte immer so ein Tamtam um ihre Familie und ihr Umfeld gemacht. Ich war also super gespannt.

Wir hatten verabredet, dass ich gleich nach der Schule mit zu ihr kommen sollte. Ich erzählte meiner Mutter nichts davon, sonst hätte sie mich wieder gelöchert, was das für Leute waren und wieso wir nicht zu uns kommen könnten. Sie hätte Luzie bestimmt gerne kennengelernt, da war ich sicher. Meine Brüder kamen meistens etwas später nach Hause, während meine jüngere Schwester schon sehr früh von der Schule kam, so dass sie vor uns aß. Da meine Mutter ansonsten ein wenig in ihrer eigenen Welt lebte – sie spielte leidenschaftlich gerne Klavier und nutzte jede Minute um zu üben – würde sie sich nicht wundern, wenn ich etwas später nach Hause käme. Sie würde sich nichts dabei denken. Ich konnte also ganz unbehelligt mit zu Luzie gehen, ohne dass jemand davon etwas bemerken würde. Der Bus kam erst in etwa zwei Stunden, also genügend Zeit, um sich bei Luzie zu Hause einmal umzusehen.

Luzie ging immer zu Fuß nach Hause, es konnte also nicht so weit sein. Die Gegend, in die sie mich jetzt führte, kannte ich überhaupt nicht. Und es war doch weiter von der Schule entfernt, als ich gedacht hatte. Schließlich bogen wir in eine Straße ein, die ein wenig verwunschen aussah. Die Bäume, die rechts und links den Weg säumten, sahen aus, als ob sie noch niemals beschnitten worden wären, so sehr rankten die Äste in die Straße hinein. Knorrig und bemoost standen sie da wie alte grummelige Männer – ja, ich fand wirklich, dass sie aussahen, als ob sie Gesichter hätten.

Die Häuser erinnerten an das vorletzte Jahrhundert. Noch nie hatte ich so viele alte Villen gesehen. Gleich würde bestimmt ein berittener Mann vor uns auftauchen oder eine Frau mit Schleier am Hut und einem Reifrock. Jedenfalls stellte ich mir das so vor, während wir an den Häusern mit ihren weitläufigen Grundstücken vorbeigingen. Das waren keine Gärten mehr, das waren parkähnliche Anlagen. Ich staunte nicht schlecht.

»Seid ihr reich?«, entfuhr es mir und ich sah, dass meine Freundin lächelte.

»Wir? Nein. Aber unsere Großeltern waren es und meine Schwester ist auf dem besten Weg, ihnen nachzueifern! Da sind wir auch schon.« Sie stieß eine Tür auf, die sich an der Seite eines schmiedeeisernen Tores befand, aus deren verschlungenen Stäben mich lauter Vogelgesichter anzustarren schienen. Etwas gruselig fand ich, aber naja, es war nur ein Tor, oder? Vor uns lag ein breiter Sandweg, der zu einer kleinen Anhöhe führte. Links und rechts vom Weg standen in weiten Abständen vereinzelt riesige Buchen.

Gespannt suchte ich mit den Augen nach dem Haus, was ja nun irgendwo sein musste. Zuerst konnte ich allerdings nur weitere Bäume sehen, die ihrer Größe nach uralt sein mussten, dann kam endlich das Haus in Sicht.

Es war nicht so groß, wie ich vermutet hatte. Das Gebäude sah eher so aus, als ob es sich schämte, in so einem Umfeld zu stehen, fand ich. So ein bisschen bescheiden. Aber ich war doch erleichtert, dass Luzie nicht in so einem schlossähnlichen Protzbau wohnte – es hätte meiner Meinung nach auch nicht zu ihr gepasst.

Die Fassade bestand aus rotem Backstein, die Bogenfenster im unteren Stock hatten rechts und links jeweils ein weiteres, schmales Fenster, so dass es aussah, als würden sie von den beiden kleinen Fenstern bewacht. Ich war, trotz der nicht so gigantischen Größe, stark beeindruckt.

»Schlimm?«, fragte Luzie.

»Nein, Quatsch, wieso?« Ich schüttelte den Kopf.

»Naja, ich hätte dich ja vorwarnen können, dass es kein

normales Haus ist. Aber so ist sie nun mal, meine wunderbare Schwester. Es muss immer etwas Besonderes sein. Komm, wir gehen durch den Seiteneingang.«

Puh, Seiteneingang! Das war so ähnlich wie in diesem Film, den ich neulich gesehen hatte. Zum Sterben langweilig war der gewesen. Da hatte es so eine unscheinbare Hintertür gegeben, die nur das Personal benutzte. Aber ich ging ja sozusagen mit der Besitzerin, das war was anderes.

Der Eingang, den wir benutzten, sah aus wie eine normale Haustür. Nur, dass uns hier schon wieder ein Vogelgesicht anblickte. Sogar ein bisschen grimmig, fand ich. Es sollte wohl einen Raben darstellen.

»Wieso sind hier überall solche Vögel? Ist das so eine Art Wappentier?«, fragte ich Luzie.

»Ja, das stammt noch von meinen Großeltern, die standen total auf Mythologie, meine Schwester Moira lässt sie immer überall anbringen. Ist so ein Tick von ihr. Du lernst sie bestimmt gleich kennen, meine über alles geliebte Schwester, die Wunderbare!«

Luzie hatte das ein wenig spöttisch gesagt. Ich vermutete, dass sie ihre Schwester entweder nicht ernst nahm oder sie nicht so besonders mochte oder ein bisschen von beidem.

Durch einen kleinen Vorraum betraten wir die Küche. Also, ich vermutete, dass es die Küche war. Es waren Kacheln an den Wänden angebracht, und es stand ein riesiger Herd in der hinteren rechten Ecke. In der Mitte prangte ein gewaltiger Tisch mit diversen Stühlen ringsum. Zwei Teller mit Tassen und Gläsern standen darauf, so als würden Gäste erwartet. Es wunderte mich nur, wieso dann in der

Küche gedeckt war. Vielleicht war das für uns? Ich sah mich staunend in dem Raum um. Das Licht war hier so anders. Es war ein wenig gedämpft, aber fröhlich. Außerdem tanzten bunte Lichter durch das ganze Zimmer. Schließlich entdeckte ich auch, woher die Lichtfarben kamen. Vor den Fenstern hingen jede Menge bunter Glasprismen, die in den unterschiedlichsten Höhen von der Decke baumelten. Die Kacheln an den Wänden waren blauweiß und erinnerten mich an etwas, ich wusste nur nicht mehr, was es war. Zwischen den geschwungenen Linien waren lauter seltsame Zeichen eingelassen.

Diese Küche wirkte auf mich einerseits unglaublich gemütlich, andererseits hatte ich das Gefühl, plötzlich in einem Märchenfilm zu sein. Gleich kam bestimmt eine uralte Frau und würde mir Kuchen anbieten, den ich vielleicht lieber nicht essen sollte.

Luzie unterbrach diese Gedanken, indem sie ihre Sachen auf den Tisch schmiss und sich an einem der blau lackierten Schränke zu schaffen machte.

»Möchtest du eine Limo? Oder Saft? Moira hat bestimmt schon Kakao gemacht, wie ich sie kenne. Ich vermute, sie hat Besuch, sonst wäre sie schon längst aufgetaucht, warte mal, ich rufe sie eben an.«

»Du rufst sie an? Ich dachte, sie wäre zu Hause?«

»Ja, das ist sie auch. Ich benutze das Haustelefon, wer weiß, wo sie gerade herumschwirrt. Telefone sind in jedem größeren Zimmer vorhanden«, sagte Luzie vergnügt.

Okay, ein Haustelefon. Ein bisschen sauer war ich schon, weil Luzie mir immer noch nicht ihre Telefonnummer gegeben hatte. Sie war der Meinung, dass ihre Schwester das nicht so toll finden würde, keine Ahnung warum.

»Ich erreiche sie nicht, bestimmt ist sie in einem Gespräch. Komm, wir machen uns etwas zu essen, ja?«

Ich wusste, dass Luzies Eltern nicht mehr lebten und sie mit ihrer wesentlich älteren Schwester zusammen wohnte. Sehr viel hatte sie mir dazu nicht erzählt. Das bisschen, was ich wusste, war, dass ihre Schwester, obwohl noch sehr jung, bereits schwer im Geschäft steckte. Irgendwas mit Möbeln oder so. Ich wusste es nicht mehr so genau.

Später wurde mir klar, dass es Antiquitäten waren, mit denen sie handelte. Nicht nur Möbel. Auch Schmuck, Uhren, Bilder, Kerzenständer, alles mögliche. Das ganze Haus war voll davon.

Und dann stand sie plötzlich da. Mitten in der Küche. Wir hatten gar nicht bemerkt, dass jemand hereingekommen war. Vermutlich weil wir so beschäftigt mit den Eiern waren, die wir uns in einer riesigen Pfanne brieten.

»Hallo«, sagte jemand und wir fuhren herum. Ich glaube, mir blieb kurz der Mund offen stehen. So eine Erscheinung war mir noch nie begegnet. Wahnsinn! Sie sah aus, wie einem Film entstiegen. Unwirklich schön, mit langen, leicht gewellten, rotblonden Haaren, einem Gesicht wie aus Porzellan und einer Figur, die weiblicher nicht sein konnte und in einem blaugrauen Kostüm steckte. Ich fühlte mich fast sofort wie ein Putzlappen neben ihr!

Luzie knuffte mich ein bisschen in die Seite und sagte dann geradezu förmlich: »Darf ich vorstellen, das ist meine Freundin Lene, und Lene, das ist meine Schwester Moira.«

Zwei blitzende grüne Augen unter wahnsinnig langen Wimpern musterten mich von Kopf bis Fuß. Ich war immer noch stumm, daher räusperte ich mich kurz, bevor mir ein krächzendes »Hallo« entfuhr.

Moira lächelte mich an und wandte sich dann an Luzie. »Du hattest mir gar nicht erzählt, dass sie so hübsch ist! Und ich glaube, dir brennt gerade etwas in der Pfanne an! Ich wollte nur kurz nach euch schauen, bin schon wieder weg!«

Luzie seufzte. »Tja – also, das war meine Schwester. Ziemlich gut aussehend, oder?«

»Kann man wohl sagen. Läuft die immer so herum? Wie alt, sagtest du, ist sie noch mal?«

»Vierundzwanzig, glaube ich. Warum?«

Ich schwieg. Wie konnte das sein? Sie war so viel älter als Luzie, ich rechnete in Gedanken aus, wie alt ihre Mutter wohl gewesen war als sie Moira bekam. Naja, konnte ja sein. Vielleicht war sie so um die zwanzig herum gewesen und hatte Luzie dann wesentlich später bekommen. Möglich. Ich fand auch, dass die beiden sich so gar nicht ähnlich sahen. Also Moira und Luzie. Oder? Verstohlen schaute ich Luzie an.

Als hätte sie meine Gedanken erraten, prustete sie plötzlich los und verschluckte sich fast vor Lachen. »Haha, das ist wirklich zu komisch, du müsstest dich mal sehen, echt, wie du guckst!« Sie beruhigte sich etwas und sagte dann in einem lässigen Ton: »Mach dir nichts draus. Die meisten reagieren so auf Moira. Sie ist meine Halbschwester, aber sie ist gleichzeitig wie eine junge Mutter, Tante und Freundin für mich!«

Ich staunte. Das hatte sich vorhin nicht so nach Freundschaft angehört. Eher so ein bisschen genervt. Aber hey, wenn ich an meine Mutter dachte, war ich auch manchmal nicht so begeistert. Mal ganz abgesehen von meiner Schwester.

»Bestimmt hast du auch überlegt, wie sich der Altersunterschied erklären lässt, stimmt's?« Luzie grinste schon wieder. »Moira stammt aus einer anderen Beziehung meiner Mutter, da war sie gerade mal so neunzehn gewesen. Ich bin erst zehn Jahre später zur Welt gekommen. Meine Mutter hat tatsächlich noch geheiratet, wer hätte das gedacht. Aber eben nicht Moiras Vater, sondern meinen. Mist, die Eier sind etwas angebrannt, da hatte Moira schon recht. Möchtest du trotzdem welche?«

Mir war aus unerfindlichen Gründen der Appetit vergangen. Es roch merkwürdig süßlich und gleichzeitig verkohlt, mir wurde etwas übel, und ich hatte plötzlich das dringende Bedürfnis an die frische Luft zu gehen.

»Sei mir nicht böse, der Bus kommt bald und ich muss ja auch noch zurück bis zur Schule, ich glaube, ich gehe lieber mal.«

»Du hast ja noch nicht mal alles gesehen! Okay, ich bring dich. Du siehst ganz grün im Gesicht aus, ist dir nicht gut?«

Wahrhaftig, mir war so gar nicht gut. Mittlerweile war mir sogar etwas schwindelig. Ich habe keine weiteren Erinnerungen an diesen Tag. Später war ich nur noch einmal da, bevor dann die Welt über mir zusammenbrach.

Manchmal ist die Stille unerträglich laut.

Tante Leni hatte aufgehört zu erzählen. Ich wartete, ob da noch mehr kam, aber sie starrte nur ins Feuer.

Also gut, sie hatte es auch nicht gerade leicht gehabt mit ihren Mitschülern. Und in wen hatte sie sich damals verliebt? Wieso war die Welt für sie zusammengebrochen? Ich witterte eine tragische Lovestory.

»Leni?«

»Mmhmm?«

»Wolltest du nicht erzählen, in wen du dich verliebt hast, damals?«

»Ja.« Meine Großtante seufzte ein bisschen. »Das war toll, also das Verliebtsein. Es war ja auch mehr so eine Schwärmerei von mir, weißt du. Wie sieht es bei dir aus, gibt es da jemanden?«

Oh man, sie lenkte schon wieder ab. Und ich wusste nicht, ob ich ihr das mit Vince erzählen konnte. Womöglich war sie noch der Meinung, das unbedingt meiner Ma erzählen zu müssen und das ging ja nun mal gar nicht. Meine Mutter konnte nämlich ihre Klappe nicht halten, sie würde Erkundigungen nach Vince anstellen, David löchern, ja, und dann hätte ich keine ruhige Minute mehr. Mein Bruder würde mich mit Vince aufziehen, der würde davon erfahren und dann müsste ich auswandern, ganz allein irgendwohin, wo mich keiner kannte, nein wirklich, das konnte ich …

»Toni? Gibt es jemanden?« Leni riss mich wieder aus meinen Gedanken.

»Äh, ja, stimmt, du hattest gefragt. Ja, also, öhm, nicht so richtig, ich meine schon, aber eben, äh, er weiß nichts davon. Und er ist auch schon älter, du kennst ihn nicht, er ist, öhm, jemand aus der Schule, aus den oberen Klassen.«

Ha, das hatte ich doch gut hingekriegt. Ich atmete erleichtert auf. Niemand würde etwas erfahren. So konnte ich Leni etwas über ihn erzählen und Vince unbehelligt weiter anhimmeln. Das Leben war schön.

»Nein, natürlich kenne ich ihn nicht, wie sollte ich auch, es sei denn, es wäre einer von Davids Freunden, die heute hier waren.« Tante Leni lächelte verschmitzt.

Uups, hatte sie mich durchschaut? Mir fiel dazu erst mal nichts ein. Daher lenkte ich ab: »Das Feuer geht, glaube ich, aus.«

Leni legte wortlos ein Holzscheit nach und sah zu, wie die anfangs noch kleine Flamme immer größer wurde.

»Als ich mich damals verliebte«, begann sie, »war es für mich wie ein Schock. Ich kannte ja noch nicht so viele Jugendliche aus der Nachbarschaft. Einige von ihnen gingen auch in ganz andere Schulen. Und mit Jungs hatte ich noch nicht so richtig was am Hut, wenn du verstehst was ich meine.« Tante Leni schmunzelte in sich hinein, sie schwelgte wohl in ihren Erinnerungen. Das war irgendwie süß, wie sie da so gedankenverloren an eine alte Liebe dachte. Wer weiß, vielleicht würde ich eines Tages auch eine Nichte oder Großnichte haben, der ich dann von Vince erzählen würde?

»Er hieß Andreas und kam mir eines Tages, als ich von der Bushaltestelle nach Hause ging, mit einem Pferd am Halfter entgegen.« Tante Leni hatte offenbar beschlossen, mich in ihre Jugendliebe einzuweihen. Sie nickte ein bisschen und fuhr fort. »Er blickte nur kurz auf, als ich an ihm vorbeiging und das war's dann. Ich hatte tagelang ein Grinsen im Gesicht und fing an, mich ernstlich für Pferde zu interessieren. Dummerweise hatte ich eine Heidenangst vor den Tieren. Sie waren mir einfach zu groß und dazu kam, dass ich als kleines Mädchen mal in einem Vergnügungspark von einem Pony gefallen war. Es waren nicht so die besten Voraussetzungen. Oh man, war ich verknallt!«

»Wie ging es weiter?«, wollte ich wissen. »Fand deine Freundin Luzie den auch so toll?«

Tante Leni wurde plötzlich sehr ernst. Fahrig nahm sie einige kleine Holzstücke in Augenschein, sie schien sich auf einmal sehr für das Feuer zu interessieren, denn sie stocherte mit dem Schürhaken darin herum, als ob es nichts Wichtigeres geben würde. Schließlich sah sie mich von der Seite an und fragte, ob ich nicht müde sei. Sie war auf einmal wie ausgewechselt. Ich war verwirrt. Hatte ich etwas Falsches gesagt? War die Frage nach Luzie oder dem Typen zu persönlich gewesen? Was hatte sie denn plötzlich? Ich schüttelte den Kopf. »Nein, gar nicht«, sagte ich. »Bist du irgendwie sauer?«

»Nein, es ist nur, ich weiß nicht, wie ich das jetzt erzählen soll, ohne dass du mich für vollkommen geistesgestört hältst. Es ist wirklich so schön mit dir hier am Kamin zu sitzen, ich merke nur auf einmal, wie sehr mich diese alte Geschichte wieder packt, weißt du.«

»Keine Sorge«, sagte ich. »Bevor ich dich einweisen lasse, rufe ich bei Mama an! Na los, erzähl schon weiter!«

Aber dazu kam es vorerst nicht, denn jemand klingelte Sturm an der Tür.

Ich lache nicht,

ich habe nur Angst vor dem Weinen!

Draußen stand ein völlig aufgelöster junger Typ mit halblangen Dreadlocks, einer Bomberjacke und einem roten Schal. Aber das war noch nicht alles. Im Arm hielt er meine blutüberströmte Schwester, die noch dazu angetrunken war, wie es schien.

»Ich glaube, hier muss sich mal jemand kümmern«, sagte er schüchtern. Dabei riss er seine braunen Augen so weit auf, dass es regelrecht furchteinflößend aussah.

Tante Leni schlug vor Schreck die Hände vors Gesicht, fasste sich aber schnell und bat den Typen mitsamt meiner Schwester herein. »Um Himmels Willen, was ist denn passiert? Toni, ruf den Notarzt. Mach schnell. Nimm gleich die 112, den Rettungsdienst. Und du legst Vivi ganz vorsichtig aufs Sofa. Ich hole eben Verbandszeug und warmes Wasser. Wir müssen sie etwas reinigen. Wo kommt das Blut her? Du lieber Gott, Vivi, ganz ruhig, meine Kleine!«

»Sie hat wohl ein bisschen viel getrunken und ist beim Runterlaufen in den Keller gegen eine Mauer gerannt. Es ist, glaube ich, keine so große Wunde, sie hat sich den Kopf gestoßen und da blutet es eben ziemlich stark. Wir haben sie erst mal in die Schocklage gebracht, aber dann fanden wir es doch besser, sie nach Hause zu bringen. Meine Freundin wartet im Auto.«

»Warum zum Teufel habt ihr nicht gleich den Notarzt gerufen, das wäre doch das Erste gewesen!«

»Sie wollte ja nicht, sie hat ziemlich herumgeschrien und der Gastgeber meinte, es wäre vielleicht besser, sie erst mal zu beruhigen.«

»Aha, beruhigen, na bravo. Und die Eltern, was haben die denn dazu gesagt? Ich verstehe das nicht, also das darf doch alles nicht wahr sein, meine kleine Vivi, halte durch, der Arzt kommt gleich, ganz ruhig.« Tante Leni hatte sich so richtig in Rage gesprochen, der Typ tat mir total leid.

Es klingelte wieder an der Haustür, diesmal war es ein Mädchen mit blonden Haaren, sie sah etwas mitgenommen aus, aber immerhin blutete sie nicht. Etwas glasige Augen hatte sie allerdings auch.

»Ich wollte nur fragen, wie es Vivi geht, es tut mir so leid, ich wusste nicht, dass sie keinen Alkohol verträgt, sie hat gesagt, sie sei siebzehn und dass sie immer etwas trinken würde, aber dass sie dann so daneben ist, konnte ja keiner ahnen, tut mir wirklich leid!«

Leni winkte ab. »Das ist jetzt egal, wir warten auf den Notarzt, er müsste gleich hier sein. Was hat sie denn getrunken? Und wieviel davon?«

»Na, es gab Klopfer, davon hat sie vielleicht so drei getrunken, ich weiß es nicht genau, es tut mir so leid!«

»Halt die Klappe, Sissi«, tönte es vom Sofa. Meine

Schwester war offensichtlich wieder auf Zack. »Aua, mein Kopf tut weh. Ich will keinen Arzt, ich will nur ins Bett.«

»Kommt nicht in Frage.« Leni hatte einen ziemlich scharfen Ton für ihre Verhältnisse drauf. »Was bitteschön sind Klopfer, und was ist da drin?«, wandte sie sich an »Sissi«, die sich nicht weiter vorgestellt hatte.

»Äh, ich glaube Wodka, ich bin mir nicht so ganz sicher.« Hilfesuchend sah sie sich nach dem Dreadlocktypen um.

»Ja, stimmt, Wodka Feige war das.«

»Und du bist ...?« Leni schaute ihn mit hochgezogenen Augenbrauen an.

»Ich heiße John Slimani, das ist meine Freundin Simone Jakobs. Wir wohnen ein Dorf weiter, also ich. Simone wohnt in der Stadt. Wir waren nur mit bei der Feier. Wenn Sie meine Handynummer haben wollen, kein Problem, ich kann Sie Ihnen gerne geben!«

Boah, war der Typ höflich. Das konnte man von Leni nicht gerade behaupten, denn sie pampte ihn an: »Ja, ich bitte darum, und ich finde es unverantwortlich, betrunken Auto zu fahren!«

»Bitte entschuldigen Sie, aber ich trinke grundsätzlich keinen Alkohol wenn ich fahre, das können Sie mir ruhig glauben. Da können Sie jeden fragen, der auf der Party war.«

Leni schnaubte nur aufgebracht.

Es klingelte wieder an der Tür. Diesmal kamen gleich drei Sanitäter ins Haus gestürzt.

»Wie sieht es aus, wo ist die verletzte Person? Wir benötigen ihre Krankenkarte und ihren Ausweis. Wie heißt der Hausarzt«, spulte einer der drei herunter, als ob er nie etwas anderes tun würde. Was er vermutlich auch nicht tat, denn die beiden anderen kümmerten sich um meine Schwester.

»Also, eine schwere Verletzung können wir erst einmal ausschließen, es ist eine kleine Platzwunde an der Stirn, nichts Weltbewegendes. Aber zur Vorsicht könnten wir ihre Enkelin zum Röntgen mitnehmen, wenn Sie wollen. Dann könnten wir auch gleich eine Gehirnerschütterung ausschließen, wir nehmen sie am besten zur Beobachtung mit.«

Meine Güte, die waren aber echt gut, die Jungs. Das alles hatten sie in einem an Lichtgeschwindigkeit grenzenden Tempo herausbekommen, gerade nahm der größere der beiden den Blutdruckverband ab, der noch am Arm meiner Schwester hing. Meine Tante sah etwas ratlos von einem zum anderen. »Wo würden sie meine Nichte denn hinbringen? Also, welches Krankenhaus?«

»Ehrlich gesagt, das müssten wir kurz checken. Das Wollsener Krankenhaus wird gerade saniert, daher bringen wir so leichte Fälle oft nach Eichenbarg. Das ist zwar weiter weg, aber wir haben im Moment keine andere Möglichkeit.«

»Bitte nicht«, hörten wir die schwache Stimme meiner Schwester. »Nicht Krankenhaus, bitte!«

Tante Leni sah sie besorgt an. »Ist dir schlecht? Oder schwindelig? Ich denke, es wäre doch besser ...«

»Hören Sie.« Der Typ, der anfangs die Formalitäten gecheckt hatte, mischte sich wieder ein. »Sie wird vermutlich eine ganze Weile im Flur herumhängen müssen. Wir bearbeiten erst die ganz schweren Fälle. Ich an Ihrer Stelle würde mir das überlegen. Sollte es schlimmer werden, können Sie mich jederzeit kontaktieren.« Er überreichte Tante Leni eine Visitenkarte. Ich linste mit darauf. Oh. Wer hätte das gedacht! Der Mann war Arzt! Nicht zu fassen! Der sah doch noch so jung aus und überhaupt, ich hatte ihn doch bereits als Assi gesehen, na, egal.

»Was machen wir denn jetzt?« Leni sah ganz unglücklich aus.

»Legen Sie sie ruhig hin, passen Sie auf, dass sie etwas Wasser trinkt. Es ist auch etwas Alkohol im Spiel. Wie gesagt, es ist natürlich Ihre Entscheidung …« Der Rest des Satzes blieb im Raum hängen.

Leni sah mit zusammengekniffenen Augen von einem zum anderen. »Okay, ich denke, so machen wir das. Vivi bleibt hier und wir passen auf sie auf. Und wenn irgendwelche Komplikationen auftreten, rufe ich Sie sofort an, ja?«

So schnell wie die Sanis gekommen waren, verschwanden sie auch schon wieder.

Nachdem die Haustür hinter ihnen zugeklappt war, wandte sich Tante Leni an das Pärchen, das immer noch bei uns im Wohnzimmer stand und auch so aussah, als ob es etwas Ruhe gebrauchen könnte.

»Und ihr gebt mir jetzt mal eure Adressen und Telefonnummern, falls noch irgendwelche Fragen aufkommen.« Sie fischte ein kleines grünes Notizbuch aus ihrer Tasche und reichte es dem Mädchen. »Schreibt sie mir hier in das Adressbuch. Und dann geht ihr am besten auch nach Hause. Zieht die Haustür leise hinter euch zu, ja? Gute Nacht. Komm«, sagte sie zu mir, »wir müssen Vivien jetzt in ihr Zimmer verfrachten, hilf mir mal.«

Gemeinsam gingen wir mit einer ziemlich schlaffen Vivi in ihr Zimmer. Die stöhnte ein bisschen.

»Mir ist schlecht. Aber das war mir vorhin auch schon, bevor ich gegen diese blöde, aua, mein Kopf tut weh.« Und schon erbrach sie sich ohne weitere Ansage direkt auf den Plüschteppich, der erst vor kurzem bei ihr eingezogen war. Leni und ich konnten gerade noch verhindern, dass sie nicht auch noch auf unsere Füße spuckte. Oh man. Mir wurde auch ein bisschen mulmig. Uäh, war das eklig. Tante Leni hatte sich besser im Griff.

»Gehts? Komm Vivi, wir sind gleich im Badezimmer. Toni, ist alles in Ordnung?«

Ich nickte tapfer. Bis jetzt kannte ich Spucken eher aus Filmen. Das hier war mir definitiv zu real!

Nach einigen weiteren Spuckattacken und nachdem wir der Meinung waren, dass da vorerst nichts mehr kommen konnte, brachten wir meine Schwester, einigermaßen wiederhergestellt und schon fast wieder normal, zurück in ihr Zimmer. Leni hatte netterweise sogar das Säubern des Teppichs übernommen.

Unschlüssig standen wir vor Vivis Bett.

»Wie geht es dir jetzt, Vivi?« Tante Leni tätschelte ein wenig Vivis Hand und schaute sie mitfühlend an.

Zu meiner großen Überraschung fing Vivi urplötzlich an zu weinen. Es goss nur so aus ihren Augen. Sie tat mir auf einmal sehr leid. Arme Vivi. Ich fühlte mich schon fast wie eine Freundin oder so. Jedenfalls packte mich das extreme Bedürfnis, sie zu streicheln. Verrückt.

»Er war nicht da«, schluchzte sie. »Er ist nicht gekommen, er war nicht da!«

Ja – das wussten wir ja nun. Tante Leni war offenbar auch etwas ungeduldig, denn sie fragte sofort nach. »Wer?«

»Micky«, schniefte meine Schwester. Und dann weinte sie hemmungslos weiter. Oh jeh. Phantasierte sie jetzt? Ich kannte nur Mickymaus, aber ich konnte mir nicht vorstellen, dass es um den ging. Dann würde sie vielleicht bald auch von Minniemaus anfangen? Oder kannte sie die Zeichentrickfiguren gar nicht? Ich dachte schon wieder absoluten Müll. Das ging mir immer so, wenn ich mit einer Situation nicht so gut zurechtkam. Ich spann verworrene Gedanken. Nicht so Leni.

»Und wer ist das?«, hakte sie zielstrebig nach. Erstaunlicherweise antwortete meine Schwester sofort.

»Micky aus der elften. Er ist nicht gekommen. Dabei war ich mir so sicher, dass er kommen würde!« Leise weinte sie weiter.

Micky? Aus der elften? Langsam dämmerte es mir. War das womöglich der Typ, mit dem ich sie neulich in der Aula gesehen hatte? Ich fand damals schon, dass sie sich nicht wie Vivi aufführte, sondern wie jemand, der ziemlich albern war. Sie hatte andauernd gekichert und sich die Hände vor den Mund geschlagen und ich hatte beschlossen, dass ich mich geirrt haben musste. So führten sich nur einige debile Mädchen aus meiner Klasse auf, aber doch nicht meine coole Schwester Vivi! Tja. Da hatte ich mich wohl getäuscht. Meine Schwester war verknallt, ganz klar. Und nicht ganz bei sich. Sonst hätte sie das doch niemals gesagt, so lange ich mich im gleichen Zimmer befand. Allein das zeigte mir, wie fertig sie sein musste.

Uiuiui, Vivi verknallt. Wenn ich das Lou erzählte, die würde sich nicht wieder einkriegen. Sie mochte meine Schwester nicht so besonders. Lou fand, dass der IQ meiner Schwester ähnlich sei, wie der eines Lurchs. Jedenfalls hatte sie mal so was in der Art geäußert als wir über Vivi sprachen. Ich freute mich schon diebisch darauf, ihr alles zu erzählen!

Leni deckte meine Schwester ein bisschen weiter zu, streichelte ihr über die Wange und stand dann auf. Vivi war offenbar kurz davor, einzuschlafen. Tante Leni zog mich an der Hand zur Tür. »Komm«, flüsterte sie. »Wir gehen immer mal wieder nach ihr gucken, im Moment können wir nichts weiter für sie tun. Habt ihr einen Eimer oder so etwas? Den könnten wir ihr neben das Bett stellen, falls sie doch noch mal spucken muss.«

Nachdem auch das erledigt war, gingen wir wieder ins Wohnzimmer vor den Kamin.

Das junge Mädchen und der Typ, die meine Schwester gebracht hatten, waren verschwunden. Auf dem Esszimmertisch lag aufgeschlagen das Notizbuch von Tante Leni.

Das Feuer war fast ausgegangen, ein bisschen Glut war allerdings noch zu sehen. Ich legte beide Hände auf die Rückenlehne des Sessels, auf dem ich mir vorhin noch so entspannt Lenis Geschichte angehört hatte.

»Was meinst du, wollen wir noch einmal etwas Holz nachlegen oder bist du zu müde und möchtest ins Bett?« Leni sah mich freundlich und fast ein wenig mütterlich an.

Es war noch nicht so spät, ein Blick auf die Uhr bestätigte mir, dass es erst halb elf war. Müde war ich auch nicht, eher ein bisschen aufgeregt wegen Vivi.

»Nö, gar nicht«, sagte ich daher. »Ich will ja auch wissen, wie es weiterging mit dir und diesem, wie hieß der noch?«

»Andreas«, lächelte Tante Leni. »Na gut, wenn du dich noch einen Augenblick geduldest, dann fache ich das Feuer wieder an und hole mir noch einen Tee. Möchtest du auch etwas?«

»Hm, vielleicht noch einen Früchtetee, aber das kann ich ja machen, während du den Kamin wieder zum laufen bringst. Also deinen natürlich auch.« Ich lächelte zurück.

Zehn Minuten später – wir hatten auch noch einmal nach Vivi gesehen, sie schlief tief und fest – saßen wir wieder zusammen und freuten uns über das Feuer, das wieder lustig vor sich hin knisterte. Draußen war es sehr regnerisch und windig. Der Regen prasselte gegen die großen Fenster. Ich fand es sehr gemütlich und war mit dem Abend mittlerweile ausgesöhnt. Dann begann Leni wieder zu erzählen ...

Mach es wie ein Detektiv: Schließe das Unmögliche aus
und schau, was dann noch übrigbleibt!

Fortsetzung Lenis Geschichte 1974 (2)

Ich hatte mich also, ähnlich wie deine Schwester, total verknallt. Ich dachte ewig an diesen Jungen, ich versuchte alles über ihn herauszufinden, wo er wohnte, wie er hieß, was er machte, auf welche Schule er ging. Luzie war nicht so begeistert. Sie war der Meinung, dass der Typ nicht der Richtige für mich sei. Erstens hätte ich keine Ahnung vom Reiten, zweitens wäre er zu alt und drittens fand sie ihn hässlich. Waren wir vorher fast immer einer Meinung gewesen, wurde es plötzlich schwierig für mich, etwas über Andreas zu erzählen. Ja, ihn überhaupt zu erwähnen war Luzie offenbar zuwider. Ich verstand meine Freundin nicht. Außerdem war ich enttäuscht. Ich hatte erwartet, dass sie sich mehr für meine erste Liebe interessieren würde, aber da hatte ich mich wohl gründlich verrechnet. Sie mochte ihn einfach nicht und damit war das Thema für sie erledigt.

Stattdessen versuchte sie, mich für andere Dinge zu begeistern. Zum Beispiel das Ausspionieren ihrer Schwester. Ich hatte ja erwähnt, was für einen Eindruck sie auf mich

79

gemacht hatte, nun behauptete Luzie, dass sie eventuell in Schwierigkeiten sein könnte. Es würden immer öfter seltsame Leute zu ihnen kommen. Leute, die entweder merkwürdig aussahen, sich eigenartig benahmen, oder einfach dadurch auffielen, dass sie Luzies Meinung nach völlig farblos waren. Sie überredete mich, mit zu ihr zu kommen, um herauszufinden, was ihre Schwester so trieb. Mir war das eine willkommene Abwechslung. Immerhin war das etwas, worüber wir uns wieder völlig normal unterhalten konnten. Ich ging also nach der Schule mit zu ihr.

An diesem Nachmittag gingen wir durch den Haupteingang. Das Gebäude wirkte auf mich auf einmal sehr einschüchternd. Vermutlich lag es daran, dass der offizielle Zugang erhöht lag. Man musste zuerst einige abgerundete, flache Stufen hinaufgehen, bis man davor stand. Und dann diese Tür, falls man das noch Tür nennen konnte. Es war eher so eine Art Portal! Links und rechts davon befanden sich eckige Säulen, die bis in das Dach hineinzuragen schienen. Sie waren zwar auch nur aus rotem Backstein gemauert, aber die Steine waren unterbrochen von seltsamen Figuren, die jeweils mit eingelassen waren. Die Tür selbst war offenbar aus Holz, denn es waren lauter eigenartige Schnitzereien zu sehen. Über einem gigantischen Türklopfer waren auf einem Vorsprung zwei Raben zu sehen. Sie schauten einen direkt an, was vermutlich daran lag, dass sie Augen zu haben schienen. Das waren natürlich Glasaugen, war mir schon klar, aber es war doch etwas unheimlich anzusehen, denn sie waren leicht geduckt dargestellt, als ob sie jeden Moment auffliegen wollten. Oder einen angreifen, dachte ich so für mich. Kaum waren wir durch die Tür gekommen, lief uns mit wehenden Haaren Moira entgegen. Sie schien etwas aufgelöst zu sein, was in der großen, braun weiß gefliesten Halle, die wir betraten, geradezu fremd wirkte.

»Los, kommt schnell, er muss gleich da sein«, rief sie uns hastig zu.

Ich blickte Luzie etwas irritiert an. Wer war ER in diesem Fall? Luzie schien von dieser Auskunft allerdings nicht weiter überrascht oder panisch zu sein. Gelassen sah sie ihre Schwester an und murmelte: »Ja, und?«

Moira schaute sie mit aufgerissenen Augen an und sah dabei aus, als ob sie jeden Moment einen hysterischen Anfall bekäme. Sie schnappte regelrecht kurz nach Luft und zog Luzie am Ärmel ihres Parkas in Richtung einer Tür, die sich schräg gegenüber dem Eingang unter der sich nach oben windenden Treppe befand.

»Los jetzt, rein da«, befahl sie, und Luzie und ich schlitterten, mehr als wir gingen, in einen kleinen Raum, in welchem sich eine Art Minialtar befand. »Mach schon«, drängelte Moira, »nun drück schon drauf!« Im gleichen Moment ging die Türglocke und ich fiel fast vornüber, als der Altar zur Seite klappte und wir in einem schmalen, muffig riechenden Gang landeten, der von irgendwoher erleuchtet wurde. Es war eine Taschenlampe, die Luzie offenbar mitgenommen hatte oder ständig bei sich trug.

Ich jedenfalls hätte sonst jetzt im Dunkeln gestanden, so viel stand fest. Moira war abgetaucht, offenbar sollten nur wir von der Bildfläche verschwinden, warum auch immer. Luzie legte den Zeigefinger vor den Mund und bedeutete mir damit, leise zu sein. Dann ging sie vorsichtig vor mir her und stieg eine kleine Treppe hinauf, die plötzlich vor uns auftauchte. Es war ziemlich eng und das Geländer schien mir auch nicht so das jüngste zu sein.

Misstrauisch rüttelte ich ein bisschen daran, um zu sehen, ob es nicht gleich mit uns zusammenbrechen würde. Luzie verdrehte ein bisschen die Augen und schüttelte dabei den Kopf, wie ich in dem schwachen Licht erkennen konnte. Wo waren wir? Und was sollte das alles? Ich zeigte ihr einen Vogel und verdrehte ebenfalls die Augen. Eigentlich hatte ich gedacht, dass wir ein wenig ihrer Schwester hinterher spionieren, aber nicht, dass wir Verstecken spielen würden. Dummerweise fühlte es sich nicht wie ein Spiel an.

Nachdem wir einen weiteren Gang entlang geschlichen waren, wurde mir etwas flau in der Magengegend. Ich bekam es schon fast richtig mit der Angst zu tun, als Luzie plötzlich »Uff«, sagte und sich durch eine kleine Tür, die so niedrig war, dass man sich ducken musste, hindurchzwängte. Eng war sie nämlich auch noch.

»So«, sagte sie zufrieden, »das wäre geschafft.«

»Meinst du, ja?« Ich war ebenfalls durch die Tür geschlüpft und bemerkte erstaunt, dass wir uns in einer Art kleinen Kirche befanden.

»Wo sind wir denn jetzt gelandet?« Verwirrt sah ich mich um. Vielleicht, nein ganz bestimmt, war das eben ein Geheimgang gewesen. Und der führte offensichtlich zu dieser Kapelle.

»Jedenfalls sind wir hier garantiert vor ihm sicher. Hast du Angst?«

»Ich weiß nicht, was ist denn los, warum sollten wir weg, spinnt deine Schwester ein bisschen, oder war das alles ihr Ernst? Und vor wem sind wir jetzt eigentlich weggelaufen?«

Luzie zog ein Grimasse. »Keine Ahnung, aber so hast du mal den kleinen Geheimgang unten kennengelernt, ich hatte doch gesagt, dass wir ein bisschen spionieren werden.«

»Hä?« Ich verstand die Welt nicht mehr. War Luzie jetzt völlig durchgeknallt? Noch völlig verdattert von ihrer Antwort sah ich mich erst einmal genauer um.

Es war sehr still hier. Klar, es war ja eine Kapelle, aber wo mochte sie sich befinden? Allzu weit vom Haus entfernt konnte es nicht sein. Die Bänke waren aus dunklem Holz, es gab nur drei Bankreihen. Links von uns befand sich eine runde Ausbuchtung, in die ein Marienbild eingelassen war. Davor stand ein kleiner Altar. Es roch etwas muffig hier, außerdem wurde mir trotz der Sonne, die durch bunte Glasfenster schien, etwas kalt.

»Wo sind wir hier, gehört das noch zu eurem Grundstück?« Hoffentlich bekomme ich wenigstens dazu eine vernünftige Antwort, dachte ich.

Es war schon so: Seitdem ich mich mehr mit Andreas beschäftigte, war ich Luzie gegenüber etwas kritischer geworden. Außerdem war ich mittlerweile auch wesentlich selbstbewusster. Dass ich diese neue Wesensart Luzie zu verdanken hatte, übersah ich dabei gerne.

»Ja, die Kapelle gehört noch zu uns. Wir haben den Geheimgang auch erst durch Zufall entdeckt. Aber ist doch geil, oder? Es gibt sogar noch einen zweiten, den zeige ich dir später, wenn der Typ weg ist.«

Ermutigt durch ihre prompte Antwort fragte ich weiter. »Jetzt sag schon, wer ist der Mann, du weißt es doch, oder? Du hast doch bestimmt eine Vermutung wer das ist, stimmt's?«

»Pff, Mann, wenn ich das schon höre, als Mann würde ich den jetzt nicht gerade bezeichnen, also echt.« Sie schnaubte ein bisschen.

»Okay? Wenn er kein Mann ist, was ist er dann?«, fragte ich vorsichtig, denn Luzie schien sich aus irgendeinem Grund enorm aufzuregen.

Ich wartete, ob noch eine Information käme, aber Luzie sagte nichts weiter als: »Komm, wir verschwinden von hier, dir wird kalt!«

Ich war sehr gespannt, wo wir wohl herauskommen würden, wenn wir aus der Kapelle kamen, außerdem fiel mir siedend heiß ein, dass ich ja rechtzeitig nach Hause musste.

»Woher weisst du, wann er weg ist? Ich müsste nämlich um halb vier den Bus kriegen. Schaffen wir das?«

»Ich habe keine Ahnung, ich vermute mal, dass er nicht lange bleibt, wenn er nicht findet, was er sucht.«

»Und was ist das?«

Luzie sah mich mit zusammengekniffenen Augen an. »Na dich«, sagte sie und mir fiel eine Weile mal wieder gar nichts ein. Als wir aus der Kapelle kamen, hatte sich der Himmel verdunkelt und es sah nach Regen aus. Schade, es war schon so schön warm gewesen, hoffentlich fing es nicht an zu regnen, bevor ich zu Hause war. Was mich aber weit mehr beschäftigte war ER, wer auch immer das nun war.

»Du weisst also, wer gekommen ist. Warum machst du

so ein Geheimnis daraus und warum darf ich nicht gesehen werden? Ich meine, was soll das denn? Soll er mich nicht sehen oder ist es eher andersherum und ich soll ihn nicht sehen? Sag schon, ich hab sonst echt keine Lust mehr. Dann gehe ich eben zum Bus.«

Ich war mittlerweile wirklich erbost über das seltsame Verhalten meiner Freundin. Man konnte es mit der Geheimniskrämerei auch übertreiben. Was bildete sie sich nur ein? Und es roch schon wieder verbrannt.

»Hier riecht es nach Rauch!«

»Ja, das kommt wohl vom Kamin«, meinte Luzie. »Bestimmt hat Moira den Ofen angemacht, das wird es sein.«

»Jetzt, im Juni?« Ich war etwas verblüfft, aber na schön, konnte ja sein. Das Haus war nicht gerade der wärmste Ort. Die Decken waren ziemlich hoch und die Zimmer groß, da konnte man schon mal frieren.

»So, was ist jetzt, bekomme ich noch mal eine Antwort oder bist du der Meinung, dass mich das alles nichts angeht? Ich finde nämlich schon, wenn ich sogar durch Geheimtüren kriechen muss, um mich zu verstecken.«

Luzie schaute mich mal wieder unergründlich an und sagte schließlich: »Na gut, wenn du es unbedingt wissen willst: Der Typ hat sie nicht mehr alle, meine Schwester hat offenbar Schulden bei ihm und die versucht er jetzt einzutreiben.«

»Ja gut, ich meine natürlich nicht gut, tut mir leid, aber was hat das mit mir zu tun, verstehe ich nicht.«

Luzie wand sich ein bisschen, das merkte ich an der Art, wie sie sich durch die Haare fuhr und an ihrer Lippe kaute. Das machte sie nämlich immer, wenn sie nicht weiter wusste. Im Unterricht tat sie das auch andauernd, wenn ihr die passende Antwort nicht einfiel. Meistens wusste ich sie dann aber, und sie überließ mir bereitwillig das Feld. Sie kaute noch ein wenig länger auf der Unterlippe herum, grinste mich schief an und nickte dann vor sich hin.

»Okay«, bemerkte sie schließlich. »Ich sagte ja, der Typ ist nicht ganz dicht. Der beschäftigt sich mit Dingen, die er lieber bleiben lassen sollte, sonst landet der noch in der Klapsmühle! Er hat meiner Schwester vorgeschlagen, ihm statt des Geldes, was sie ihm schuldet, ein Mädchen zu besorgen.«

»Ein Mädchen? Verstehe ich nicht. Wie jetzt, irgendeins? Und was heißt besorgen, man kann nicht einfach jemanden besorgen, oder? Wie hat er sich das denn vorgestellt? Soll sie eins entführen?« Ich lachte leise vor mich hin.

»So in etwa, ja«, sagte sie doch tatsächlich. Luzie hatte offensichtlich einen Sockenschuss, ganz eindeutig. Irgendwas stimmte hier so ganz und gar nicht!

»Was? Seid ihr nicht ganz dicht, das ist doch ein Fall für die Polizei«, bemerkte ich heftig. Ich verschluckte mich fast dabei, so sehr regte ich mich auf. Das durfte doch alles nicht wahr sein! »Du, ich geh zum Bus, mir wird das hier alles etwas zu komisch. Du musst doch einsehen, dass das völliger Blödsinn ist, den du da eben erzählt hast, oder? Ich meine, das kann doch nicht dein Ernst sein. Ihr müsst zur Polizei gehen, das ist doch alles nicht normal!« Ich blieb abrupt stehen und starrte Luzie an.

Die winkte ab. »Ich weiß doch, dass der einen Knall hat, habe ich doch jetzt schon ein paarmal gesagt. Moira sagt das ja auch, sie hält ihn nur etwas hin, verstehst du?«

»Ja, aber stell dir vor, der schnappt sich irgendwo ein Mädchen und verschleppt es. Das kannst du doch nicht wollen, das ist doch total krank, der Mann gehört in eine Anstalt oder so!«

»Nein, so einfach ist das nicht. Ohne Einwilligung der Person funktioniert das nicht, keine Sorge!«

Häh? Ich hatte mich wohl verhört. Erst sollte Moira jemanden kidnappen und dann sollte sich die Person, also in dem Fall ich, dazu bereit erklären sich kidnappen zu lassen? Mir schwirrte der Kopf. Es ergab alles überhaupt keinen Sinn!

»Das ist ja wohl das Blödeste, was ich jemals gehört habe«, raunzte ich Luzie an. Langsam wurde es mir echt zu bunt. Wie ich feststellen konnte, waren wir schon fast wieder beim Haus angelangt. Jetzt bekam ich es doch mit der Angst zu tun.

»Du hast das alles nicht richtig verstanden, es ist nicht ganz so, wie du denkst. Natürlich entführt hier niemand irgendwen, schon gar nicht dich, das musst du mir glauben. Wirklich, du musst keine Angst haben. Moira würde doch nie …«

Vor Schreck blieben wir beide stehen. Aus dem Haus kam ein junger Mann, eigentlich mehr ein Junge. Er konnte nicht viel älter als mein großer Bruder sein. Er war groß und ein bisschen schlaksig und hatte rotblondes Haar. Und er kam genau auf uns zu. Oh Gott, was sollten wir bloß machen? Luzie zog mich ein bisschen näher an sich heran, der Typ kam direkt auf uns zu.

»Was machen wir jetzt?«, flüsterte ich verzweifelt.

»Ganz ruhig bleiben, einfach weitergehen oder vielleicht stehen bleiben«, flüsterte Luzie zurück.

Ja super, was denn jetzt? Und schon stand der Junge vor uns. Scheinbar hatte er sich ziemlich beeilt. Er sah nicht weiter gefährlich aus, aber das wusste man ja, dass man den Schurken dieser Welt ihre fiesen Gedanken nicht ansehen konnte. Ich bibberte ein bisschen. Was würde jetzt passieren?

»Hey«, sagte der Typ und sah mich an. »Auch mal wieder hier?«

Also das war ja wohl die Höhe, mich einfach so anzuquatschen, als würde er mich kennen!

»Ich wüsste nicht, dass wir uns schon mal begegnet sind«, sagte ich so forsch wie möglich. Puh, der hatte ja vielleicht Nerven! Ich leider nicht, denn ich bemerkte nur noch hastig, dass ich jetzt los müsse und verwandelte mich auf der Stelle in eine der besten Sprinterinnen, die es auf diesem Planeten je gegeben hatte. Ich spurtete also los und musste nach einiger Zeit feststellen, dass Luzie nicht mitgelaufen war. Ich konnte sie auch nirgends entdecken. Ja, war sie denn von allen guten Geistern verlassen? Ich verschnaufte kurz und beschloss dann, auf dem schnellsten Weg weiter zum Bus zu rennen. Niemand folgte mir. Das war einerseits gut, andererseits machte ich mir wirklich Sorgen um Luzie. Schließlich fiel mir ein, dass sie immer nur von mir gesprochen hatte, nie von sich selber, wenn es um diesen komischen Typ ging. Das beruhigte mich etwas. Bestimmt war sie mittlerweile längst im Haus bei ihrer Schwester, vielleicht durch den zweiten Geheimgang, überlegte ich mir, den musste ich mir dann demnächst auch mal ansehen.

Der weitere Nachmittag verlief ohne weitere Zwischenfälle, nur das übliche Generve meiner Brüder, ein hysterischer Anfall meiner kleinen Schwester, weil sie ein T Shirt nicht fand, und meine Mutter, die wie üblich nicht ganz bei der Sache war. Ich hatte also genügend Zeit über alles in Ruhe nachzudenken.

Nachdem ich meine Hausaufgaben etwas flüchtig erledigt hatte, beschloss ich, noch etwas rauszugehen, um eventuell dem Objekt meiner Begierde noch irgendwo über den Weg zu laufen. Ich hatte Andreas jetzt schon länger nicht mehr gesehen, vielleicht sollte ich einen kleinen Spaziergang zum Stall machen und würde dort wie zufällig auf ihn stoßen, konnte doch sein! Manchmal war er abends noch bei seinem Pferd, es gab also eine kleine Chance! Meine Mutter hatte nichts dagegen, dass ich etwas spazieren ging, wenn ich vor dem Abendessen wieder da war und den Hund mitnahm. Es sei ihr wohler dabei, meinte sie. Jaja, von wegen, sie hatte wohl nur keine Lust sich mit meinen Brüdern auf Diskussionen einzulassen, wer diesmal dran wäre mit dem Gassigehen, aber egal. Mir konnte es in diesem Fall nur recht sein, so war es nämlich noch unauffälliger.

Unser Hund war eine Mischung aus Chow Chow und Dogge oder so. Genau wussten wir es nicht. Wir hatten ihn als Welpen aus dem Tierheim geholt. Damals hatte er wie ein kleiner Plüschteddy ausgesehen und wir hatten ihn alle verhätschelt, jeder auf seine Weise. Wir Kinder liefen damals ständig um ihn herum und wollten, dass er mit zu uns ins Zimmer kommt. Ich hatte da so meine Spezialmethode, ich lockte ihn mit Leberwurst. Meistens hatte ich damit Erfolg, ich durfte dabei nur nicht erwischt werden. Meine Eltern meinten, er bekäme davon Durchfall. Das wollte ich natürlich auch nicht, deshalb nahm immer nur so ein winziges bisschen. Meine Mutter dagegen brachte ihm bei: Wie macht der liebe Hund? Dabei musste er sich hinsetzen und jaulen, und sie gab ihm dann jedesmal ein Leckerli. Das war sehr niedlich, als er noch klein war. Jetzt, sechs Jahre später, war es das nicht mehr. Und es konnte ziemlich unangenehm werden, wenn wir ihn irgendwo zum Essen dabei hatten, und er sich vor einem aufbaute und anfing zu jaulen, während sein Kopf fast auf dem Tisch lag. Das war also unser Hund. Ziemlich groß, aber lieb wie ein Schoßhund. Wir nannten ihn Toby.

Draußen war nichts los. Obwohl der Sommer so gut wie da war, trieb sich kaum jemand auf der Straße herum. Dieses Dorf war auch einfach zum Gähnen langweilig. Bis auf den Sportplatz und die Bushaltestelle unten im Ort, an der ich notgedrungen vorbei musste, wenn ich zum Stall wollte. Dort trieben sich manchmal ältere Jugendliche herum. Ich machte immer lieber einen Bogen, wenn ich sah, dass es mehr als drei waren. Je größer die Gruppe, desto blöder waren nämlich die Sprüche.

An diesem Abend war dort allerdings niemand zu sehen. Ich spähte schon mal Richtung Pferdestall, ob ich ein Fahrrad oder eine offene Tür entdeckte, die darauf hinwies, dass jemand dort war. Fehlanzeige. Da war nichts und niemand. Enttäuscht überlegte ich, wo ich nun entlang gehen wollte, als plötzlich auf dem schmalen Weg zwischen Stall und benachbarter Weide zwei Fahrräder auftauchten.

Ich sah kurz auf, weil Toby auf einmal wie verrückt zu ziehen begann und ich mich nach etwas umsehen musste, um mich notfalls daran festzuhalten, falls eine Katze in Sicht war und es für unseren Hund womöglich kein Halten gab. Das war mir schon einmal passiert und es war keine gute Erfahrung gewesen.

Es war aber nichts weiter zu sehen, unser Hund musste einfach nur etwas Interessantes gewittert haben.

»Toby, bei Fuss!« Ich zog etwas an der Leine und nahm unseren Hund lieber am Halsband um ihn so, falls nötig, besser im Griff zu haben.

Und dann machte mein Herz plötzlich einen Sprung, als ich nämlich erkannte, wer da auf dem einen Fahrrad saß. Andreas! Und dann gleich wieder einen zurück, als ich sah, wer die andere Person war! Wie gut, dass ich Toby am Halsband festhielt, so fühlte ich mich gleich sicherer. Denn der Typ, der da neben Andreas auf den Platz vor dem Stall hielt, war niemand anderes als Luzies Schreckgespenst, vor dem sie mich hatte verstecken wollen und vor dem ich heute Nachmittag abgehauen war.

Mir wurde schlecht. War das jetzt ein Zufall? Steckten Andreas und er womöglich unter einer Decke? Mir war die Lust auf eine romantische Begegnung mit meinem Schwarm gründlich vergangen. Huh, guckten die rüber? Hatte der mich jetzt erkannt? Meine rechte Hand griff noch etwas fester um das Hundehalsband. So forsch wie möglich ging ich weiter.

Hinter mir rief jemand, aber ich tat so, als hätte ich nichts gehört. Einfach stur weitergehen, dachte ich mir. Er weiß ja schließlich nicht, wer ich bin und wo ich wohne. Ja, schön blöd, das wusste ich allerdings auch nicht von ihm! Jemand rannte hinter mir her. Oh Gott, der hatte mich gleich eingeholt! Ich ging noch schneller. Toby wehrte sich etwas, er wollte unbedingt gern sehen, wer da hinter uns herkam. Er knurrte ein bisschen, das machte es mir jetzt aber auch nicht leichter!

»Hey, warte doch mal, du hast was verloren!« Mit einem Schauder blieb ich stehen. Ich hatte Toby bei mir. Das war schon mal gut. Der Typ, dessen Namen ich nicht wusste, blieb leicht keuchend neben mir stehen. »Hier. Der gehört dir doch, oder?«

Vor meinen Augen baumelte mein Hausschlüssel. Ganz klar erkennbar an dem kleinen Bärchen, das daran hing. Normalerweise wäre mir das jetzt peinlich gewesen, aber ich war zu sehr damit beschäftigt, mich unter Kontrolle zu kriegen. Was würde jetzt passieren?

Der Typ lächelte mich nur an, drückte mir den Schlüssel in die Hand und ging wieder zurück zu Andreas. Verdattert sah ich ihm nach. Den Schlüssel in der einen, den Hund an der anderen Hand schaute ich völlig fassungslos dem Jungen hinterher.

Was war das denn, bitte? Ich musste dringend mit Luzie darüber sprechen, aber das ging ja natürlich mal wieder nicht so ohne weiteres. Ich musste mich schon bis morgen gedulden. Noch etwas zittrig ging ich mit Toby weiter. Andreas rückte in weite Ferne. Ich wollte nur noch irgendwohin, wo ich in Sicherheit war, mich niemand verfolgte, ich wollte nach Hause! Sollte ich meine Mutter einweihen? Oder meinen jüngeren Bruder? Ich sagte immer jüngerer Bruder aber er war der zweitälteste von beiden und natürlich älter als ich. Zu ihm hatte ich schon immer ein innigeres Verhältnis gehabt, jedenfalls war er der einzige, von dem ich dachte, dass er mir helfen könnte. Aber konnte er das wirklich?

Zu Hause angekommen, schlich ich mich, nachdem ich dem Hund noch etwas Wasser gegeben hatte, in mein Zimmer. Ich setzte mich auf mein Bett und überlegte. Es kam mir vor, als wäre ich plötzlich die Hauptperson in einem Krimi, bei dem das Ende noch nicht ganz feststand. Ganz ehrlich, ich hatte Angst.

Von unten rief meine Mutter zum Abendbrot, aber ich wusste, dass ich mit Sicherheit nichts herunter bekommen würde und blieb einfach sitzen.

Mir war ganz schwummerig. Bei jedem Geräusch fuhr ich hoch und hatte Panik, dass der Typ wieder auftauchen könnte. Womöglich hatte er mich beobachtet und wusste jetzt wo ich wohne?

Meine Mutter rief erneut. Eine Weile später steckte mein Bruder den Kopf ins Zimmer und murmelte, dass ich jetzt runterkommen sollte, sie wollten nicht länger auf mich warten. Als ich nicht antwortete, sprach er mich wieder an. »Was ist mit dir? Ist irgendwas?«

Ich schüttelte den Kopf und nahm mein Kopfkissen in den Arm.

»Leni? Ist alles okay?« Kopfschüttelnd verließ mein Bruder das Zimmer und lief die Treppe herunter.

Ich konnte hören, wie er unten mit meiner Mutter sprach und kurz darauf mit ihr zusammen wieder hochkam.

Ich saß noch immer auf meinem Bett und hatte das Gefühl, mich nicht rühren zu können. Es war beängstigend. Ich fühlte mich wie eingewoben in einen Kokon. Um mich herum hörte sich alles etwas gedämpft an. Ich hätte am liebsten geweint, aber auch dazu war ich nicht fähig.

»Dein Bruder sagt, es geht dir nicht gut? Was ist mit dir, Leni?«, fragte meine Mutter und setzte sich neben mich auf das Bett. »Ist dir schlecht?« Sie strich mir mit der Hand über die Haare und fühlte dann mit dem Handrücken an meinen Wangen und meiner Stirn. »Fieber hast du schon mal nicht. Was ist denn, hast du denn keinen Hunger? Ist etwas passiert, von dem ich wissen müsste? Leni?« Sie nahm mich vorsichtig in den Arm und wiegte mich sachte hin und her. So ähnlich, wie man es mit einem Baby macht.

Meine Mutter beruhigte mich etwas. Die Frage war nur, was sollte ich ihr denn sagen? Mir war schon klar, dass sich das alles etwas verrückt anhören würde. Außerdem wusste sie ja gar nichts von Luzie und dass ich heute Nachmittag bei ihr gewesen war.

»Mich hat vorhin so ein Typ verfolgt«, sagte ich leise. Mir fiel einfach auf die Schnelle nichts Besseres ein. Ja, ich weiß, das war dumm von mir, ich hätte es ihr vielleicht gleich richtig erklären sollen, aber hinterher ist man ja immer schlauer, außerdem hätte es wahrscheinlich auch nicht viel mehr gebracht, denke ich.

»Oh Gott!« Meine Mutter brach augenblicklich in Panik aus. »Hat er dir etwas angetan, ist er dir bis hierhin gefolgt?

Kanntest du den Mann?« Hilfesuchend sah sie sich nach meinem Bruder um, der etwas ratlos neben der Tür stand. »Ruf Papa an, sag ihm, er muss heute nach Hause kommen. Erzähl ihm, was Leni gerade gesagt hat. Oh Gott, wir müssen die Polizei benachrichtigen!«

Polizei? Ich erwachte urplötzlich aus meiner Starre. »Ach nein, so schlimm war das ja nicht, ich habe mich nur erschrocken und dann hatte ich meinen Schlüssel verloren und er hat ihn mir gebracht«, stotterte ich mehr als dass ich es sagte. »Wirklich, mir geht es auch schon viel besser, ich weiß auch nicht, was mit mir los war, ich komme gleich runter, geht doch schon mal vor und fangt ohne mich an, ja?«

Meine Mutter schaute mich leicht irritiert an. »Wenn du meinst«, sagte sie etwas gedehnt. Mein Bruder sah auch etwas erstaunt aus.

Schließlich stand meine Mutter auf, strich sich den Rock glatt und nahm meinen Bruder am Arm. »Na los«, sagte sie leise, »lassen wir sie noch ein bisschen. Aber Papa rufen wir trotzdem an. Du kommst aber ganz bestimmt gleich, ja?«, sagte sie über die Schulter zu mir.

Ich murmelte noch etwas wie »ja klar« und ging in Gedanken noch einmal das ganze Szenario durch.

Es war ja eigentlich nichts weiter passiert, oder? Hatte ich mich von Luzie einfach hinreißen lassen? Vielleicht war das Ganze nur ein blöder Scherz von ihr, und der Typ war nur zufällig dort gewesen. Aber das passte nicht mit dem Verhalten ihrer Schwester zusammen. Ich sammelte mich noch ein bisschen und ging dann langsam nach unten. Etwas Normalität war sicher gut.

Meine Geschwister und meine Mutter waren extrem nett zu mir an dem Abend. Es gab nicht einmal die üblichen Streitereien zwischen meinen Brüdern und auch keine blöden Bemerkungen über mein Verhalten. Meine Mutter gab sich alle Mühe, mich aufzumuntern, indem sie mir immer wieder zulächelte, was sonst nicht so ihrer Art entsprach. Die Einzige, die sich völlig normal verhielt, war meine kleine Schwester. Und das lag vermutlich daran, dass sie nichts von dem, was eben passiert war, mitbekommen hatte.

Am nächsten Tag kam mir diese ganze Geschichte wie ein schlechter Traum vor, und ich beschloss, Luzie auf den Kopf zuzusagen, dass ich mit all dem nichts mehr zu tun haben wollte. Dass ich nicht länger bereit war, mich mit irgendwelchen vagen Äußerungen zufrieden zu geben. Innerlich wappnete ich mich gegen ihre ironischen Äußerungen. Dieses Mal würde ich mich durchsetzen.

Als ich den Klassenraum betrat, waren schon fast alle da. Nur Luzie fehlte. Das war nicht weiter merkwürdig, denn sie kam oft erst in letzter Minute, so dass ich mich immer wunderte, woher sie die Lässigkeit nahm, im letzten Moment durch die gesamte Klasse zu stolzieren, ohne sich dabei in irgendeiner Form zu entschuldigen. Ich hatte eher das Gefühl, dass sie es genoss, wenn alle anderen schon auf ihren Plätzen saßen. Nie wagte irgendwer einen blöden Spruch zu machen. Sie hatte absolute Narrenfreiheit und das sogar bei den Lehrern.

Ich setzte mich also hin und nahm schon mal alle meine Sachen für diese Stunde aus meiner Tasche. Frau Sander, unsere Deutschlehrerin, die ich sehr mochte, kam offenbar auch etwas später, denn es hatte mittlerweile bereits zum zweiten Mal geklingelt. Schließlich kam sie mit einer jungen Frau an ihrer Seite in die Klasse.

»Guten Morgen, alle mal herhören. Das ist unsere Jungreferendarin Frau Stolze. Sie wird für eine Weile den Unterricht in dieser Klasse für mich übernehmen. Ich selber springe für Herrn Wirt aus der elften ein. Gibt es dazu noch Fragen?«

Tobias meldete sich. »Wird die Klassenarbeit dann verschoben?«

»Ich wüsste nicht, warum.« Frau Sander schenkte uns ein nachsichtiges Lächeln. »Frau Stolze wird den Stoff mit euch noch einmal durchgehen. Die Arbeit wird, wie angekündigt, übermorgen geschrieben. So, ich mache mich auf den Weg. Viel Spass euch allen. Wenn irgendetwas sein sollte, wissen Sie ja, wo sie mich finden.« Das letztere sagte sie zu der neuen Lehrerin, die gerade dabei war, einige Papiere auf dem Lehrerpult abzulegen.

»Danke«, sagte diese und wandte sich gleich darauf an die Klasse. »Mein Name ist Stolze, ich habe für euch einen Test vorbereitet, so dass ihr sehen könnt, was ihr euch noch einmal ansehen solltet. Diese Grammatikarbeit ist die letzte vor den Ferien, also nicht ganz unwichtig für die Benotung. Ich gehe zunächst alle Namen mit euch durch, so lerne ich euch alle gleich besser kennen.«

Frau Sander verabschiedete sich und ging aus dem Zimmer, während Frau Stolze begann, unsere Namen aus dem Klassenbuch vorzulesen. »Ahlers, Benno!«

»Hier!«, ertönte die Stimme von Benno.

»Bellmann, Jasmin!« So ging es endlos weiter. Schließlich war ich an der Reihe.

»Rieckmann, Marlene!«

»Hier«, sagte ich und schaute dabei, wie schon die letzten fünf Minuten, zur Tür. Wieso kam Luzie nicht? Sie hatte bis jetzt noch nie gefehlt. War sie etwa krank? Langsam begann ich mir Sorgen zu machen.

Vielleicht sollte ich nach dem Unterricht kurz bei ihr vorbeischauen. Ach nein, das ging ja nicht, wir hatten heute länger Schule, danach fuhr kein Bus mehr in meine Richtung. Mist. Ich wartete darauf, dass Luzie aufgerufen würde, aber ihr Name wurde nicht erwähnt. Na, ich würde die neue Lehrerin jetzt auch nicht darauf aufmerksam machen. Stirnrunzelnd sah ich um mich, ob sonst jemand sie verpetzen würde, aber es kam nichts. Auch gut. Vielleicht kam sie ja doch noch zur dritten Stunde.

Der Test war nicht weiter schwer. Ich würde ihn Luzie notfalls morgen vorbeibringen, nahm ich mir vor.

Der Schultag lief schleppend weiter und ich fühlte mich auf einmal einsam, so ohne Luzie neben mir. In Biologie war es einfacher, denn wir arbeiteten in einem anderen Raum, der wie ein Hörsaal aussah. Die Bänke waren treppenartig angeordnet und es gab immer noch reichlich Platz, so dass man freie Auswahl hatte, wo man sitzen wollte. Aber trotzdem fühlte sich der Unterricht anders an, ohne Luzies Zwischenbemerkungen und Witze, die sie manchmal riss, wenn der Unterricht zu öde wurde.

Auf dem Weg nach Hause ärgerte ich mich maßlos, dass ich Luzie nicht anrufen konnte. Ich vertröstete mich selbst auf morgen. Sollte sie dann immer noch nicht auftauchen, würde ich eben nach der Schule zu ihr gehen.

Am nächsten Tag wartete ich wieder vergeblich auf sie. Kurzerhand beschloss ich unseren Klassenlehrer, Herrn Kunzmann, nach ihr zu fragen. Nach der Stunde ging ich zu ihm und fragte nach. Herr Kunzmann sah mich mit gerunzelten Augenbrauen an. »Wer?«, fragte er nach. Gott, war der bescheuert, nicht mal die Namen seiner Schüler kannte er. Also wirklich!

»Luzie«, sagte ich noch einmal akzentuiert und langsam. Ich buchstabierte den Namen fast.

Herr Kunzmann sah mich aufmerksam an. »Soll das ein Test sein? Habt ihr irgendwas ausgeheckt?« Er lächelte ein wenig. »Sehr lustig, aber ich muss nach draußen, ich habe Pausenaufsicht. Wenn du also gestattest ...«

Damit ging er einfach aus dem Raum. Äh, er war nicht ganz dicht, oder?

Verdattert blieb ich neben dem Lehrerpult stehen. Larissa kam herein und lief zu ihrem Platz. Offenbar hatte sie etwas vergessen. Sie sah kurz auf, nachdem sie etwas unter ihrem Tisch hervorgezogen hatte.

»Puh, ich dachte schon ich hätte es zu Hause gelassen!« Triumphierend hielt sie ein kleines Portemonnaie hoch. »Gehst du nicht raus?« Fragend sah sie mich an.

Ich überlegte noch, ob ich sie wegen Luzie ansprechen sollte, aber da war sie schon wieder zur Tür raus und ich blieb allein im Zimmer zurück. Schließlich beschloss ich, einfach ins Sekretariat zu gehen und nach Luzie zu fragen, der Kunzmann hatte doch einen Knall!

Frau Wittern blätterte gerade in irgendwelchen Unterlagen als ich hereinplatzte. Mittlerweile war die Pause fast zu Ende, ich musste mich also ranhalten, wenn ich noch etwas über Luzies Wegbleiben erfahren wollte.

»Entschuldigen Sie Frau Wittern, ich hätte da mal eine Frage.«

Frau Wittern sah von ihrem Schreibtisch auf und musterte mich, als hätte sie noch nie eine Schülerin gesehen.

»Ich muss doch bitten«, sagte sie säuerlich. »Kannst du nicht anklopfen?«

Früher wäre ich jetzt zusammengezuckt und hätte das Büro fluchtartig verlassen. Aber das war eine andere Leni gewesen. Diese Leni hier fragte einfach ganz dreist, was sie fragen wollte, ohne sich durch irgendwelche Unpässlichkeiten von einer Sekretärin einschüchtern zu lassen.

»Ich möchte gerne wissen, wann Luzie Vannergens wieder kommt, ich müsste ihr sonst die Hausaufgaben bringen. Ist sie morgen wieder da?«

Frau Wittern verzog das Gesicht und schnüffelte, wie sie das immer tat, wenn ihr irgendwas nicht in den Kram passte. »Luzie – wer?«

»Vannergens!« Meine Herren, sie war nicht auf Zack, normalerweise wusste diese Frau einfach alles.

Frau Wittern schaute mich noch einmal stirnrunzelnd an und sagte energisch und ohne sich dann weiter um mich zu kümmern: »Eine Schülerin mit diesem Namen gibt es hier nicht. Da musst du dich geirrt haben, und jetzt störe mich nicht weiter, ich habe weiß Gott anderes zu tun, als mich um nicht vorhandene Schülerinnen zu kümmern!«

»Aber«, setzte ich an, »vielleicht könnten Sie noch einmal im Klassenverzeichnis schauen, sie muss sich doch auch abgemeldet haben. Oder vielleicht hat sie noch einen Zweitnamen?« Den letzten Satz sagte ich mehr zu mir selbst. Was war hier los? Es konnte sich ja nur um ein Missverständnis handeln.

»Nix aber. So eine Schülerin haben wir hier nicht und jetzt raus mit dir. Die Pausenglocke hat schon zweimal geschellt. Du musst zum Unterricht!«

»Aber«, sagte ich noch einmal etwas kraftlos.

»Raus!« Frau Wittern war jetzt wirklich ungehalten. »Ich habe keine Zeit für solchen Blödsinn. Denk dir was neues aus, wenn du mich noch weiter zur Weißglut bringen willst!« Sie stand da und starrte mich böse an.

Ich starrte ebenso wütend zurück. »Das ist kein Blödsinn, ich habe mir nichts ausgedacht, Luzie geht in die 8F1. Sie brauchen doch nur in den Unterlagen nachsehen – schon gut, ich gehe. Aber ich komme wieder!« Aufgebracht stürzte ich aus dem Sekretariat und lief Richtung Klassenzimmer.

Ich kam, wie erwartet, etwas zu spät. Die Mathematikstunde hatte schon angefangen, daher setzte mich schleunigst auf meinen Platz.

Immer noch wütend kramte ich mein Matheheft und das dazugehörige Buch aus meiner Tasche. Das gab es ja wohl nicht. Die hatten doch alle einen Knall.

Na, dann würde ich gleich selber ins Klassenbuch schauen, irgendwer musste doch einen Eintrag gemacht haben. Vielleicht sollte ich unsere Klassensprecherin Anette fragen.

Stimmt, die musste es eigentlich auch wissen, sie war ja auch für das Klassenbuch zuständig.

»Wenn du dann auch soweit wärst, Marlene, dann könnten wir mit unseren Gleichungen weiter fortfahren. Vielleicht möchtest du uns die heutige Hausaufgabe an der Tafel einmal vorrechnen?« Frau Grote schaute mich grinsend an.

Ich erhob mich schweigend. Mit Gleichungen hatte ich kein Problem, falls sie das dachte, pff, das war total leicht.

»Nein, das war ein Scherz, ich weiß ja, dass du das kannst Marlene, setze dich bitte wieder hin. Ich denke, wir sollten lieber Thomas bemühen, er scheint sich sehr zu langweilen!«

Der Ärmste. Ich wusste, dass er kläglich versagen würde, aber so hatte ich wenigstens Zeit, mir noch einmal zu überlegen, ob ich nach der Schule einfach noch schnell zu Luzie laufen wollte. Ich könnte auch einfach Kunst schwänzen, und dann ganz normal nach Hause fahren.

Es war für meine Verhältnisse schon ziemlich extrem, was ich so an krimineller Potenz entwickelte. Ich hatte noch nie geschwänzt. Ja sicher, ich war schon bei Luzie gewesen und hatte niemandem davon erzählt, aber das schien mir dagegen harmlos.

Frau Grote ließ mittlerweile Arbeitsblätter verteilen.

Ich schreckte regelrecht aus meinen Gedanken auf, als Anette mir zwei Zettel auf den Tisch legte.

»Oh, kannst du mir auch welche für Luzie geben? Ich gehe wahrscheinlich nachher noch zu ihr und bringe ihr die.« Vielleicht war das jetzt nicht so schlau gewesen, immerhin hatte ich ja gerade überlegt, ob ich gleich nach der Doppelstunde abhauen wollte. Aber nun war es raus, egal.

»Für wen?«, fragte Anette nach und sah flüchtig auf. Sie verteilte bereits an dem Nachbartisch.

Gott, was waren heute alle bescheuert.

»Na, für Luzie, hallooo? Merken wir noch mal was heute?« Ich war echt auf Krawall gebürstet. Sprach ich so leise oder was war los?

»Haha«, machte Anette nur und ging weiter.

»Ey, spinnst du? Wieso gibst du mir keine Blätter für Luzie mit? Hat sie dir was getan?«, zischte ich etwas gedämpft hinter ihr her.

»Was wird das hier?« Frau Grote stand plötzlich vor mir. »Konzentriere dich doch bitte auf den Unterricht, Marlene. Wir sind hier nicht im Kindergarten, ja? Wenn ihr Streit habt, dann klärt das bitte in der Pause.«

»Es ist ja nur wegen Luzie«, murmelte ich böse.

»Ja, wie gesagt, klärt das alles in der Pause. Wir haben es jetzt mit Gleichungen zu tun und nichts weiter, wenn ich dich erinnern darf. So, und jetzt schaut euch bitte die erste Aufgabe auf dem zweiten Arbeitsblatt an. Hier haben wir es mit …« Sie machte einfach weiter. Waren heute alle übergeschnappt? Sonst wurde doch auch immer darauf geachtet dass Schüler, die krank waren, sämtliches Unterrichtsmaterial bekamen. Der würde ich nach der Stunde aber was erzählen. Meine Stimmung sank unter null. Ich war überhaupt nicht bei der Sache. Ich löste eine Aufgabe nach der anderen wie ein Automat, ohne dabei groß nachdenken zu müssen, bis es endlich zur Pause klingelte.

Ich wartete auch gar nicht erst, dass Frau Grote die Klasse verließ, sondern stürzte direkt auf sie los.

»Ich wollte vorhin nur noch Arbeitsblätter für Luzie haben, könnte ich jetzt welche bekommen? Anette hat mir nämlich keine gegeben!«

Frau Grote schaute von ihrer Tasche auf, in die sie gerade sämtliche Unterlagen stopfte. »Für wen meinst du?«

»Für Luzie, meine Banknachbarin. Mittelgroß, blond, lange Haare. Luzie, Sie wissen schon!«

»Oh, haben wir eine neue Schülerin? Jetzt, so kurz vor den Ferien? Davon weiß ich noch gar nichts, tut mir leid. Natürlich kannst du Arbeitsblätter bekommen. Ist sie denn krank?«

Ich verstand die Welt nicht mehr. Häh? Neue Schülerin? Das waren doch fast fünf Monate, dass Luzie neben mir saß.

»Nein, Quatsch, Luzie ist schon seit über vier Monaten in der Klasse. Die müssen Sie doch kennen! Sie sitzt immer neben mir!«

»Aber – du sitzt doch immer alleine!« Frau Grote sah mich an, als wäre ich nicht ganz dicht.

Jetzt wurde ich langsam hysterisch. »Was soll denn das?«, rief ich, »Sie müssen Luzie doch kennen!«

Ein paar meiner Klassenkameraden blieben stehen, um zu hören, worüber ich mich so aufregte. Es war mal wieder was los, da musste man doch Bescheid wissen, worum es ging! Mich nervte das alles wahnsinnig. Ich sah, dass Anette mit Silvia tuschelte.

»Anette, kannst du Frau Grote bitte erklären, dass Luzie schon ziemlich lange neben mir sitzt und nicht erst seit ein paar Tagen?«

Meine Stimme überschlug sich fast. Irgendwie lief hier gerade etwas ganz schief.

Anette sah mich zweifelnd an. »Luzie? Es tut mir leid, aber ich weiß nicht, von wem du redest!«

Es war eine Verschwörung oder sowas, keine Ahnung, was die hier abzogen. Mir wurde fast schlecht vor Wut, mein Magen krampfte sich zusammen und dann kreischte ich los.

»Ihr spinnt wohl alle, was soll das denn. Du hast sie nie ausstehen können, oder? Du sagst Frau Grote jetzt sofort, dass sie natürlich schon die ganze Zeit da war!«

Mittlerweile stand ich drohend vor Anette. Die wich etwas zurück. »Wenn du meinst …«, sagte sie etwas unsicher mit einem kurzen Seitenblick auf Frau Grote.

»Wenn ich meine? Wenn ich meine? Bist du bescheuert oder was?« Mit einem Aufschrei packte ich Anette und schüttelte sie. Ich wusste nicht mehr was ich tat, ich drehte total durch.

Frau Grote packte mich hart am Arm, während Silvia Anette von mir wegzog.

»Das geht zu weit, bist du übergeschnappt?« Frau Grote hatte mich losgelassen und sah gleichzeitig entrüstet und besorgt aus. »Du kannst nicht einfach eine Mitschülerin angehen, was ist denn in dich gefahren?«

Mittlerweile hatte sich eine Traube von Schülern vor der Klassenzimmertür gebildet.

Ich fühlte mich auf einmal nicht mehr wütend, sondern nur noch verstört. Die Tränen liefen mir über die Wangen, ich wusste nicht mal mehr, was ich denken sollte. Was war denn nur los?

»Alle raus hier«, schnauzte Frau Grote. Die Schüler, die sensationslüstern alles beobachtet hatten, verzogen sich nach und nach. »Ihr auch«, herrschte sie Anette und Silvia an. »Sofort!«

Leise tuschelnd verließen alle das Klassenzimmer.

»Und macht die Tür hinter euch zu!«, rief Frau Grote ihnen hinterher.

Ich sackte am Lehrerpult etwas zusammen, die Tränen liefen immer noch, ich konnte einfach nicht aufhören zu weinen. Schließlich fasste ich mich ein bisschen.

Frau Grote gab mir ein Taschentuch. »Geht es wieder? Dann versuche doch bitte mir zu erklären, was das eben sollte. So kenne ich dich ja gar nicht.« Sie sah mich erwartungsvoll an.

Ich schüttelte den Kopf. Wieso checkte sie das nicht? Es war doch ganz klar. Alle weigerten sich, Luzie zu kennen. Und ich verstand einfach nicht, was das sollte. Wo war der Sinn?

»Könnten Sie bitte mal ins Klassenbuch gucken, ob da irgendwas neben dem Namen Luzie Vannergens steht?« Ich schnäuzte mich in das Taschentuch.

Frau Grote verzog den Mund etwas, nahm aber das Klassenbuch und fuhr mit dem Finger die Namensliste entlang.

»Es tut mir wirklich sehr leid, Marlene, aber dieser Name ist hier nicht eingetragen. Schau ruhig selbst.«

Sie reichte mir das Klassenbuch. Ich musste etwas blinzeln, meine Wimpern hingen immer noch voller Tränen, aber etwas konnte ich definitiv sehen. Den Namen Vannergens oder Luzie gab es dort nirgends. Das gab mir den Rest.

Fieberhaft überlegte ich, wie das sein konnte. Ein falsches Klassenbuch? Hatte ich den Namen nicht bereits dort stehen sehen? Mir war so. Ich schaute noch einmal, ob jemand vielleicht etwas ausgerissen, überklebt oder wegradiert hatte. Aber das Klassenbuch sah aus, wie es aussehen sollte. Blütenrein und gepflegt. Es gab nicht einmal einen Fleck oder so. Ich verstand die Welt nicht mehr. War dies ein Traum? Würde ich gleich aufwachen und alles wäre wieder normal?

»Magst du mir erzählen, was es mit deiner Freundin auf sich hat?« Frau Grote sprach ein bisschen so, wie man mit einem Kind spricht. Oder mit jemandem, von dem man nicht weiß, wie er oder sie gleich reagieren würde, schoss es mir durch den Kopf. »Luzie, heißt sie, sagtest du?«

Oh nein, sie hielt mich für geistesgestört!

»Ich bin nicht verrückt. Es hat mich eben nur so wütend gemacht, dass Anette behauptet, sie kennt sie nicht. Ganz ehrlich, ich will ja nur verstehen, warum sie das macht. Luzie war die ganze Zeit da, sie hat nicht ein einziges Mal gefehlt, nur seit gestern. Ich möchte doch nur wissen, ob sie krank ist und wann sie wiederkommt. Niemand weiß irgendwas, das kann ja nicht sein, und jetzt sagen Sie, dass sie nicht im Klassenbuch steht, und – ich weiß auch nicht!«

Frau Grote sah mich mitfühlend an. »Komm mit, wir gehen der Sache jetzt auf den Grund. Na komm schon. Wir gehen ins Sekretariat und verlangen sämtliche Unterlagen. Das ist doch alles kein Problem, hm? Aber du musst mir versprechen, dass du ruhig bleibst, egal was dabei herauskommt, ja? Nicht dass du noch auf unsere Frau Wittern losgehst!«

Die Nachfrage im Sekretariat brachte rein gar nichts, bis darauf, dass ich mir vor lauter Zähneknirschen fast einen Eckzahn durchbiss. Frau Wittern hatte wieder in der Luft herumgeschnüffelt und behauptet, dass es keine Akte Vannergens gäbe. Frau Grote hatte dann noch einmal genau nachgefragt, woher ich Luzie kennen würde, wie oft ich mich mit ihr treffen würde und wo sie wohnte.

Ich fand sie zeigte wirklich Einsatz. Immerhin opferte sie die Pause für mich, so viel Freundlichkeit hätte ich ihr gar nicht zugetraut! Schließlich klingelte es zur fünften Stunde und Frau Grote eilte nach etlichen Ermahnungen und guten Wünschen davon. Ja, sie empfahl mir sogar nach Hause zu fahren, um mich zu beruhigen. Sie wollte auch meine Mutter anrufen, aber das konnte ich gerade noch abbiegen, indem ich ihr versicherte, dass es mir gut ginge.

Jedenfalls beschloss ich, sie beim Wort zu nehmen und meldete mich offiziell krank. Aber natürlich nicht, um nach Hause zu fahren. Ich ging auf direktem Weg zu Luzie. Und dort wartete eine Überraschung auf mich.

Wenn dich das Grauen packt: Glaub ihm nicht alles.

Es ist nur in deinem Kopf.

Fortsetzung Lenis Geschichte 1974 (3)

Fassungslos stand ich vor dem nicht vorhandenem Gitter, das doch den Weg für neugierige Passanten verschlossen hatte. Und auch als ich den Weg weiter hochging, war nichts von dem Haus zu sehen. Da konnte ich meine Augen anstrengen, so viel ich wollte. Bis auf ein paar Mauerreste, einer davon mit einem leeren Fensterrahmen, war nichts mehr da. Nichts! Mich überkam ein furchtbares Zittern. Das war zu viel für mich. Ich ließ mich, da wo ich stand, einfach ins Gras fallen.

Das war ein Alptraum. Es konnte einfach nicht sein. Mein Kopf fühlte sich irgendwie dumpf an, so, als wäre er in Watte gepackt. Was war nur passiert? Ich war doch noch vor wenigen Tagen hier gewesen. Und da war mir auch dieser Typ begegnet. Überhaupt, vielleicht war er der Schlüssel zu all dem hier? Oder hatte ich mich womöglich beim Grundstück vertan? Nein, das war Quatsch. Genau hier hatte das Haus gestanden. Aber die Ruine, die ich sah, musste schon sehr lange hier stehen. Und zwar genau so.

Das Gras, die Büsche, alles wuchs wild durcheinander und überwucherte teilweise das Gemäuer. Keine Ahnung, wie lange ich so da saß. Irgendwann fiel mir ein, dass ich zum Bus musste, und das war so ziemlich der einzig klare Gedanke, den ich bis dahin hatte. Ich raffte mich also auf und schaffte es tatsächlich nach Hause zu fahren.

Und dann fiel ich in ein riesiges, schwarzes Loch, aus dem ich erst nach langer Zeit wieder mühsam herausklettern konnte. Ich saß oder lag nur auf meinem Bett, weigerte mich zur Schule zu gehen, sagte kaum etwas. Ich wollte nichts, ich wusste nichts, alles war mir egal und unwichtig. Ich fühlte nichts, ich wollte nicht mehr da sein.

Um mich herum fand währenddessen ein unglaubliches Tamtam statt. Die Schule wurde mit einbezogen, es fand eine Klassenkonferenz statt, meine Eltern holten sich Rat von unserem Schulpsychologen, man überlegte, ob man mich in eine Klinik bringen, oder doch lieber zu einem guten Psychologen schicken sollte. Ich bekam davon so gut wie nichts mit, ich war einfach nicht mehr erreichbar, ich blieb in meinem Loch stecken.

Die Sommerferien hatten begonnen und meine Eltern wollten mit uns allen in die Berge fahren und überlegten nun hin und her, ob sie die Reise nicht doch lieber auf unbestimmte Zeit verschieben sollten.

Mittlerweile hatte man mir einen Therapeuten beschafft, zu dem ich zweimal die Woche von meiner Mutter gefahren wurde. Es war nicht so übel dort, ich bekam immer etwas angeboten, Saft oder kleine krümelige Kekse.

Nur mit der Unterhaltung haperte es ein wenig. Denn ich sagte so gut wie nichts.

Das lag nicht an dem dünnen, etwas schreckhaften Mann, der die Angewohnheit hatte, ab und zu die Schnur der Jalousie durch die Hände gleiten zu lassen. Einmal biss er auch in die Plastikkappe, die das Ende der Schnur einfasste. Ich sagte nichts weiter dazu, ich hatte schon merkwürdigere Dinge erlebt. Er war mir auf eine seltsame Art sogar sehr sympathisch. Es lag einfach an diesem merkwürdigen schwarzen Loch, das mich einnebelte und in das selten ein Lichtstrahl fiel.

Nach sorgfältigen Überlegungen beschlossen meine Eltern, die Tour in die Berge mit uns Kindern zu machen. Meine Mutter packte einen Koffer für mich und meine jüngere Schwester und versuchte dabei völlig unbefangen mit mir zu reden, was ihr offensichtlich schwerfiel. Der einzige aus meiner Familie, der zu mir dringen konnte, war mein jüngerer Bruder. Ihm erzählte ich irgendwann sogar im Ansatz, was passiert war. Er verstand es nicht. Damit waren wir schon zwei.

Wir fuhren also in die Berge nach Tirol.

Ich muss sagen, das Wandern wurde zwar nicht meine Lieblingsbeschäftigung, aber es half mir etwas aus dem Nebel.

Er lichtete sich eines Tages völlig unverhofft, als mein Bruder sich weigerte, auch nur einen Tag länger zu wandern. Stattdessen wollte er lieber mal ins Schwimmbad.

Und dort im Wasser überkam mich auf einmal wieder das Gefühl der Freude. Einfach so. Es war zwar nur so ein kurzer Augenblick, aber immerhin. Das Leben packte mich und zog mich Stück für Stück aus meinem Loch nach oben.

Nach drei Wochen Tirol fuhren wir nach Hause und ich nahm meine Therapiestunden wieder auf. Der Therapeut zog wie immer die Schnur der Jalousie durch seine Hände und ermunterte mich, von dem Urlaub zu erzählen.

Das war einfach. Ich beschrieb die Landschaft, das Essen, die Wanderungen. Er war sehr zufrieden, ließ die Jalousienschnüre los und fing an, sich Notizen zu machen.

Ein echter Durchbruch. Ich freute mich für ihn und beschloss, ihm eine gute Patientin zu sein. Irgendwann erzählte ich sogar ein bisschen von Luzie. Als er daraufhin wieder nach der Schnur griff, ließ ich das aber lieber sein, es regte ihn zu sehr auf, glaubte ich.

Versuche, eine Situation von allen Seiten zu betrachten
und nicht nur von oben herab!

Das Feuer war fast ausgegangen, Leni und ich schauten auf das leichte Glimmen und schwiegen beide. Das war eine ziemlich abgedrehte Geschichte, die sie mir da aufgetischt hatte, fand ich.

Ja, Leni war wieder dreizehn gewesen, so hatte sich das für mich angefühlt. Und ich war dabei gewesen. Schon verrückt.

Leni räusperte sich. »Na, was sagst du zu meiner Story? Hältst du mich jetzt für übergeschnappt?« Ihre Stimme klang forsch, aber ich konnte auch die leise Unsicherheit dahinter fühlen.

»Hm«, macht ich vage und zog die Schultern dabei etwas hoch. »Was ich nicht verstehe, ist, dass ihr nicht versucht habt, den Typen zu finden oder gab es den auch nicht?«

Leni schmunzelte. »Den Typen kennst du auch. Er ist dein Großvater. Der Vater deiner Mutter und mein Schwager.«

Ungläubig starrte ich Tante Leni an. »Häh, was? Bist du sicher? Ich meine, klar bist du dir sicher, aber dann äh, wuss-

113

te er auch von der ganzen Geschichte? Dann muss er doch alles gesehen haben. Dich und Luzie meine ich. Oder ist Opa auch öh, na, …«

Ich wusste nicht, wie ich das jetzt sagen konnte, ohne Leni zu beleidigen.

»Was meinst du? Ob er auch verrückt ist? Diese Geschichte ist es, ich mit Sicherheit nicht, glaube mir. Meine Schwester, also deine Großmutter hat sich sehr viel später in ihn verliebt, so war das. Ja, mein Bruder hat ihn damals ausfindig gemacht. Er ist zu Andreas marschiert und hat nach seinem Freund gefragt. Das war damals eine riesige Sache für mich, das kannst du mir glauben. Ich hatte eine Mordsangst vor dieser Begegnung. Aber dieser Junge hatte mich lediglich zweimal an der Ruine gesehen. Er wohnte nebenan. Also neben dem Grundstück von Luzie. Naja, es war ja, wie sich herausstellte, gar nicht ihr Grundstück.«

»Opa Paul ist also der Junge von damals? Krass!« Jetzt musste ich doch etwas schlucken. Dass ausgerechnet mein Opa in diese Geschichte verwickelt war, machte das Ganze irgendwie so total realistisch.

»Ja, dein Großvater. Er hat sich damals sehr schnell mit meinen Brüdern angefreundet. Ich fand ihn noch lange Zeit unheimlich, das kannst du mir glauben. Er ging bei uns ein und aus, fast wie ein dritter Bruder.«

»Puh, das ist ja abgefahren. Und vorher hattest du den nie gesehen? Ich meine, das kann doch kein Zufall gewesen sein. Vielleicht bist du ihm ja doch einmal irgendwo begegnet. Das passiert mir andauernd, dass ich irgendwen gar nicht mitkriege. Es gibt so Typen oder auch Mädchen, die sind so still, die merkt man nicht. Also, nicht wie bei dir mit Luzie, so meinte ich das jetzt nicht.«

»Nein, wirklich nicht. Das hätte Paul mir gesagt, damals. Was meinst du, wie wir den in die Mangel genommen haben. Das Ganze ist und bleibt ein Rätsel. Und ich bin nicht verrückt – Paul hat mir damals sehr geholfen, ich bin ihm nach all der Zeit auch heute noch sehr dankbar!«

Jemand tapste draußen über den Flur. Überrascht sahen wir, wie Vivi etwas planlos auf uns zusteuerte.

»Ich will nicht alleine sein, ich hab so Kopfweh und mir ist so komisch.« Sie sah sehr süß aus, wie sie da mit ihrer Decke im Schlepptau vor uns stand. Ja, ich weiß – Vivi und süß – das passte normalerweise nicht zusammen, aber an diesem Abend war alles irgendwie anders.

»Ach Vivi, meine Kleine, komm, setz dich hierher aufs Sofa, Toni und hätten auch gleich wieder nach dir gesehen. Möchtest du vielleicht etwas trinken, soll ich dir einen Tee machen oder etwas anderes?« Tante Leni hatte wieder in den Tantenmodus geschaltet. Sie wirkte sehr besorgt und auch etwas fahrig, fand ich.

»Guck mich nicht so an«, knurrte Vivi zu mir herüber. »Ja, vielleicht wäre ein Tee ganz gut«, sagte sie etwas lauter zu Leni. So viel zu ihrem Süßsein! War ja klar, dass das nicht lange gut ging. Sie kuschelte sich mit ihrer Decke aufs Sofa und ich ließ mich in den Sessel daneben plumpsen.

»Die Party war ein voller Reinfall«, sagte sie etwas später, als Leni mit einer Tasse dampfenden Tees zu uns kam. »Die Leute, von denen ich dachte, dass sie kommen würden, waren nicht da und mit den anderen, die da waren, konnte ich nichts anfangen.« Sie nippte ein bisschen an dem Tee, den Leni ihr gegeben hatte.

»Ach, wie schade.« Leni beugte sich etwas vor und tätschelte Vivis Arm. »Na, aber offensichtlich gab es genug zu trinken«, bemerkte sie trocken. Vivi schaute sie etwas betreten an.

»Ach Vivi, nein, entschuldige, das wollte ich so gar nicht sagen, glaub mir, das ist uns allen schon passiert, als wir noch jung waren. Einigen passiert es auch später immer mal wieder«, setzte sie noch hinterher. Vermutlich war das eine Anspielung auf Opa Paul, der immer gerne mal »Einen über den Durst« trank, wie Mama immer sagte.

»Und was habt ihr hier die ganze Zeit gemacht?« Vivi sah Richtung Kamin. »Warum habt ihr denn nicht mehr nachgelegt? Wolltet ihr ins Bett?«

Tante Leni schüttelte den Kopf. »Toni und ich haben uns sehr schön unterhalten, wir wären aber gleich auch ins Bett gegangen und hätten dann noch einmal nach dir gesehen. Na, nun bist du ja hier, jetzt bleiben wir auch noch ein bisschen, oder Toni?«

Ich nickte. Meine Schwester räkelte sich und gähnte herzhaft. »Und worüber habt ihr euch unterhalten?« Sie gähnte wieder. »Toni, gib mir noch mal eins von den Kissen, das hier ist zu weich.« Sie streckte die Hand aus und ich konnte sehen, dass sie am Arm eine Lederschnur mit zwei schwarz-weißen Perlen daran trug. Ich reichte ihr eins von den größeren Kissen.

»Woher hast du das?«

»Was?«

»Na, das Armband. Das hab ich vorher noch nie an dir gesehen.« Komisch. Dieses Armband kannte ich. Nur woher fiel mir nicht ein. Wenn man genau hinsah, waren das keine gewöhnlichen Steine. Es waren Augen. Also Perlaugen, aber eben Augen.

Während ich noch überlegte, wo ich das Armband schon einmal gesehen hatte, stand Leni auf und betrachtete es ausführlich.

»Hübsch«, sagte sie. »Ich habe schon einmal ein ähnliches gesehen.« Dabei sah sie mich an. Warum guckte sie so komisch? Leni war aber auch manchmal creepy, echt.

»Tja, ich weiß nicht, wie es euch geht«, fuhr Leni fort, »aber ich glaube, ich werde jetzt doch ein bisschen müde. Wir sollten alle ins Bett gehen. Und morgen erzählst du uns dann genau, was alles passiert ist, hm?« Sie lächelte Vivi zu.

Die stöhnte ein wenig und zog die Decke noch weiter an sich. »Och schade, jetzt ist es gerade so gemütlich.«

»Jaja, das ist es in deinem Bett auch.« Tante Leni stand auf. »Komm Toni, wir stellen die Sessel noch wieder an ihren Platz. Und du gehst wieder ins Bett Vivi, bevor du hier noch auf dem Sofa einschläfst!«

Ich war etwas enttäuscht. Schade, jetzt hätte ich gerne noch etwas über Lenis Geschichte gequatscht, aber da war scheinbar nichts zu machen. Vivi verkrümelte sich und wir rückten die Sessel vom Kamin wieder an Ort und Stelle.

»Ich muss dir noch etwas sagen, Toni. Meine Geschichte war noch nicht ganz zu Ende erzählt. Es gibt da nämlich etwas, was mich darin bestärkt hat, dass ich auf keinen Fall verrückt war oder bin.«

»Okay?« Ich war gespannt was jetzt wohl kommen würde.

»Ja weißt du, ich hatte meinerseits auch ein Gespräch mit einer sehr viel älteren Person.« Sie machte eine kleine Kunstpause und sah mich fast triumphierend an. »Ja, du wirst staunen, nämlich mit meiner Großmutter. Louise hieß sie. Wusstest du das?«

Ich schüttelte den Kopf. Von meiner Ururgroßmutter hatte mir noch keiner etwas erzählt. Interessant.

»Es ist auch ziemlich schnell erzählt – kurz bevor …«

Wir wurden jäh unterbrochen, als mein Bruder David plötzlich ins Zimmer stürzte. »Wo ist sie? Was ist passiert? Und wieso hat mich keiner angerufen?« Wütend knallte er seinen Helm auf den Tisch.

Leni fuhr auf. »Oh Gott, David, hast du mich jetzt aber erschreckt. Wie spät ist es denn? Jetzt beruhige dich erstmal, Vivi ist hier, sie schläft wahrscheinlich wieder. Sie ist gegen eine Mauer gelaufen und hat eine kleine Platzwunde an der Stirn. Außerdem war sie auch etwas angetrunken. Es tut mir leid, ich habe dich über dem ganzen Theater völlig vergessen, bitte entschuldige. Es war so viel los hier, wir mussten uns ja selber erst mal sortieren, der Arzt war da und dann die beiden anderen, vielleicht kennst du die, sie haben Vivi hergebracht und …«

»Aber ihr hättet mich wenigstens anrufen können! Das hättest du auch verlangt. Habt ihr eigentlich eine Ahnung, wie lange ich auf dieser Party meine Schwester gesucht habe? Ich bin da rumgelaufen wie blöd, bis ich jemanden gefunden habe, der noch halbwegs nüchtern war und sich an sie erinnern konnte. Die Party war in vollem Gang, und niemand wusste etwas. Na, bis auf den Typen, Jens heißt der, glaube ich. Er hat nur was von bluten und wegfahren gesagt. Wie schlimm ist es denn? Jens war mir da keine so große Hilfe.«

Boah, mein Bruder war ganz schön in Fahrt. Er hatte das alles in einer schwindelerregenden Schnelligkeit von sich gegeben. Leni wirkte ganz zerknirscht und auch etwas überrascht, dass mein Bruder sich so sorgte.

Und dann sagte sie zu ihm: »Ich hole dir mal etwas Eis, setz dich einfach hin.«

Häh? Sie wollte meinem Bruder jetzt ein Eis anbieten? Sie war doch durchgeknallt, da war ich mir jetzt sicher.

Mein Bruder winkte ab. »Nein, lass, so schlimm ist es nicht. Nur ein kleines Gerangel.«

Erst jetzt fiel mir auf, dass sein Gesicht ganz fremd aussah. So dick und rot auf der linken Seite. Okay, meine Tante war doch nicht verrückt, sie hatte nur auf den ersten Blick gecheckt, dass mein Bruder ein Veilchen hatte. Es war das erste Mal, dass ich eins sah, normalerweise schlug mein Bruder sich nicht. Was für ein Abend!

Nach einigem Hin und Her, und nachdem sie David doch noch ein Kühlpack angedreht hatte, erzählte mein Bruder dann endlich, was passiert war.

Er hatte überall nach Vivi gesucht und war dann zu dem Gastgeber gelotst worden. Der hatte mit den Schultern gezuckt und gemeint, dass sie wahrscheinlich mit irgendwem zugange sei.

»Und da bin ich eben einfach etwas ausgerastet«, bemerkte David aufgebracht. »Ich meine, so eine ist Vivi nicht, das hätte er einfach nicht sagen dürfen. Ich war sowieso schon stinksauer und da habe ich ihn mir vornehmen wollen, aber er war schneller.« Düster starrte er vor sich hin.

»Gewalt war noch nie eine gute Idee«, sagte Leni und besah sich das geschwollene Auge von David etwas näher. »Du musst lernen, dich unter Kontrolle zu bekommen! Stell dir mal vor, du wolltest jedem eine langen, der dir dumm kommt, da hättest du aber viel zu tun. Es ehrt dich ja, dass du deine Schwester verteidigen wolltest, aber das hier war nun wirklich unnötig!«

David murmelte irgendetwas vor sich hin, das sich wie eine Entschuldigung anhörte, und stand auf. »Ich gehe jetzt noch mal zu ihr, ist das okay?«

»Ja natürlich, aber sei leise, hörst du? Lass sie bloß schlafen, das ist jetzt das beste für sie. Und wir beide sollten auch demnächst schlafen gehen«, nickte mir Leni zu.

Na gut, dann würde ich heute wohl nichts mehr über meine Ururgroßmutter erfahren, aber das machte nichts. Ich hatte auch schon so genug zum Nachdenken!

Am nächsten Tag wurde ich von dem Klingeln an der Haustür geweckt. Verschlafen zog ich mir die Bettdecke hoch und lauschte, ob jemand öffnen würde.

Ich konnte Stimmen hören, und kurz danach das Klappen der Tür, als sie wieder geschlossen wurde. Ben, schoss es mir durch den Kopf. Wahrscheinlich war er zurückgebracht worden.

Ein kleiner Sonnenstrahl fiel durch das Rollo am Fenster und tänzelte über den Sisalteppich. Während ich ihm folgte, dachte ich über den gestrigen Abend nach und darüber, was mir Leni erzählt hatte. Eigentlich komisch, dachte ich.

Wenn ihre Freundin die ganze Zeit bei ihr gewesen war, dann hätte das doch jemand mitbekommen müssen, dass sie sozusagen mit der Luft sprach. Oder vielleicht hatte sie nur gedacht, dass sie mit ihr sprach?

Fakt war ja nun mal: Es hatte sie nie gegeben, diese Luzie. Also war meine Tante doch ein bisschen durchgeknallt gewesen. Anders ließ sich das nicht erklären.

Möglicherweise hatte sie irgendwelche Medikamente genommen, die ihr nicht bekommen waren. Oder hatte sie heimlich getrunken? Wann war die Hippiebewegung noch mal gewesen? Nein, das konnte nicht sein, Leni war da ja erst geboren worden. Andererseits hatten die Typen doch zu ihrer Zeit alle lange Haare gehabt, ja gut, das hatten einige Jungs jetzt auch, aber das sah schon anders aus. Und was, wenn sie mich nun darauf ansprach? Ich konnte ihr ja wohl schlecht sagen, dass sie meiner Meinung nach eben einfach, äh, verrückt war, oder? Ich musste das vorsichtiger formulieren.

Draußen polterte etwas gegen meine Tür. Bevor ich mich im Bett aufsetzen konnte, lugte ein verschlafener David in mein Zimmer und murmelte, dass es jetzt Frühstück gäbe.

»Warst du das eben an der Tür?«, rief ich hinter ihm her, bekam aber keine Antwort. Na gut, Frühstück.

Langsam und noch ein bisschen schläfrig schlurfte ich Richtung Tür und fuhr mit einem Aufschrei zurück, weil mir ein Berg von Klamotten und irgendwelchem Kleinkram entgegen fiel.

»Was soll denn das?« Wütend kickte ich ein Kissen mit der Aufschrift »Beste Freundinnen« weg. Das war doch Vivis Lieblingskissen! Was hatte das hier im Flur vor meinem Zimmer zu suchen? Und schon landete wieder ein Schwall – diesmal T-Shirts – kurz vor meiner Tür.

Im Türrahmen ihres Zimmers tauchte Vivi auf, bepackt mit lauter Zeitungen, die sie normalerweise neben ihrem Schrank stapelte.

»Spinnst du?« Fassungslos sah ich meine Schwester an, die gestern noch ein totales Wrack gewesen war und meiner Meinung nach ins Bett gehörte. Jedenfalls nicht mit Zeitungen in den Flur.

»Ich miste aus«, bemerkte Vivi knapp. Ich schnappte mir meinen Bademantel, der im Badezimmer hing, und beschloss, Leni darüber zu informieren, dass ihre Großnichte sie nicht mehr alle hatte.

Ohne weiteren Kommentar und mit offenem Bademantel lief ich die Treppe herunter und direkt in die Küche.

»Ihr ahnt nicht, was oben los ist«, rief ich und stieß auf fragende Gesichter. Und leider auf mehr als die drei, die ich erwartet hatte. Außer Leni, David und Ben stand auch Vince da.

Mir wurde auf der Stelle heiß, und zwar vom Kopf aus beginnend, vermutlich war ich puterrot. Arrghh, was hatte der denn so früh am Morgen hier zu suchen? Ich zog den Bademantel fest um mich und wusste kurz nicht mehr, wer und wo ich war und was ich eigentlich sagen wollte.

»Toni, na, endlich ausgeschlafen?« Leni war mal wieder meine Rettung. »Wir wollen zusammen frühstücken, dachten wir. Willst du dich erst fertigmachen? Und was meintest du eben, ist los?«

Endlich riss ich mich selbst aus meiner Starre. »Vivi ist los. Sie mistet oben aus. Sollte sie nicht lieber im Bett sein?«

»Was?« Tante Leni schob sich an mir vorbei und flog regelrecht nach oben.

Ich stand noch einen Augenblick stumm da und lief ihr schließlich nach. Pah, war das mal wieder bescheuert. Wieso musste Vince auch immer dann auftauchen, wenn ich so gar nicht damit rechnete? Mist, verdammter. Oben redete Leni mit sanfter Stimme auf Vivi ein, so ähnlich wie man das mit Menschen macht, die nicht mehr ganz bei sich waren. Und das war Vivi offenbar ja auch nicht.

»Komm, Toni«, sagte Leni in meine Richtung, während sie Vivi Richtung Bett schob. »Wir schaffen das Chaos hier kurz weg, vielleicht in das Schlafzimmer deiner Eltern, da ist ja gerade niemand. Und dann sehen wir weiter. Wie lange brauchst du, um dich anzuziehen?«

Na toll, meine Schwester machte hier einen auf irre, und ich musste das ausbaden. Vielen Dank auch! Und wieso eigentlich immer ich? Sollte doch David den Kram wegräumen! Oder Vivi selber, wenn sie ihre Mauer nicht mehr am Hirn hängen hatte. Ich war richtig angefressen. Tief in mir wusste ich, dass ich einfach nur eine Wut auf die Situation hatte. Es war aber auch wirklich alles mal wieder so typisch.

Keine Ahnung, was mich plötzlich ritt, aber ich tat es einfach. »David! Komm hoch und hilf uns«, rief ich nach unten. Gleichzeitig schnappte ich mir einen kleinen Berg Wäsche und schmiss ihn durch die offene Tür in das Schlafzimmer meiner Eltern. Ich war es so leid, immer die Dumme zu sein.

Meine Freundin Lou hätte darüber nur gelacht, ihr wäre das vermutlich alles gar nicht erst passiert. Keine Tante der Welt hätte sie dazu gebracht, den Kram anderer Leute wegzupacken, nee ganz bestimmt nicht!

»David«, rief ich nun noch etwas lauter. Ich hörte unten an der Treppe Schritte.

»Hey, schrei doch noch lauter!« Mit ein paar großen Schritten war mein Bruder die Treppe hochgejagt. Zusammen mit Vince!

Tante Leni kam aus Vivis Zimmer und schloss leise die Tür. »Warum schreist du hier so herum? Deine Schwester braucht noch etwas Ruhe. Und ich einen Kaffee«, murmelte sie hinterher. »Oh, schön dass ihr helfen kommt!« Sie lächelte David und Vince zu, als wenn nichts Besonderes dabei wäre. »Das muss hier alles weg. Packt es ins große Schlafzimmer. Toni weiß Bescheid. Ich komme auch gleich wieder. Toni, vielleicht machst du dich in der Zwischenzeit fertig, ja?« Und schwupps war Tante Leni die Treppe hinunter verschwunden.

Oh man, das war so alles nicht geplant gewesen. Da stand ich in meinem alten Entenschlafanzug und dem etwas zu kurzen Bademantel und fror plötzlich.

David lachte, legte die Hand an die Stirn und salutierte. Vince tat das gleiche. »Zu Diensten Frau Kommandant, wie lauten ihre weiteren Befehle?«

»Ihr seid blöd«, hörte ich mich selber sagen und verschwand im Bad.

Als ich wieder herauskam, waren die beiden verschwunden, dafür sah der Flur wieder normal aus. Wahnsinn, die hatten tatsächlich alles weggeräumt! Okay? War das jetzt ein Durchbruch? Ich wuchs gefühlt innerhalb einer Sekunde um mindestens zehn Zentimeter. Ha! Von nun an würde sich aber so einiges ändern!

In bester Laune ging ich in mein Zimmer, um mich anzuziehen. An der Tür klebte ein pinker Zettel mit einem Herzchen darauf. Darunter stand in etwas krakeliger Schrift: *Anton forever.* Aber das konnte mich nicht aufregen. Sollte mein Bruder doch seinen Spaß haben, mich störte das nicht weiter.

Als ich fünf Minuten später zum Frühstück gehen wollte, klang aus dem Zimmer meiner Schwester ein leises Stöhnen. Vorsichtig öffnete ich die Tür und lugte hinein. Vivi hing halb aus dem Bett und tastete unbeholfen in der Luft nach etwas.

»Vivi?«

»Wo ist es?«

»Was meinst du?«

»Mein Wasser, wo ist es, ich habe solchen Durst!«

Verwirrt sah ich mich im Zimmer um. Der kleine Beistelltisch neben Vivis Bett war verschwunden und damit scheinbar auch die Wasserflasche, die sie sonst immer dort stehen hatte.

Überhaupt sah das Zimmer ganz anders aus, was vermutlich daran lag, dass fast nichts mehr darin stand. Klar, Vivi hatte ja aufgeräumt und alles auf den Flur geschmissen!

Vorhin war sie doch voller Elan gewesen, jetzt hing sie in ihrem Bett wie ein kleiner, nasser Sack. Oh jeh!

»Soll ich dir ein Glas Wasser holen?«

»Ich will meine Wasserflasche!« Vivi hörte sich an wie eine Dreijährige. Ich nahm mir Tante Leni als Vorbild und redete beruhigend auf sie ein. »Ich hole dir deine Wasserflasche, warte, bleib liegen. Ich bin gleich wieder da!«

»Hör auf, mich wie ein Baby zu behandeln. Wo ist denn alles hin?« Vivi hatte sich mit einem Ruck aufgesetzt. Mit großen Augen sah sie sich in ihrem Zimmer um. »Was ist denn hier passiert? Wo sind meine Sachen?«

»Äh, tja, die hast du vorhin aussortiert?« Meine Schwester war offenbar nicht ganz bei sich. »Die hast du doch weggeräumt«, sagte ich daher vorsichtig. »Pass auf, ich hole dir jetzt was zu trinken und du wartest hier.«

In Windeseile war ich aus dem Zimmer und wühlte im Schlafzimmer meiner Eltern nach ihrer Wasserflasche. Himmel, hier sah es ja aus! Viel Mühe hatten sich die Jungs nicht gegeben. Jetzt lag so ziemlich alles durcheinander.

In Gedanken sah ich mich bereits schnell zu Tinka verschwinden. Irgendwer würde das hier wieder aufräumen müssen und das war auf keinen Fall ich!

Mit der Flasche in der Hand betrat ich wieder Vivis Zimmer.

»Gib schon her!« Vivi lief wohl wieder zu ihrer alten Form auf. »Wo sind die anderen? Hat wer für mich angerufen?«

Puh, war sie jetzt wieder normal? Ich meine, eben hatte sie nicht mehr gewusst, wo sie ihre Sachen hingepfeffert hatte und jetzt tat sie so, als sei nichts gewesen. Mir machte das ein bisschen Angst.

»Nicht dass ich wüsste, aber ich war auch noch nicht wieder unten. Wir wollten jetzt frühstücken. Willst du auch etwas? Soll ich dir dein Frühstück heraufbringen?«

Ich musste dringend hier weg und Tante Leni holen. Meine Schwester benahm sich meiner Meinung nach äußerst merkwürdig.

Als ich nach unten kam, saßen David und Leni schon am Frühstückstisch.

»Wo ist Ben?«, fragte ich. Schließlich hatte ich ihn doch schon gesehen. Verstohlen sah ich mich nach Vince um, konnte ihn aber auch nirgendwo entdecken.

»Ben ist abgeholt worden, die Eltern von Tom wollen zusammen mit den Jungs in eine Ausstellung in Hamburg.«

»Und Vince kommt nachher wieder, der wollte eigentlich nur was vorbeibringen!« Mein Bruder sah mich mitleidig an. »Falls es dich interessiert.«

Ich sagte lieber nichts dazu. Stattdessen erzählte ich den beiden ausführlich, dass sich Vivi, meiner Meinung nach, ziemlich seltsam benahm.

»Das muss noch der Schock von gestern sein«, bemerkte Leni. »Möchte sie etwas essen?«

Ich schüttelte den Kopf. »Nee, eben wollte sie nichts.«

»Na, ich gehe gleich hoch zu ihr. Und was macht dein Auge, David? Lass mich mal sehen.« Kritisch musterte sie meinen Bruder, dessen eines Auge einen leicht lila Rand aufwies.

»Dem geht's gut, schon okay«, wehrte David ab. »Kümmere dich lieber um Vivi, die hat es nötiger als ich!«

»Hm«, machte Leni nur. Und damit schien das Thema beendet.

Nach dem Frühstück gingen Leni und ich gemeinsam nach oben, um nach Vivi zu sehen.

Sie saß stirnrunzelnd auf ihrem Bett und starrte auf ihr Handy. »Komisch, ich hatte doch die Nummer … aber jetzt finde ich sie nicht mehr«, sagte sie, ohne uns dabei anzusehen.

»Na Vivi, hast du denn gar keinen Hunger?« Tante Leni schaute sie freundlich an. »Ich könnte dir auch detwas anderes machen, wenn du keinen Appetit auf Brot hast. Was meinst du?«

»Nix. Ich meine, danke, ich habe keinen Hunger. Aber ich kann diese blöde Nummer nicht finden!«

»Welche Nummer suchst du denn?« Unsere Tante versuchte, einen Blick auf das Display des Handys zu werfen, aber Vivi zog es an sich, als ob sie es ihr wegnehmen wollte.

»Die Nummer von dem Mädchen, das ich gestern kennengelernt habe. Die Party war echt schei… na, nicht so toll, aber die Frau war echt der Hammer, und wir hatten Nummern ausgetauscht, sie hat mir auch noch geholfen, aber sie ist nicht mitgekommen. Sie sagte, wir sehen uns, aber jetzt ist die Nummer weg. Ich verstehe das nicht.«

Uiuiui, meine Schwester plante wohl an einem Schnellsprechwettbewerb teilzunehmen, oder sie guckte zu viele Serien. Jedenfalls sprach sie irrsinnig hastig.

»Wie heißt sie denn?«, fragte Leni teilnahmsvoll. Es schien ihr nicht aufzufallen, dass Vivi sich merkwürdig verhielt, naja, sie kannte sie ja auch nicht so gut.

»Das ist doch egal jetzt, wie sie heißt, ich finde die Nummer nicht und das kann nicht sein, ich hatte sie doch gestern eingetippt und da ist nichts. NICHTS!«, schrie sie laut.

Tante Leni sah mich mit leicht verzogenem Mund an. Ich stand da mit verschränkten Armen. Ich kannte zwar Ausbrüche meiner Schwester, weil sie einen Abdeckstift nicht fand oder irgendein besonderes Shampoo, aber dass sie sich wegen einer Telefonnummer so aufregte, fand ich bedenklich.

»Soll ich mal gucken?«, fragte ich nicht gerade überzeugend.

»Was willst du denn gucken? Glaubst du, das hätte ich nicht längst gemacht?« Wütend stierte Vivi mich unter ihren herabhängenden Haaren an.

Ich zuckte mit den Schultern. »War ja nur ein Angebot.«

»Ja, danke, kein Bedarf«, herrschte mich Vivi an.

Tante Leni hatte unser »Gespräch« wortlos angehört. Jetzt schaltete sie sich wieder ein. »Vivi, das ist jetzt aber nicht nett deiner Schwester gegenüber. Sie wollte ja nur helfen! So, und jetzt leg das Ding mal einen Augenblick beiseite und sag mir, was ich dir bringen kann. Vielleicht einen Tee? Deine neue Freundin wird sich schon melden, wenn es denn eine Freundin ist. Ganz bestimmt.« Sie sah Vivi mitfühlend an.

Meine Schwester ließ tatsächlich kurz das Handy sinken. »Tee wäre vielleicht nicht schlecht. Ich weiß auch nicht. Das war echt so ein beknackter Abend gestern. Hat Simone noch was gesagt?«

»Und Simone ist die Freundin, von der du die Nummer suchst? Die habe ich!« Leni lächelte triumphierend. »Die beiden mussten mir ihre Nummer aufschreiben, warte, ich kann sie dir holen!«

»Nein, die Nummer habe ich. Die von Luzie ist weg!«

Überrascht sahen Leni und ich auf. Luzie?

Mich überkam ein flaues Gefühl. Das war jetzt ein dummer Zufall, oder? Ja, bestimmt war es das.

Ich ließ mich nur schon wieder von meiner Tante mitreißen, das war alles.

»Ich mache dir jetzt einen Tee.« Im Gegensatz zu mir hatte sich Leni voll im Griff.

»Und ich wollte kurz zu Tinka«, beeilte ich mich zu sagen. Das war nicht mal gelogen. Der Gedanke war mir gerade zur rechten Zeit gekommen. Ich brauchte unbedingt etwas Abstand.

Ich erkläre mir das so: Vermutlich sind wir alle etwas verrückt!

Als ich bei Tinka ankam, war sie gerade dabei, sich die Nägel zu lackieren, was ich super spannend fand. Bei mir sah es immer so aus, als ob ein Kleinkind versucht hätte, die Nägel in Lack zu tauchen, keine Ahnung, wie ich das immer hinbekam.

Kritisch betrachtete Tinka ihr Werk. »Wie findest du es? Sollte ich noch zusätzlich mit einer Schablone arbeiten?«

»Och«, machte ich vage. Ehrlich gesagt, wusste ich gar nicht wovon sie sprach. Schablone? Ich hätte ja nachfragen können, aber ich wollte auch nicht so uncool rüberkommen, also ließ ich es.

»Hm. Ich glaub, ich lasse es so. Ist das nicht ein irrer Ton? Mattschwarz heißt der.« Tinka spreizte ihre Hände und hielt sie mir vors Gesicht. »Und, was wollen wir machen? Hast du eine Idee?«

Ich schüttelte den Kopf. »Nee, nicht wirklich. Ich wollte einfach schnell von zu Hause weg, da herrscht gerade Chaos, außerdem spinnt Vivi ein bisschen!«

»Naja, das ist ja wohl nichts neues bei ihr, oder?« Tinka pustete auf ihre Fingernägel. Sie mochte Vivi nicht so

131

besonders. Dabei hätte sie im Alter eigentlich ganz gut zu ihr gepasst, Tinka lag altersmäßig genau zwischen mir und meiner Schwester. Aber seitdem Vivi sie zusammengefaltet hatte, weil sie gegen ihr Fahrrad gekommen war, herrschte zwischen den beiden Funkstille. Und das war bei unserem Einzug gewesen.

»Was ist es denn diesmal? Hat jemand was Falsches zu Miss Kotzbrocken gesagt?«

»Nee nee, sie ist gegen eine Wand gelaufen und war betrunken. Und jetzt benimmt sie sich merkwürdig.«

»Oh. Bei euch zu Hause? Was hat denn deine Tante dazu gesagt?« Tinka schien sehr interessiert.

»Quatsch, doch nicht bei uns. Sie war gestern auf einer Party und da ist es dann passiert. Bei uns war gestern noch ein Rettungswagen, hast du das nicht mitgekriegt?«

»Wow, ach schade, da hatte ich wohl gerade die Ohrstöpsel drin, du weißt ja, meine Ma ist nicht so begeistert von meiner Musik. Also die waren da und dann?«

»Nichts weiter, die haben sie verarztet und so, das hat nämlich ziemlich geblutet. Und dann wollten sie Vivi erst mitnehmen, aber Tante Leni war dagegen, außerdem wollte Vivi auch nicht mit.«

»Bei euch ist wenigstens was los, hier ist immer alles so still. Ich wünschte, ich hätte auch eine ältere Schwester. Oder einen Bruder, das wäre wahrscheinlich besser.« Tinka starrte missmutig vor sich hin.

»Du kannst gerne meine haben, glaub mir, das ist nicht immer so lustig, wie du denkst!«

»Hat David eigentlich eine Freundin?«

Uuups, das kam jetzt aber etwas hastig bei mir an. Was sollte das denn? War Tinka womöglich doch in meinen Bruder verliebt? Mir fiel plötzlich ein, was Leni gestern Abend erzählt hatte. Dass sie nicht so gerne Freundinnen nach Hause mitgebracht hatte, weil die sich immer in ihre Brüder verknallten. In diesem Moment konnte ich sie sehr gut verstehen.

»Nicht, dass ich wüsste«, bemerkte ich verhalten. »Warum? Interessierst du dich für ihn?« So. Jetzt war ich aber gespannt, was Tinka dazu sagen würde.

»Nicht wirklich. Ich wollte es nur mal so wissen.«

Tsss, mir konnte sie nichts vormachen. Sie sah etwas zu angestrengt auf ihre lackierten Nägel.

»Ich glaube, die sind jetzt trocken. Wollen wir rausgehen oder zu euch rüber?« Tinka bemühte sich um ein unschuldiges Lächeln. Ich fühlte mich auf einmal wie ein kleines Kind, dem man erlaubt hatte, bei den Großen mitzumachen. Es fühlte sich nicht wirklich gut an.

»Von mir aus können wir auch zu uns gehen, es ist ziemlich kalt draußen, wahrscheinlich regnet es auch gleich wieder.« Ich tat so, als ob ich mich nicht weiter wundern würde, aber eins war klar: ich würde sie jetzt genauer beobachten! Und zwar beide!

»Komm, wir hauen ab.« Tinka zog mich aus dem Zimmer und wir gingen die Treppe hinunter.

»Wo willst du hin?« Ihre Mutter stand plötzlich im Flur und baute sich vor uns auf. »Ich dachte, ich hätte mich klar ausgedrückt. Du verlässt bis auf weiteres nicht das Haus!« Ihr Blick war eisig.

Ich sah Tinka an. Die sagte nichts, sondern stand trotzig vor ihrer Ma und kniff die Lippen zusammen.

»Du kannst gerne hierbleiben, Toni«, fuhr ihre Mutter fort. »Aber Tinka hat Stubenarrest. Du kannst sie ja mal fragen, warum.« Damit ließ sie uns stehen.

Tinka stand unbeweglich da. Ich dachte schon, dass sie einfach trotzdem gehen würde, denn sie zog ein mörderisches Gesicht. Aber dann machte sie auf dem Absatz kehrt und lief die Treppe zu ihrem Zimmer wieder hoch. Zögernd ging ich ihr nach. Die Tür zu ihrem Zimmer stand offen und ich lugte erst einmal vorsichtig hinein.

»Tinka?«

»Was?«

»Soll ich lieber gehen?«

»Musst du wissen.« Tinka saß mit ihrem Kopfkissen auf dem Schoß auf der Bettkante und presste es an sich.

»Was ist denn passiert? Ich dachte, es wäre alles in Ordnung bei euch.«

»Meine Mutter ist eine Bitch, das ist los. Sie glaubt mir nie was. Immer bin ich an allem Schuld.«

»Ist denn gestern noch was passiert? Aber du warst doch auch bei uns, wieso … «

»Ja, da hatte sie auch noch nicht meine Sachen durchstöbert!« Tinka stieß mit dem Fuß nach ihrer Tasche, die doch nichts dafür konnte, dass sie sich mit ihrer Mutter nicht vertrug. »Sie stöbert mir andauernd hinterher, als ob sie selber kein Leben hätte. Und da hat sie es eben gefunden.«

»Aha.« Das erleuchtete mich jetzt noch nicht. »Und was?« Langsam wurde ich ungeduldig.

Tinka schwieg eine Weile. »Ich weiß nicht, ob ich dir das« erzählen darf. Kannst du was für dich behalten?«

»Ja klar, wenn du willst.« Heaven, Tinka machte es aber spannend.

»Also«, begann sie, brach dann aber wieder ab. »Du darfst es auch nicht deinem Bruder oder so weiter erzählen, versprichst du mir das?«

»Ich schwöre!«

»Na gut, also – sie hat eine kleine Tüte mit Pillen gefunden.«

»Antibabypillen?« Ich riss die Augen auf.

Tinka seufzte leicht genervt. »Quatsch, was soll ich denn damit? Außerdem liegen die nicht einzeln in Tüten rum! Nein ich weiß nicht genau, was es ist. Micky hatte mir die zur Aufbewahrung gegeben und dann hat er sie offenbar vergessen. Und ich hab auch nicht mehr daran gedacht, sonst hätte ich sie ja wohl versteckt, verstehst du? Und dann hat meine Ma sie gefunden. Und jetzt glaubt sie, dass ich Drogen nehme und meint, dass das ein Nachspiel hat und sie sich mit dem Jugendamt in Verbindung setzen will. Die spinnt total. Ich habe auch versucht, ihr alles zu erklären, aber sie glaubt mir einfach nicht. Und dann wollte sie wissen, von wem es denn angeblich wäre, und das konnte ich ihr natürlich nicht sagen, dann wäre Micky nämlich ziemlich mies dran. Der hatte doch sowieso gerade Ärger. Aber darüber wollte er mit mir nicht weiter reden. Ach, hätte ich das doch bloß nicht gemacht! Ich weiß ja nicht mal, was das für Pillen sind. Ich wollte ihm doch nur einen Gefallen tun!« Tinka schniefte und angelte nach einem Taschentuch.

In meinem Kopf ratterte es. Ach du Schande, war Micky der Typ, den meine Schwester so toll fand? Und was machte der jetzt mit Pillen? Was waren das für welche? Nahm Vivi die womöglich auch?

»Tja, da bist du baff, was? Du darfst es deinem Bruder aber wirklich nicht erzählen, sonst weiß ich nicht, was passiert!«

»Nein, mache ich nicht. Aber was hat mein Bruder damit zu tun? Das wäre dem doch egal!«

»Glaubst du, ja? Immerhin hängt deine Schwester mit Micky ab. Ich kann mir vorstellen, dass David nicht gerade begeistert wäre, wenn er das wüsste.«

»Was jetzt, das mit den Tabletten oder dass Vivi mit dem befreundet ist?«

»Beides. Und dass ich was damit zu tun habe.«

Na super. Von wegen bei ihr war nichts los. Dagegen war es bei uns ja richtig langweilig!

»Und wenn du noch mal mit deiner Mutter sprichst? Und sagst, dass es dir leid tut, aber dass du niemanden in die Pfanne hauen willst? Das muss sie doch einsehen! Deine Ma ist doch sonst auch immer so cool, bestimmt versteht sie das!«

Tinka schüttelte unwillig den Kopf. »Nee, das versteht sie eben nicht. Weil sie es nicht will. Und wenn meine Ma sich in den Kopf gesetzt hat, wie etwas läuft, dann lässt sie einfach nichts anderes mehr zu. So ist das. Und das ist immer so. Sie tickt manchmal nicht ganz sauber.«

»Aber wenn ...«

»Nein, wirklich, du verstehst das nicht. Man kann mit ihr

nicht reden, glaub mir!« Tinka schneuzte sich erneut und pfefferte das Taschentuch gekonnt in ihren Papierkorb.

Puh, dazu fiel mir natürlich auch nichts mehr ein. Aber dass sich Vivi mit diesem Micky abgab, wenn er doch womöglich mit Drogen dealte oder so, das fand ich wirklich gruselig. Irgendwas musste unternommen werden!

»Ich glaub, ich gehe wieder rüber, ich hatte Leni gesagt, dass ich gleich wiederkomme. Soll ich später noch mal vorbeikommen?«

»Na ja, ich kann ja schlecht raus, wie du jetzt weißt«, sagte Tinka leicht säuerlich. »War nicht so gemeint, klar, gerne«, setzte sie hinzu.

»Okay, dann bis nachher!« Ich ging hastig aus dem Zimmer. Dicke Luft konnte ich einfach nicht gut vertragen, ich wurde dann immer wütend und traurig gleichzeitig. Das Schlimmste in diesem Fall war ja, dass ich mit niemandem darüber reden konnte. Ich verrenkte mir mein Hirn regelrecht beim Nachdenken über diese ganze Misere. Ich brauchte Lou! Mit ihr könnte ich doch wohl reden, oder? Sie würde bestimmt eine geniale Idee haben, was man da machen könnte. Und schon wäre alles wieder leicht. Nur, wie sollte ich zu ihr kommen? Ob Leni mich fahren würde? War Leni eigentlich mit dem Auto zu uns gekommen? Es hatte sie niemand abgeholt, ich hatte aber auch kein Fahrzeug vor dem Haus gesehen.

Als ich bei uns ankam, war es ungewöhnlich still. In der Küche war niemand mehr. Ich ging weiter Richtung Wohnzimmer aber auch dort herrschte gähnende Leere. Vielleicht war Leni oben bei meiner Schwester?

Im Flur hörte ich ein Geräusch aus dem Keller. Offenbar war jemand dort, jetzt konnte ich auch leise Musik hören, David war also da. Langsam ging ich nach oben. Dabei fiel mir siedend heiß Vivis Aktion von heute morgen wieder ein. Mist. Die ganzen Klamotten und der andere Kram von ihr waren ja noch im Schlafzimmer meiner Eltern! Ich hatte sofort wieder richtig schlechte Laune. Vorsichtig öffnete ich die Tür zu Vivis Reich.

Mit einem Blick erfasste ich, dass jemand annähernd wieder den Normalzustand hergestellt hatte. Das kleine Nachtschränkchen stand wie sonst immer neben Vivis Bett und auch sonst sah es nicht mehr so komisch leer aus wie heute morgen nach ihrer Aufräumarbeit. Tante Leni saß bei ihr auf dem Bett und drehte sich zu mir um, als ich hereinkam.

»Na, da bist du ja wieder. Und, hast du Tinka mitgebracht?«

Ich schluckte, Leni hatte so was in ihrem Blick, dass ich schon dachte, sie wüsste mehr als gut war.

»Nee, die kann im Moment nicht, wie geht's Vivi?«

Meiner Schwester ging es offenbar schon wieder ziemlich gut, denn sie tauchte aus ihrem Kissen auf und knurrte: »Ich bin nicht todkrank, du kannst mich ja wohl selber fragen!«

Damit war das also geklärt. »Und wieso liegst du dann noch im Bett?«

»Wieso, wieso«, blaffte meine Schwester zwar verhalten aber schon fast in ihrer alten Form. »Weil ich immer noch Kopfschmerzen habe und Leni mich nicht lässt!«

»Und das ist auch gut so«, sagte diese. »Wenn das nicht besser wird, müssen wir wohl noch einmal einen Arzt kommen lassen, außerdem habe ich euren Eltern noch nicht Bescheid gesagt. Ich dachte, es reicht vielleicht, wenn sie erst morgen davon erfahren. Also reg dich nicht auf und bleib schön ruhig liegen. Immerhin musstest du nicht mehr spucken, das ist eigentlich ein gutes Zeichen.«

Vivi stöhnte genervt. Wenn das mal kein gutes Zeichen war!

»So, und jetzt lassen wir dich wieder in Ruhe. Versuche etwas zu schlafen, ja?« Leni strich mit der Hand über die Bettdecke und stand dann auf. Sie nickte mir kurz zu und wir verließen beide schweigend das Zimmer.

»Und? Was hast du jetzt vor?«, fragte mich Leni, als wir wieder die Treppe hinunter gingen.

»Keine Ahnung.« Ich überlegte, ob ich Tante Leni jetzt fragen sollte. »Bist du eigentlich mit dem Auto …«, fing ich an, als das Telefon klingelte.

»Du meine Güte, wer ist das jetzt schon wieder? Willst du eben gehen, Toni?«

Gereizt nahm ich den Hörer ab. Am anderen Ende war eine aufgeregte Jungenstimme zu hören.

»Kann ich mit Vivien sprechen, bitte? Sie geht nicht an ihr Handy und ich hab gehört, dass sie einen Unfall hatte. Wie geht es ihr denn?«

»Und wer will das wissen?« Ich wunderte mich selber über meinen etwas pampigen Ton. Scheinbar hatte Vivi auf mich abgefärbt, so war ich eigentlich gar nicht.

»Vivi? Bist du das selber?«

Der Typ hatte eindeutig schlechte Ohren!

»Nein, hier ist ihre Schwester Antonia. Und wer bist du?«

»Micky. Kannst du sie mir geben, bitte? Oder ihr sagen, dass sie an ihr Handy gehen soll?«

Mir fiel fast der Hörer runter. Der Schwarm meiner Schwester rief bei uns an? Krass. Dann fiel mir ein, was ich gerade über ihn von Tinka gehört hatte. Der hatte ja Nerven, hier anzurufen! Aber gut. Er wusste ja nicht, was ich wusste und überhaupt: war meine Schwester eigentlich eingeweiht?

Tante Leni tauchte neben mir auf. »Wer ist das?«, flüsterte sie. »Wenn das für Vivi ist, dann sag, dass sie später wieder anrufen soll.«

Pff, sie dachte, es wäre eine Freundin! Ich nickte mit dem Kopf. »Vivi kann im Moment nicht ans Telefon kommen«, sagte ich so würdig wie mir möglich war. »Sie muss sich ausruhen. Du kannst später noch mal anrufen.« Und dann legte ich einfach auf.

»Gut gemacht, ihr Handy habe ich nämlich konfisziert, sie soll jetzt schlafen.« Tante Leni lächelte mich listig an.

Mir schwirrten alle möglichen Fragen durch den Kopf. Durfte ich Leni überhaupt hier weglotsen? War das vernünftig? Aber David war ja auch noch da. Der konnte ja so lange auf Vivi aufpassen. Andererseits hatte ich Tinka ja auch versprochen, noch einmal zu ihr zu kommen. Und was war jetzt mit Micky? Eigentlich durfte der nicht mit Vivi sprechen. Am besten überhaupt nie wieder. Aber wie sollte ich das Leni klarmachen, ohne Tinka zu verraten?

»Du bist ja so still«, hörte ich meine Großtante sagen. »Gibt es etwas, worüber du mit mir sprechen möchtest? Was wolltest du mich denn vorhin fragen?«

Erschrocken fuhr ich aus meinen Gedanken auf. »Es ist nur, ich wollte dich fragen, äh, hast du ein Auto? Könntest du mich vielleicht zu meiner Freundin fahren? Also nur vielleicht. Ich wollte es nur wissen. Ist ja wahrscheinlich auch eine blöde Idee jetzt. Ach nee, ist unwichtig, vergiss es.«

Gosh, ich war wirklich nicht ganz klar im Kopf. Es waren einfach zu viele Fragen auf einmal, die mich beschäftigten.

Leni schaute mich mit hochgezogenen Brauen an. »Das wäre wirklich keine so gute Idee, Toni. Ich habe zwar ein Auto hier, aber ich möchte jetzt natürlich nicht so gerne weg, das verstehst du doch sicher?«

Klar verstand ich das. Und Leni konnte ja nicht ahnen, was gerade alles los war. Wenn die wüsste! Jedenfalls hatte sie mir damit eine Entscheidung abgenommen und das war gerade richtig gut für mich.

Unten wurde eine Tür aufgerissen, kurz konnte man metallische Klänge, versetzt mit einem Glockenspiel hören, es klang irgendwie gruselig und gleichzeitig einschmeichelnd. David hörte wahrscheinlich mal wieder die neuesten Technoplatten. Keine Ahnung, wo er die immer herbekam.

»Awesome, was? Hab ich gerade von Vince bekommen. Kinzua heißen die.« David strahlte.

»Aha.« Tante Leni schien nicht weiter beeindruckt. »Dreh die Musik aber nicht so laut auf, hörst du, deine Schwester braucht wirklich Ruhe!«

»Ja, geht klar. Ich hatte aber auch drauf geachtet! Und, wie ist es mit ihr?«

»Wie gesagt, sie braucht Ruhe. Sie hat immer noch Kopfschmerzen. Wenn es ihr in einer Stunde noch nicht besser geht, muss ich mit ihr wohl doch ins Krankenhaus fahren und eure Eltern informieren. Ich habe schon ein richtig schlechtes Gewissen, dass ich das nicht gleich gemacht habe. Vielleicht sollte ich auch gar nicht mehr warten? Am besten, ich bringe es gleich hinter mich und rufe sie an«, sagte Leni mehr zu sich selbst als zu uns.

»Ich kann ja mitkommen ins Krankenhaus, wenn du willst«, bot sich mein Bruder an.

»Das wäre sehr nett, David. Ich telefoniere nur noch schnell mit deiner Mutter. Vielleicht wäre es aber auch besser, wenn sie mit einem Krankenwagen fährt?« Leni überlegte laut. Schließlich ging sie mit energischen Schritten ins Wohnzimmer und zückte ihr Handy.

»Geh am besten ans Fenster, da hast du einen besseren Empfang«, rief David ihr hinterher. Leni winkte ab. Scheinbar hatte sie schon eine Verbindung.

Nachdenklich stand ich im Flur. David war unserer Tante ins Wohnzimmer gefolgt. Ich ging ein Stück näher zur Tür, um auch etwas von dem Gespräch mitzubekommen. Tante Leni drehte unentwegt an einer Haarsträhne herum, die sich aus ihrem Knoten gelöst hatte. Witzig, das machte meine Ma auch immer, wenn sie aufgeregt war, echt, genau so!

»Nein, ihr müsst wirklich nicht …«, hörte ich sie gerade sagen. Sie holte tief Luft, als wenn sie sich selber beruhigen wollte, und das hatte sie wahrscheinlich auch mega nötig, wenn ich mir meine Ma so am anderen Ende vorstellte. »Ist gut, ich rufe euch dann an, ja, mache ich, ganz bestimmt, beruhige dich, es ist nicht so … nein, wirklich nicht, ja okay, mache ich dann sofort, ja gut, gut, ja, ist gut.«

Puh, das waren aber viele Jas und Guts gewesen! Ich konnte mir meine Ma so richtig vorstellen, wie sie ihr immer ins Wort gefallen war, das machte sie mit uns auch ständig, wenn sie sich über irgendwas aufregte. Arme Leni. Sie sah richtig zerknirscht aus.

Von oben hörten wir plötzlich Wasser rauschen. Jemand duschte. Aber Vivi schlief doch, oder etwa nicht? Überrascht sahen wir uns alle an.

»Ist noch jemand im Haus außer uns, David? Also Besuch?« Leni sah fragend zu ihm auf.

»Nee, nicht dass ich wüsste. Das muss Vivi sein.«

»Also, das ist doch wohl … ich gehe hoch, bleibt ihr ruhig hier.« Leni lief eilig die Treppe hinauf. Kurz darauf hörten wir ein Gemurmel, offenbar war Leni ins Badezimmer marschiert. Verstehen konnte man nichts, leider. Hier war echt was los, da gab es ja nix.

Einige Minuten später, David hatte sich wieder verkrümelt und ich zappte mich im Wohnzimmer mit der Fernbedienung durch sämtliche Kanäle, kam Leni bester Laune wieder nach unten.

»Vivi will etwas essen«, verkündete sie fröhlich. »Wollen wir ein zweites verspätetes Frühstück machen oder soll ich uns was schönes kochen?«

»Also ich hab jetzt keinen Hunger, außerdem muss ich gleich noch was für die Schule machen und dann wollte ich auch noch zu Tinka!« Mir war so gar nicht nach heiterem Beisammensein. Ich hatte immer noch keine Idee, was ich mit der Info über Micky anstellen sollte. Eigentlich wäre es ja am einfachsten, wenn ich Vivi dazu befragen könnte, offenbar ging es ihr ja blendend, wenn ich mir die Laune von Leni so ansah!

»Naja, das mit dem Essen würde ja auch noch dauern. Ach Gott, ich freue mich so, dass es ihr schon wieder so gut geht. Was mag sie denn besonders gern, weißt du das?«

Ich schüttelte den Kopf. Nein, das wusste ich tatsächlich nicht so genau. Nur dass sie kein Fleisch aß. David auch nicht. Deshalb hatte meine Ma auch angefangen, rein vegetarisch zu kochen. Wenn es nach David ging, sollte es am besten auch vegan sein.

»Möglichst etwas mit Gemüse, also kein Fleisch, so viel weiß ich, aber sonst …« Ich zuckte mit den Schultern.

Ich selber mochte eh wenig essen. Essen gehörte nicht unbedingt zu meiner Lieblingsbeschäftigung. Mama meinte, ich hätte vielleicht etwas mit der Schilddrüse, aber der Arzt hatte was von Stoffwechsel gefaselt. Bei mir war alles in bester Ordnung, also was das Essen anging. Meine Gedanken rannten mal wieder wild durcheinander. Herrjeh, ich hatte doch wirklich über Wichtigeres nachzudenken. Was sollte ich denn jetzt wegen Micky unternehmen?

»Toni? Hast du gehört, was ich eben gesagt habe?« Leni guckte mich forschend an. Ich war wohl kurz nicht ganz bei der Sache gewesen. »Äh, das mit dem Essen?«

»Nein, ob du Vivi fragen magst, was sie gerne möchte. Lieber frühstücken oder richtig essen.«

Ups, da war mir wohl was entgangen. »Oh, ja klar, mache ich«, sagte ich hastig. Während ich hochging, konnte ich regelrecht die neugierigen Blicke von Leni in meinem Rücken spüren. Ach egal, sollte sie doch denken, was sie wollte.

Vivi war gerade dabei sich anzuziehen, als ich in ihr Zimmer kam, natürlich nicht ohne anzuklopfen, wer weiß was the Queen of Drama sonst mit mir veranstaltet hätte.

»Ich dachte, du sollst im Bett bleiben?« Okay, das war jetzt vielleicht nicht der beste Einstieg für eine Unterhaltung, aber ich hatte ja eigentlich auch nur eine Mission zu erfüllen. »Ich soll dich von Leni fragen, was du lieber essen möchtest: Frühstück oder Mittagessen.«

Die ungnädigste aller Schwestern stand halb angezogen vor ihrem Schrank und hielt einen giftgrünen, kurzen Pullover vor sich hin.

»Mir egal«, murmelte sie, ohne sich weiter um mich zu scheren. »Ach Mist, ich weiß nicht, was ich anziehen soll!«

Ich trat etwas näher zu ihr hin. »Wieso, der ist doch schön.«

»Ach, du hast keine Ahnung«, fauchte Vivi, schon wieder ganz die Alte. Spontanheilung wahrscheinlich. Da konnte ich ihr doch ruhig ein bisschen auf den Zahn fühlen, oder? Ich räusperte mich und verkniff mir eine blöde Antwort.

»Kann schon sein«, sagte ich stattdessen einlenkend. »Sag mal, dieser Micky …«

»Woher kennst du denn Micky?«

»Ich kenn den nicht wirklich, ich hab nur was über den gehört, also der soll …«

»Von wem? Was ist mit ihm? Hat er noch mal angerufen?«

Meine Schwester hatte offenbar die gleiche Angewohnheit wie meine Ma, einfach sofort dazwischen zu quatschen. War wohl genetisch bedingt. Außerdem schien ihr Leni bereits von dem Anruf berichtet zu haben. Zog sie sich deshalb jetzt an?

»Nee, nicht dass ich wüsste. Aber der hat …«

»Dann ist es ja gut«, seufzte Vivi erleichtert auf. »Ich dachte schon, dass der gleich vor der Tür steht.«

»Bei uns?« Das musste verhindert werden.

»Ja, klar bei uns. Du bist manchmal echt schlecht in der Kombi. Los, raus jetzt, ich will mich fertig machen.«

Ich seufzte auch. Fast hätte ich mich ohne weiteren Kommentar aus dem Zimmer geschlichen, aber dann kam mir eine grandiose Idee.

»Die Schwester von meiner Freundin hat mal was von dem bekommen«, sagte ich fast fröhlich, so begeistert war ich von mir selber.

»Ach, und was? Jetzt sag schon endlich, boah, du nervst.«

Ich versuchte, möglichst unschuldig zu wirken. »So Pillen«, sagte ich und forschte in Vivis Gesicht, wie ihre Reaktion war.

»Quatsch. Deine Freundin hat sie nicht mehr alle. So, und jetzt lass mich. Sag Leni, ich komme gleich runter. Was Warmes essen wäre gar nicht schlecht, mach schon.«

Oh man, das hatte ich mir jetzt aber anders gedacht.

»Gibt es hier Stress?« Mein Bruder tauchte plötzlich wie aus dem Nichts auf. Ach nee, das war ja völlig falsch.

»Unsere kleine Schwester glaubt jeden Scheiß, den man ihr erzählt, weiter nichts. Was willst du? Ich komme gleich runter, falls du das wissen wolltest. Ihr seid heute alle echt anhänglich, was ist denn los mit euch?« Vivi sah in ihren Spiegel und drehte sich prüfend zur Seite.

»Unser Anton hier?« David grinste. »Wieso? Was für'n Scheiß denn?«

So musste man das machen, wenn man mit Vivi reden wollte. Einfach auf nichts eingehen. Trotzdem wurde ich etwas unruhig. Das war so nicht geplant. Wenn Vivi meinem Bruder das mit den Pillen erzählte, war es aus. Und dann war Tinka sauer und würde mir nie, nie mehr irgendwas erzählen, und es würde einen riesigen Aufstand geben und überhaupt. Aber Vivi winkte nur ab.

»Klein Mädchen Scheiß eben. Nichts Wichtiges. Lasst ihr mich jetzt mal endlich in Ruhe?«

»Ja, komm Anton, wir hauen ab. Ey, reg dich nicht auf, ist nicht gut für den Kopf, hab ich gehört!« David legte den Arm um meinen Hals und zog mich mit sich aus dem Zimmer. »Hast du Probleme?«, fragte er mich draußen. Ich befreite mich aus seiner Armklammer und schüttelte den Kopf. So kannte ich meinen Bruder gar nicht. Irgendwie so fürsorglich. Naja, an diesem Wochenende verhielten sich alle ein bisschen gestört.

Nachdem wir gemeinsam gegessen hatten – etwas Scharfes, Undefinierbares mit Quark und Gemüse – beschloss ich, noch einmal rüber zu Tinka zu gehen. Komischerweise war sie nicht da. Ihre Mutter scheinbar auch nicht, der Wagen stand nicht mehr vor der Tür. Blöd. Unschlüssig sah ich mich um.

Es wurde schon wieder dämmerig, überall sah man in den Fenstern bereits Licht. Und kalt war es auch. Brrr, da ging ich lieber zurück zu Leni und ihren Geschichten. Und meiner Schwester, die jetzt ja anscheinend auch anfing, zu spinnen. Überhaupt, was war das jetzt bei ihr mit dieser Luzie, die sie kennengelernt hatte? Hm. War die denn jetzt real? Ach Quatsch, ich ließ mich nur schon wieder von meiner Großtante einlullen, von ihrer komischen Geschichte, die doch ganz klar zeigte, dass Leni in ihrer Jugend nicht mehr alle zusammen gehabt hatte. Und dieses ganze Chaos mit Vivi und diesem Micky. Und dann nicht zu vergessen Vince, der plötzlich andauernd bei uns auftauchte. Vince!

Meine Laune änderte sich schlagartig. Der kam ja heute vielleicht noch mal vorbei! Immerhin war Samstag, da war David doch meistens auch unterwegs! Oh Gott, wie sah ich aus?

Plötzlich hatte ich es sehr eilig, wieder nach Hause zu kommen. Dieses Mal würde ich vorbereitet sein. Yes, ich würde den tollen neuen Pulli anziehen, den ich erst einmal getragen hatte. Das Türkis sah zu meinen Augen einfach super aus, sogar David hatte anerkennend geschnalzt, als er mich darin gesehen hatte. »Heyheyhey, meine kleine Schwester wird ja erwachsen«, hatte er gesagt. Das war schon mal was, wenn man das von seinem älteren Bruder hörte. Ich musste mich wirklich beeilen.

Kaum hatte ich die Haustür geöffnet, konnte ich meine Schwester hören, die ganz nach Viviart mit Leni diskutierte.

»Aber mir geht es doch gut, liebe Leni, ich hab überhaupt keine Kopfschmerzen mehr, guck mal, ich habe mich angezogen, etwas gegessen, es geht mir gut!«

Das sah unsere Großtante scheinbar anders. »Nein Vivi, das kommt überhaupt nicht in Frage! Du hattest gestern deinen Spaß und das reicht erst mal, würde ich sagen. Du solltest dich wirklich schonen, vorhin wollte ich mit dir noch ins Krankenhaus fahren!«

»Gut! Dann lass uns fahren, dann werden die dir sagen, dass alles in bester Ordnung ist! Wenn wir sofort losfahren, kann ich es noch schaffen, die warten doch auf mich!«

Tante Leni schüttelte heftig den Kopf. »Nein Vivi, selbst wenn wir ins Krankenhaus fahren, was wir meiner Meinung nach tun sollten, gehst du heute auf keinen Fall mehr weg. Das ist mein letztes Wort!«

Vivi griff zu ihrer Geheimwaffe. Ihre Augen füllten sich mit Tränen, sie verzog das Gesicht wie eine leidende Heilige, das konnte sie wirklich gut. Bei meiner Ma zog das nicht mehr wirklich, aber Leni kannte diese Tour noch nicht, vielleicht würde sie einknicken, ich war sehr gespannt.

Und richtig! Leni zeigte sich sehr mitfühlend. Sie legte Vivi den Arm um die Schultern. »Na na, so schlimm wird es doch nicht sein, hm?«

Von Vivi kam nur ein Schluchzen. Jetzt zog sie so richtig durch. Es schüttelte sie und sie wimmerte ein bisschen, dabei zog sie immer wieder die Luft tief ein, wie um einen neuen Anlauf zu nehmen, ich kannte das.

»Lass dich bloß nicht einwickeln!« Mein Bruder stand plötzlich im Flur und lachte leise. »Nee, mal echt Vivi, das war nicht so lustig gestern. Sogar ich hatte noch was von deiner Aktion, wie du siehst.« Er wies auf sein Auge, das ziemlich violett glänzte. »Jetzt hör schon auf, unsere arme Leni zu nerven. Chill mal, Vince kommt nachher noch, wir können uns zusammen einen Film reinziehen, du darfst ihn auch aussuchen! Willst du nun noch los mit ihr?«, fragte er in Richtung Leni. »Dann müsste ich noch mal kurz telefonieren, falls ich noch mitkommen soll!«

»Du bist so ein …« Wütend riss sich Vivi regelrecht aus Lenis Umarmung und schubste David vor die Brust, so dass er etwas zurückkippte. Keine Spur mehr von Tränen.

Leni sah etwas schockiert aus. Naja, nun hatte sie meine Schwester auch mal in natura kennengelernt.

»Also wirklich! Jetzt reiß dich aber mal zusammen, Vivi. So kannst du nicht mit deinem Bruder umgehen, er meint es doch nur gut!«

Aber Vivi war schon abgerauscht. In ihr Zimmer vermutlich. Prima, dann war ja erst mal wieder Ruhe. Ich hatte ja auch Besseres zu tun, als ewig den Ausbrüchen meiner Schwester zu folgen. Ich hatte meine eigenen Probleme.

»Wolltest du nicht zu Tinka rüber?« Leni hatte mich offenbar jetzt erst richtig bemerkt.

»Hmm, aber da ist niemand. Fahrt ihr denn noch ins Krankenhaus?«

»Ich sage mal ja. Allein um eure Eltern zu beruhigen. Ich hole meinen Mantel. David, würdest du deiner Schwester Vivien Bescheid sagen?« Sie sagte das etwas kühl, und sie sagte Vivien anstatt Vivi wie sonst.

»Wir fahren in circa fünf Minuten, okay? Ben kommt demnächst auch nach Hause, es wäre also gut Toni, wenn du hierbleibst und wartest, bis wir wieder da sind, ja?« Damit rauschte sie ab Richtung Flur.

David sah ihr nach und fuhr sich durch die Haare. Er ging langsam zur Treppe, um dann regelrecht einen Anlauf für die Stufen zu nehmen, die er in drei großen Schritten hochlief.

Während ich noch lauschte, ob oben das Gezeter von Vivi einsetzen würde, kam Leni bereits ausgehfertig wieder zu mir. Sie zupfte ein bisschen an ihrer Frisur herum und sagte seufzend: »So hatte ich mir das Wochenende nicht vorgestellt. Aber das Leben ist immer wieder für eine Überraschung gut, findest du nicht auch?«

Wir blickten beide auf, als David zusammen mit einer verheulten Vivi die Treppe herunter kam. Nachdem dann jeder noch eine Suchaktion nach allem möglichen wie Schlüssel, Krankenkassenkarte, Taschentücher und Lipgloss beendet hatte, schloss sich hinter den dreien endlich die Haustür und ich atmete erleichtert auf. Irgendwie stresste mich meine Familie manchmal. Ich war froh, einmal ganz für mich zu sein.

Das Klingeln an der Haustür erwischte mich, als ich gerade die Wimpern an einem Auge fertig getuscht hatte. Nach der Überlegung, ob ich mir von Vivi falsche Wimpern borgen sollte, hatte ich mich an meinen letzten missglückten Versuch erinnert und mich doch lieber für Wimperntusche entschieden. Sogar Papa hatte damals gelacht, als er das Ergebnis sah. Na gut, ich musste wohl noch etwas üben.

Drrrriiiiinnnnnnggggggg – die Klingel blieb mal wieder hängen und ich versuchte schnell, noch das andere Auge fertig zu tuschen.

Mist, jetzt hatte ich alles verschmiert. Ich hangelte nach etwas, um die Tusche neben dem Auge abzuwischen. Die Klingel hing immer noch, langsam nervte das, ich guckte noch einmal kurz in den Spiegel bevor ich, so schnell ich konnte, die Treppe herunterlief.

Vor der Tür stand Tinka. Geübt drückte ich auf den Klingelschalter. Das Dröhnen verstummte abrupt und ich seufzte erleichtert auf. »Die Klingel hängt manchmal«, erklärte ich. Tinka schob sich wortlos an mir vorbei.

»Du glaubst nicht, was passiert ist«, sagte sie im Flur während sie sich umsah. »Bist du alleine? Ist so still hier.«

»Hier war auch so einiges los, die sind noch mal ins Krankenhaus gefahren, David ist auch mit. Und was ist mit dir?«

»Ja eben, das glaubst du nicht, du ahnst nicht, wo ich gerade herkomme!«

Nee, ich war ja nicht der brennende Busch. »Na dann sag schon, komm am besten mit nach oben, ich wollte mich gerade fertig machen.«

»Wozu? Willst du noch irgendwohin?«

»Nee, ich wollte, … ach, egal jetzt, erzähl mir lieber, was passiert ist.« Ich nahm Tinka mit ins Bad, wo ich mit einem Wattepad versuchte, die Reste der verwischten Wimperntusche loszuwerden.

Tinka fing ohne Vorwarnung an, mir die gesamte Story in allen Einzelheiten zu erzählen. Sie ließ nichts aus und sie redete ohne Luft zu holen, so kam es mir jedenfalls vor. Ihre Mutter hatte sie doch irgendwann so weit, dass sie ihr fast alles erzählte. Daraufhin hatte ihre Ma mit der Mutter von Micky telefoniert, die sie und Tinka spontan zu sich eingeladen hatte, um Klarheit in die Geschichte zu bringen. Und dort war es dann zu einer total unschönen Auseinandersetzung mit Micky gekommen. Und, was noch viel interessanter war, dazu, dass Micky erklärt hatte, dass die Pillen, die er Tinka gegeben hatte, überhaupt keine echten Drogen gewesen seien, sondern … Tinka hatte das erste Mal Luft geholt. Ich starrte sie erwartungsvoll an.

»Sag schon, was denn?« Oh man, sie machte es echt dramatisch. Tinka holte noch einmal tief Luft.

»Traubenzucker.« Sie nickte, verzog den Mund in die Breite und ließ sich in meinem Zimmer aufs Bett plumpsen.

Ich war ihr sprachlos gefolgt. »Hä? Das ergibt doch keinen Sinn, warum hat der denn Traubenzucker in Tütchen dabei?«

»Angeblich war das eine Wette, die er verloren hat. Manchmal sind Jungs doch total bescheuert. Er sollte versuchen, jemandem etwas anzudrehen, ich sag ja, total idiotisch die ganze Aktion!«

»Und das hat seine Ma ihm abgenommen?«

»Zuerst nicht. Und dann hat sie gedroht, wenn er nicht die Wahrheit sagt, würde sie eine von den Dingern nehmen und Micky hat gesagt, mach doch, wirst du ja merken, dass das nur Traubenzucker ist und dann, ja dann hat sie sich tatsächlich eine in den Mund gesteckt!«

»Krass. Und was ist passiert?«

»Na, gar nichts weiter, es war wirklich Traubenzucker.«

Tinka hatte recht. Jungs waren bescheuert. Also manche.

»Und jetzt?«, fragte ich etwas unintelligent.

Tinka sah mich erstaunt an. »Was soll schon sein, eben nichts, das Ganze war nur totaler Blödsinn. Der hat uns alle völlig umsonst kirre gemacht, der Schwachkopf.« Zufrieden stopfte sie sich ein Kissen in den Rücken. »Wollen wir was gucken oder so? Mein Hausarrest ist aufgehoben, ich kann hierbleiben, so lange ich will, nur nicht später als zehn.«

Unten ging schon wieder das Telefon. Wieso konnten die Leute nicht auf dem Handy anrufen, ich hatte gleich gesagt, dass es blöde war, sich einen Festnetzanschluss anzuschaffen, aber nein, meine Ma hatte darauf bestanden. Und wer rannte jetzt andauernd hin? Ich. War ja wieder klar.

»Ich muss da mal eben rangehen, könnte wichtig sein, du kannst ja schon mal überlegen, was wir gucken wollen.«

Am Telefon war ein ziemlich aufgeregter Ben, der sofort mit Leni sprechen wollte. Hinter ihm hörte ich eine Männerstimme, die sagte, dass sie bitte auch noch mit Leni sprechen wollte, sonst ginge es nicht. Tja. Pech für Ben.

»Leni ist nicht da, sie ist mit …« Aber Ben ließ mich nicht aussprechen, er hatte wohl auch dieses Gen von Ma.

»Aber ich will mit zum Schlittschuhlaufen und dann kann ich noch eine Nacht hierbleiben, das ist überhaupt kein Problem, ich kriege Sachen von Tom, hol also bitte Tante Leni ans Telefon, mach schon!«

»Sie – ist – nicht – da!«, sagte ich langsam und akzentuiert, sonst hätte mein kleiner Bruder mich vermutlich wieder nicht verstanden.

»Gib mir mal den Hörer, bitte«, sagte die männliche Stimme hinter Ben. »Hallo? Hier ist der Vater von Tom. Mit wem spreche ich bitte?«

Ja waren die beiden total taub? »Hallo, hier ist Antonia, die Schwester von Ben«, hörte ich mich zu meinem Erstaunen unglaublich freundlich sagen. »Unsere Tante kommt nachher wieder, sie ist gerade kurz weggefahren. Ich kann

Ihnen aber gerne die Handynummer von ihr geben, sie hat bestimmt nichts dagegen, wenn Ben bis morgen noch bei ihnen bleiben möchte.« Gott, war ich gut. Vielleicht sollte ich später im Service arbeiten oder so.

»Ja gut, dann machen wir das so.« Toms Vater ließ sich von mir die Nummer geben und ich legte auf.

Gerade wollte ich wieder nach oben gehen, als ich plötzlich jemanden vor dem Kamin sitzen sah. Seltsamerweise ganz in Weiß. Völlig verdattert blieb ich stehen.

Ich konnte die Person zwar nur von hinten sehen, aber ich war mir ziemlich sicher, dass es Lou war. Wie war die jetzt hereingekommen? Und wieso saß sie vor dem Kamin? Komisch.

»Lou?«, fragte ich ziemlich laut und verwirrt. »Was machst du denn hier? Und wie bist du überhaupt reingekommen?«

Von der Treppe kam lautes Lachen. Tinka beugte sich über das Geländer und rief: »Mit wem redest du? Es ist doch gar keiner da! Siehst du Gespenster?«

»Nee«, rief ich zurück. »Lou ist gerade … Lou?«

Ich blickte auf den kleinen Teppich vor dem Kamin, auf dem sie eben noch gesessen hatte. Aber da war nichts und niemand. »Lou?«, rief ich noch einmal. Aber alles blieb still.

Tinka kam langsam die Treppe herunter und sah mich grinsend an. »Geht's noch? Hier ist doch keiner außer uns, oder? Hey, du bist ganz weiß im Gesicht, was ist denn?«

»Soll das jetzt witzig sein? Haha, darüber kann ich jetzt aber nicht lachen. Nur weil dein komischer Micky Schwachsinn von sich gibt, musst du ja nicht auch noch damit anfangen!« Ich war wütend. Was sollte denn der Scheiß?

»Komm schon raus, mir ist nicht nach Versteckspielen heute«, schrie ich Richtung Wohnzimmer, denn da musste Lou sein, es war die einzige Möglichkeit, so schnell zu verschwinden.

Jetzt schien Tinka echt besorgt zu sein. »Toni, was soll das? Hier ist niemand außer uns«, sagte sie vorsichtig.

Aber mir konnte sie nichts vormachen. Das war ein abgekartetes Spiel und ein total blödes noch dazu.

»Jetzt sag schon, wo sie versteckt ist, ich finde das nicht mehr witzig. Los, hört endlich auf mit dem Blödsinn!«

Tinka stand wie angewurzelt vor mir. »Ich sage dir das jetzt zum letzten Mal. Hier ist niemand außer uns beiden. Wir sind alleine!«

Sie sprach so ähnlich wie ich vorhin am Telefon. Langsam. Als ob ich sie nicht richtig verstehen könnte.

»Aber«, sagte ich matt. »Da war doch – neee, ich spinne doch nicht, da war doch eben auf dem Teppich …«

Ich brach ab. Energisch fing ich an, durchs ganze Haus zu gehen. Tinka folgte mir auf Schritt und Tritt. Wir gingen systematisch jeden Raum ab. Ich guckte hinter jeden Vorhang, soweit vorhanden, jede Tür – ja sogar in die Schränke. Aber da war wirklich niemand.

»Glaubst du mir jetzt?« Tinka war die ganze Zeit stumm neben mir hergelaufen. Sie sah mich fragend an. »Du kennst mich doch, das würde ich nicht mit dir machen. Vielleicht war das so was wie eine Sinnestäuschung, das habe ich auch schon gehabt. Du denkst, es wäre jemand neben dir und dann ist da aber keiner. Das kann ganz schön gruselig sein, echt, ich kenne das.«

Okay, Tinka sollte sich mal mit Tante Leni unterhalten, die wären bestimmt wie geschaffen füreinander. Sinnestäuschung! So ein Quatsch! Mir war noch nie etwas in der Art passiert. Andererseits – ich hatte keine Erklärung für das, was eben passiert war.

»Hm«, grummelte ich angestrengt. Mir fiel mal wieder nichts dazu ein. Vielleicht war ich gestresst und mein Hirn fabrizierte Trugbilder?

Vorsichtig sah ich mich um, ob ich noch irgendetwas sehen konnte, was normalerweise nicht da war. Aber alles war wie sonst auch. Ich fand sogar, dass unser Haus extrem clean aussah. Nichts lag herum, niemand machte Krach. Es war ein bisschen so, wie sich plötzlich einsam in einem Museum zu fühlen, weil die anderen schon längst in einen anderen Raum gegangen waren. Ein wenig unwirklich. Mir schwirrte der Kopf und ein leichtes Unwohlsein machte sich bei mir breit. Oben klingelte mein Handy.

»Kommst du mit hoch?« Eigentlich war ich sonst nicht so ängstlich, aber in dem Moment wollte ich einfach nicht alleine sein.

»Klar«, sagte Tinka und wir gingen beide zusammen nach oben. Auf der Treppe drehte ich mich noch einmal um, war da womöglich doch jemand? Aber der Platz vor dem Kamin blieb leer und ich war darüber auch ganz froh.

Am Handy war eine etwas aufgebrachte Leni zu hören.

»Du Toni, es tut mir so leid, aber das dauert hier noch. Ben hat mich erreicht, das geht in Ordnung, wenn er da bleiben möchte, oder hätten deine Eltern das nicht erlaubt? Die machen mich noch verrückt, das dauert hier alles ewig und Vivi ist jetzt zum Röntgen gekommen, nur sicherheits-halber, meinte die Ärztin. Geht es dir gut? Ist alles in Ordnung?« Tante Leni redete wie ein Wasserfall. »Wir kommen wirklich so schnell es geht zurück. Wenn was ist, ruf mich einfach auf dem Handy an, ja? Mach dir schon was zu essen, wenn du Hunger hast, ich weiß nicht, wie lange das alles noch dauert, meine Güte, ja, ja ich komme, Moment – du Toni, ich muss Schluss machen, bis später, ja?«

Ich hielt das Handy noch eine Weile ans Ohr, obwohl Leni bereits die Verbindung gekappt hatte. Ich stand wohl noch ein bisschen neben mir.

»Was ist?«, fragte Tinka besorgt. »Gibt es Schwierigkeiten?«

Ich ließ das Handy sinken. »Nee, aber das dauert da noch im Krankenhaus. Hast du Hunger? Wollen wir uns was zu essen machen?«

»Nö, eigentlich nicht. Du kannst aber auch mit zu mir kommen, meine Ma kocht uns bestimmt etwas, wenn du magst.«

Ich überlegte kurz. Nein, ich wollte jetzt nicht hier weg. Was, wenn Vince noch kam? Sicher, das war eben alles et-was komisch gewesen, aber bestimmt gab es dafür eine Er-klärung. Oder ich war nicht ganz dicht. Genau wie meine Großtante. Oder Tinka hatte womöglich doch recht, und es war nur ein Streich, den meine Augen mir gespielt hatten. Die Möglichkeit bestand immerhin auch.

Ich beschloss, diese Gedanken bis auf weiteres zu ver-schieben und erst einmal in die Küche zu gehen, um zu gu-cken, ob es dort etwas Leckeres zu essen gab. Tatsächlich,

ich hatte auf einmal Hunger. Das passierte mir eher selten. Aber dies war ein seltsamer Tag, vermutlich wirkte sich das auch auf meinen Appetit aus.

»Ach nee, ich soll zu Hause bleiben hat Leni gesagt, bleibst du auch noch ein bisschen?«

»Ja sicher, ich dachte nur, weil du was essen wolltest – ich bin jetzt nicht so wild darauf, zu Hause zu sein, falls du das denkst. Habt ihr etwas zu trinken da?«

»Was meinst du? Alkohol?« Ich schüttelte den Kopf.

»Quatschkopf, doch keinen Alk, ich meinte Cola oder Saft oder so.«

»Ich guck mal, was da ist«, murmelte ich und machte mich auf den Weg Richtung Küche. Dabei schlug ich einen riesigen Bogen um den kleinen Läufer, der vor dem Kamin lag und an dem ich vorbeilaufen musste.

Tinka blieb in der Küche stehen, während ich in unserem Vorratsraum nachsah. »Sag mal«, begann sie vorsichtig, »hat David eigentlich schon mal eine Freundin mitgebracht?«

Ich kam mit einer Flasche Orangensaft zurück. »Ja klar, hier sind andauernd irgendwelche Freunde von ihm, manchmal auch Mädchen, wieso?«

»Ich meinte nicht normale Freunde, ich meine eine Freundin! So richtig, verstehst du?«

Oh ja, ich verstand. Tinka hatte es auf meinen Bruder abgesehen, ich war ja nicht blöd!

»Ich achte nicht so auf seine Freunde, kann schon sein, dass da mal eine dabei war. Wieso?«

Tinka sah mich mit einem merkwürdigen Blick an und rubbelte sich über die Nase. »Najaaa«, sagte sie gedehnt,

»wenn ein Typ so gar keine Freundin hat, und das in seinem Alter, ist das doch, mhh, verdächtig.«

Ich stand etwas auf der Leitung. Hä? Was meinte sie damit? »Ich weiß nicht, was du meinst. Was soll denn bitteschön verdächtig sein, wenn man keine Freundin hat?«

»Oh man, du bist echt süß. Na, vielleicht mag er keine Mädchen, also so als Freundin, vielleicht hat er lieber einen Freund!« Tinka betonte das Wort Freund extrem, und langsam dämmerte mir, was sie meinte.

»Quatsch, David ist doch nicht schwul!« Also wirklich. Tinka hatte sie nicht mehr alle am laufen.

Wobei – wenn ich mal so darüber nachdachte – hm. David hatte keine echte Freundin. Aber das musste ja nicht unbedingt bedeuten, dass er mehr auf Jungs stand, oder? »Und wenn schon«, sagte ich betont lässig, »wen interessiert das? Oder habe ich irgendwas nicht mitgekriegt?« Ich sah Tinka abwartend an.

Ihr Gesicht schien leicht gerötet zu sein, aber vielleicht bildete ich mir das auch nur ein.

»Ach, egal«, Tinka winkte ab. »Lass uns wieder hochgehen und uns Filme angucken.«

Draußen knallte es plötzlich. Tinka hielt sich erschrocken an mir fest. Wir blieben beide wie erstarrt stehen.

Dann atmete ich erleichtert auf. »Das war nur die Gittertür vor dem Wohnzimmerfenster!«

Mir war gerade eingefallen, dass dieses Gitter immer schnell mal aufschlug, wenn es stürmisch wurde. Puh. Es wurde aber Zeit, dass wieder Leben in die Bude kam. Wenn doch nur Leni mit meinen Geschwistern wieder da wäre!

Ich gab es nur ungern zu, aber ganz ehrlich? Ich hatte Angst! Immerhin, Tinka war da. Um nichts in der Welt wollte ich jetzt alleine sein!

Ein guter Spion zeigt keine Angst –

er nutzt sie.

»Da ist sie!« Tinka sah aufgeregt zur Sporthalle.

»Wo denn?« Ich schüttelte unmerklich den Kopf.

»Vorne, am Eingang, siehst du sie?«

Ja, doch. Jetzt sah ich Vivi auch. »Aber das ist kein Mädchen, da bei ihr. Verflixt, das ist dieser Micky!« Ich kauerte mich noch ein bisschen mehr hinter dem Auto zusammen.

Tinka und ich waren mal wieder auf Spionagetour. Sie wusste zwar nicht genau, warum ich das dringende Bedürfnis hatte, Vivi zu beschatten, aber sie machte mit.

Nachdem meine Eltern zurückgekommen waren, kehrte anfangs wieder der Alltag bei uns ein. Aber dann hatte Vivi immer wieder von Luzie erzählt, und ich war mit Leni der Meinung gewesen, dass wir etwas unternehmen mussten.

Irgendetwas stimmte da nicht. Nie brachte sie Luzie mit nach Hause, niemand sonst konnte sich an sie erinnern, jedenfalls keiner von Davids Freunden.

Leni und ich waren uns einig: Da war was faul. Anfangs war Leni mitgekommen, aber mitunter passte es nicht. Dann nahm ich Tinka mit, wenn sie Zeit hatte.

In der Schule war es unproblematisch, denn Lou hatte wie ich Spaß daran, meine Schwester zu beschatten. Aber hier bei uns auf dem Dorf musste Tinka herhalten. Und das tat sie mit Leidenschaft.

Heute waren wir Vivi bis zur Sporthalle gefolgt. Immer in sicherem Abstand und darauf bedacht, dass sie uns nicht sah. Bis jetzt war von Luzie keine Spur zu sehen gewesen, was mich in meinen Befürchtungen nur bestätigte.

Wenn Leni und ich recht hatten, dann konnte man Luzie natürlich nicht sehen, denn sie war ja nichts weiter als ein Hirngespinst meiner Schwester. Und damit wäre dann auch bewiesen, dass Leni nicht komplett durchgeknallt war, wie anfangs angenommen, sondern – tja, damit war ich noch nicht wirklich weiter gekommen. Es musste dafür eine Erklärung geben. Ich hatte nur noch keine parat. Eins stand aber fest: Wir mussten Vivi davon überzeugen, dass sie sich da in etwas, naja jemanden, verrannt hatte.

Da hockten wir nun also hinter einem hellblauen kleinen Wagen, der auf dem Parkplatz vor der Sporthalle stand und hofften, dass Vivi uns nicht sah.

Ich fröstelte, es war verdammt kalt geworden. Mittlerweile ging es stramm auf Weihnachten zu. Dunkel wurde es auch schon wieder, was für unsere derzeitige Situation natürlich von Vorteil war.

»Was machen die da? Spielt Vivi neuerdings mit beim Volleyball?« Tinka verrenkte sich fast den Hals.

»Dann müsste sie sich aber beeilen«, flüsterte ich. »Das Training hat doch schon angefangen, oder? Ist auch keiner sonst draußen.«

»Hrmhrm, was wird das hier?« Eine männliche Stimme erklang über unseren Köpfen. Wir waren so in die Betrachtung von Vivi und ihrem Freund vertieft gewesen, dass wir nicht darauf geachtet hatten, was hinter uns vorging. Erschrocken sahen wir auf. »Habt ihr was an den Reifen gemacht?«

Tinka stand vorsichtig auf. »Nein, es ist nicht so, wie Sie vielleicht denken«, sagte sie hastig. »Wir haben nur, ähm, was geguckt.«

»An meinem Auto?«

»Bestimmt nicht.« Mittlerweile stand ich auch. »Wir haben uns hier nur …« Hilfesuchend sah ich Tinka an.

»Versteckt«, beendete sie meinen Satz.

Der Mann sah uns misstrauisch an. Besonders vertrauenerweckend sah er nicht gerade aus, fand ich. Das Gesicht war vollkommen von einem Bart überwuchert, man konnte kaum die Augen erkennen, weil die Augenbrauen so buschig waren. Haare sah man dafür aber keine. Vielleicht hatte er ja eine Glatze? Seine Mütze, die er tief ins Gesicht gezogen hatte, ließ nicht den kleinsten Haaransatz erkennen.

»Wohnt ihr hier in der Nähe?«

Pff, das ging den ja wohl gar nichts an! Tinka fand das offenbar auch, denn sie nahm meine Hand und zog mich mit sich weg.

»He, wo wollt ihr hin? Wir sind hier noch nicht fertig!« Der Typ packte Tinka am Kragen. Die kreischte auf. Damit war unsere Deckung endgültig aufgeflogen, denn jetzt wurden auch Vivi und Micky aufmerksam und liefen geradewegs auf uns zu.

»Braucht ihr Hilfe?« Micky baute sich vor dem Mann auf. Ganz schön mutig, fand ich. Immerhin war der Kerl mindestens doppelt so schwer.

»Das ist ja wohl die Höhe! Wenn hier jemand Hilfe braucht, dann ja wohl ich! Die Mädels haben sich an meinen Reifen zu schaffen gemacht! Ich will jetzt sofort mit euren Eltern sprechen!« Der Typ war sichtlich empört.

»Aber wir haben nichts gemacht, ehrlich!« Tinka klang etwas weinerlich und zog ihre Kapuze zurecht, die der Mann endlich losgelassen hatte.

»Da hören Sie es. Hier hat niemand irgendwas mit ihren Reifen gemacht, lassen Sie die Mädchen gehen!« Micky sprach ruhig und bestimmt. Ich war schwer beeindruckt. Wie alt war der wohl? »Los kommt, wir gehen jetzt.« Micky nickte dem Typ noch einmal zu und wir gingen langsam zusammen in Richtung unserer Straße. Als wir außer Hörweite waren, fuhr Vivi uns an: »Was habt ihr da eigentlich gemacht, he?«

»Wir haben nur was geguckt!« Mir fiel einfach nichts besseres ein, ich überlegte fieberhaft, was ich sagen könnte. Tinka war mir da gerade auch keine Hilfe.

»Du denkst wohl ich bin bescheuert, oder was? Du hast irgendwem hinterher spioniert. Wer ist es?«

Wie genial war das denn bitte? Sie lieferte mir selber den Grund! Fast hätte ich Tinka vor Begeisterung in die Rippen geboxt, so gut war das!

»Kennst du nicht«, sagte ich und musste etwas husten, denn ich verschluckte mich fast. Außerdem fiel mir auf die Schnelle kein Name ein.

Tinka klopfte mir sachte auf den Rücken. »Geht's?«

»Jetzt lass sie doch«, sagte Micky leicht genervt und zog Vivi zu sich heran. »Soll ich noch mit zu euch reinkommen?« Das hatte sich jetzt fast schüchtern angehört.

»Wenn du willst.« Vivi sagte das ein bisschen gereizt. Man konnte richtig hören, dass unser Thema für sie noch nicht erledigt war. Aber erst mal hatten wir Ruhe vor ihr.

»Also ich gehe jetzt nach Hause. Willst du noch kurz mitkommen?« Tinka sah mich verschwörerisch an. Fehlte nur noch, dass sie mit den Augen rollte. Boah, wie dezent!

Ich nickte. »Dann tschüss, bis nachher«, sagte ich und sah meine Schwester dabei lieber nicht an, denn es wollte ein Glucksen in mir hochsteigen, so eins, von dem man weiß, dass es gleich zu einem mordsmäßigen Kichern wird.

Ich wandte mich lieber an Tinka. Der ging es leider genauso. Wir schafften es gerade noch bis vor Tinkas Haustür, dann war es mit unserer Fassung endgültig vorbei und wir prusteten los.

»Hast du gesehen, wie er sie angeguckt hat?« Tinka liefen mittlerweile vor Lachen die Tränen herunter.

»Wie ein Huhn bei Donner, würde mein Opa sagen«, kiekste ich vor mich hin. Wir waren total neben der Spur, ehrlich, wir konnten uns überhaupt nicht mehr einkriegen. Wir fanden einfach alles zum Brüllen komisch. Nach einer Weile beruhigten wir uns wieder.

Tinka wischte sich die letzten Lachtränen aus den Augenwinkeln. »Und jetzt?«

Ich zuckte mit den Schultern. »Keine Ahnung, im Moment ist sie ja mit Micky beschäftigt. Schade, ich hätte gern das Gesicht meiner Ma gesehen als sie mit ihm hereinkam. Naja, falls sie das überhaupt mitbekommen hat.« Ich kaute ein wenig an meiner Unterlippe herum. Von Luzie hatten wir noch nicht mal den kleinsten Zipfel gesehen. Ganz klar, es gab sie nicht. Nur, wie sollte ich das meiner Schwester klarmachen?

»Was hast du denn, ist doch alles gut gelaufen, sie hat nichts gemerkt. War es denn jetzt Micky, den du sehen wolltest? Oder hattest du jemand anderes erwartet?«

Ich sah Tinka forschend an. Wie gerne hätte ich ihr alles erzählt! Aber wer weiß, ob sie wirklich dicht halten konnte. Außerdem war ich mir nicht sicher, ob sie damit zurechtkommen würde, wenn ich nach meiner Geistererscheinung vor einiger Zeit jetzt noch von einer imaginären Freundin erzählen würde.

Mit Lou hatte ich mich allerdings bereits ausführlich darüber ausgelassen. Sie war der Meinung, dass es mit Sicherheit mehr auf der Welt gab, als wir uns vorstellen könnten. Damit war ich nicht so ganz einverstanden gewesen, aber wenn Lou erst mal eine Meinung gefasst hatte, war sie nicht mehr so schnell davon abzubringen.

»Ich weiß nicht«, sagte ich vage zu Tinka. »Eigentlich dachte ich, dass sie sich mit einer Freundin treffen würde.

»Mit einer Freundin?«, fragte Tinka zweifelnd. »Was ist denn da bitteschön besonderes dabei? Du bist ja crazy, warum willst du wissen, ob sie sich mit einer Freundin trifft?«

»Ach, das ist eine lange Geschichte. Erzähle ich dir ein anderes Mal. Wollen wir was gucken?«, versuchte ich sie abzulenken. Aber Tinka ließ nicht so schnell locker.

»Hat das was mit deiner Erscheinung neulich zu tun?«

»Quatsch«, ich schüttelte den Kopf.

»Oder mit David?«, bohrte sie weiter nach. Sie war echt neugierig. Und schon ging es mal wieder um meinen Bruder. Daraus ließ sich doch etwas machen. Jedenfalls konnte ich sie so vom Thema weglocken.

»David ist in letzter Zeit viel unterwegs«, sagte ich listig. Tinka lächelte. »Ja, ich weiß, ich sehe ihn ja immer, wenn er losfährt.«

So. Jetzt hatte ich sie. »Du stalkst ihn ja richtig!«

Tinka seufzte. »Ich glaube, ich habe einen Crush auf ihn. Tut mir leid, ich weiß ja, er ist dein Bruder und alles, aber es ist nun mal so. Ich komme nicht dagegen an. Jetzt weißt du es endlich. Mach damit, was du willst.«

Na ja, das war jetzt keine Erleuchtung für mich. Das ahnte ich bereits seit Wochen. »Was soll ich damit groß machen, außerdem habe ich mir das schon gedacht, so wie du immer nach ihm fragst!«

»Echt jetzt? Das wusstest du? Du ahnst nicht, wie gut das ist. Weißt du …«

Ab da redete Tinka nur noch über David. Was sie so toll an ihm fand, ob er sie manchmal erwähnte, sie hörte überhaupt nicht mehr auf. Geduldig hörte ich ihr zu, aber meine Gedanken waren ganz woanders. Ja, David war viel unterwegs und deshalb sah ich auch Vince nur noch äußerst selten. Ich hatte mit Lou darüber gesprochen, aber sie fand, dass ich mich nicht weiter mit ihm beschäftigen sollte. Vince wäre doch sowieso zu alt und überhaupt, was ich an ihm nun so toll fand, verstand sie auch nicht.

Ich war etwas enttäuscht, dass ausgerechnet Lou sich nicht sonderlich für mein Liebesleben interessierte.

»… und dann war mir natürlich klar, dass das mit Vince nichts zu tun hatte, weißt du …«

»Vince?« Tinka hatte wieder meine völlige Konzentration. »Wieso Vince, was ist mit ihm?«

Tinka sah mich mit hochgezogenen Brauen an. »Na ja, ich dachte erst, dass da vielleicht was läuft, aber da hatte ich mich geirrt. Gott sei Dank.«

»Wie kommst du denn darauf?« Also wirklich, Tinka hatte Ideen!

»Na weil er so oft bei euch war. Ich meine, das weiß ja nun jeder, dass Vince …«

»Was?«

»Meine Herren, du stehst aber auch manchmal auf der Leitung. Vince steht auf Jungs! Jetzt sag mir nicht, dass du das nicht gewusst hast.«

Ich kann kaum beschreiben, wie mir zumute war. In mir brach eine ganze Welt zusammen, gleichzeitig wollte ich nicht glauben, was Tinka mir da soeben mitgeteilt hatte. Ein Fausthieb in die Magengrube hätte nicht so weh getan.

»Ach jeh, hätte ich das nicht sagen sollen?« Tinka sah mich mitleidig an. »Jetzt sag mir nicht auch noch, dass du den toll findest. Oh nein, nicht dein Ernst oder? Ach Mensch, das konnte ich doch nicht ahnen!«

Ich musste mich stark beherrschen, um nicht loszuflennen. Das wollte ich auf keinen Fall. Nicht jetzt, nicht hier.

»Ich glaub ich gehe mal wieder rüber«, sagte ich hastig. »Ich muss sowieso noch was für die Schule machen.«

Meine Stimme war plötzlich ganz heiser. »Dann bis morgen vielleicht.«

Tinka nickte verständnisvoll. »Wenn du reden möchtest, ich bin hier, kannst jederzeit zu mir kommen, ja?«

»Ja, danke«, stieß ich mit letzter Kraft hervor, nahm meine Jacke und verließ, so schnell ich konnte, ihr Zimmer.

Vor unserer Haustür stockte ich. Hoffentlich war keiner da, der mir blöde Fragen stellen würde. Ich lauschte, ob ich Musik hören konnte, aber im Haus war alles still. Vorsichtig schlich ich mich nach oben in mein Zimmer und zog die Tür zu. Am liebsten hätte ich mich unter meiner Bettdecke verkrochen, so sehr nahm mich das alles mit.

Das Leben hatte auf einmal sämtlichen Glanz verloren. Trübsinnig starrte ich auf meinen Schreibtisch, an dem ich noch gestern gesessen, und Herzen in mein Tagebuch gemalt hatte. Und wenn Tinka sich nun irrte? Vielleicht war es nur ein blödes Gerücht. Vielleicht war alles ganz anders. Man müsste jemanden fragen. Aber wen? Unschlüssig starrte ich gegen die Tür. Und wenn ich Vivi fragte?

Das jähe »Drinnnng« der Tür riss mich aus meinen Grübeleien. Die Klingel hing mal wieder und scheinbar hatte niemand Lust, sich die Mühe zu machen und – wem auch immer – zu öffnen. Seufzend stand ich auf und ging langsam nach unten.

»Hey«, strahlte mich ein Mädchen vor der Haustür an. »Ist Vivi da?«

Ich drückte kurz auf die Klingel, die sofort verstummte.

»Ja, aber sie hat Besuch«, sagt ich etwas verblüfft. Das Mädchen sah gar nicht so aus, wie ich mir eine Freundin von

Vivi vorstellte. Sie hatte kinnlange, dunkle, lockige Haare, war vollkommen ungeschminkt und trug einen kleinen silbernen Nasenring. Ihre großen, braunen Augen musterten mich freundlich. Hinter ihr auf der Straße stand ein Auto mit laufendem Motor.

»Vivi hat etwas bei uns vergessen und ich glaube, dass sie es vielleicht für die Schule braucht«, erklärte sie mir.

»Luzie, was machst du denn hier?«

Hinter mir war meine Schwester aufgetaucht, ich hatte sie gar nicht herunterkommen hören.

Das Mädchen hielt ihr einen Jutebeutel mit einer Mappe darin unter die Nase. »Die brauchst du doch bestimmt für die Bioarbeit, oder?«

Verdattert nahm Vivi die Tasche entgegen. »Uff, das hatte ich völlig vergessen, danke! Bist du jetzt extra deshalb hergefahren? Du hättest doch anrufen können!«

Das Mädchen Luzie lächelte und wies mit der Hand Richtung Wagen. »Mein Vater musste noch etwas bei einem Klienten abholen, da bin ich einfach mitgefahren.«

Das war sie also. Die Freundin, von der ich angenommen hatte, dass sie nicht existierte!

Da konnte man mal wieder sehen, wie leichtgläubig ich doch war. Von wegen Verstand. Ich hatte mich von Tante Leni total einwickeln lassen, ich Schaf. Also wirklich. Wie konnte ich nur so blöde sein? Natürlich gab es Luzie. Meine Großtante hatte sich da in etwas verrannt, das hatte ich doch von vornherein gewusst!

Ich ließ die beiden stehen und trollte mich nach oben in mein Zimmer. Auf dem Flur kam mir Micky entgegen, der etwas verstrubbelt aussah. Vermutlich war das Vivis Werk. Ich musste schon fast wieder grinsen.

»Na? Auch schon hier?« Micky schien etwas überrascht zu sein, mich hier anzutreffen.

»Hmm, ja.« Mehr brachte ich nicht heraus. Was sollte ich auch mit dem Freund meiner Schwester schon reden?

»Ist alles gut bei dir?« Micky hörte sich fast liebevoll an.

Ich nickte, aber eigentlich war gar nichts gut, nee wirklich nicht. Ich hatte mich in allem total geirrt. Es gab Luzie, dafür gab es keinen Vince mehr für mich. Also, ja klar gab es ihn, aber eben nicht mehr so! Es war zum Heulen und das tat ich dann auch auf einmal. Warum war dieser Micky aber auch so nett zu mir?

Und jetzt drehte der wohl völlig durch, denn er nahm mich in die Arme! Es war ein unglaublich schönes Gefühl. Ich war völlig weg, ehrlich. Nicht nur, dass er gut roch, es war einfach diese Kraft, mit der er mich hielt, so ruhig und warm und gut, mir wurde ganz anders.

»Das glaube ich jetzt nicht!« Erschrocken rückte ich aus der Umarmung. Vivi stand urplötzlich vor uns. »Hast du sie nicht mehr alle? Das ist meine kleine Schwester!«, fuhr sie Micky wütend an.

Mir liefen immer noch ein bisschen die Tränen, aber durch Vivis Auftritt fasste ich mich wieder.

Micky blieb erstaunlich ruhig. Scheinbar prallte die Wut meiner Schwester komplett an ihm ab.

Eine echte Leistung. Mir war eher danach, mich zu verdrücken. Könnte ich bitte ganz schnell unsichtbar werden, hexhexhex?

»Es ging ihr nicht gut«, sagte Micky gelassen. Der hatte vielleicht Nerven!

»Wir reden gleich. Alleine! Und wo ist dein Problem?«, fragte mich Vivi in einem Ton, der meine Herzklappen fast zum Stillstand brachte. Bah, sie konnte manchmal total gruselig sein! Auf jeden Fall nicht dazu geeignet, dass ich mich jetzt in irgendeiner Form wohler fühlte. Es interessierte sie nämlich kein bisschen, wie es mir ging. Das war ihr vermutlich völlig egal. Sie war nur wütend, weil ihr Typ mich in die Arme genommen hatte, ganz klare Sache.

Es gab für mich nur eine Möglichkeit, aus dieser Situation herauszukommen – ich ließ sie einfach stehen! Wortlos ging ich zurück in mein Zimmer und zog die Tür hinter mir zu. Kurz überlegte ich, ins Bad zu gehen, damit ich mich einschließen konnte, aber das Zuklappen der Badezimmertür war nicht zu überhören, irgendwer hatte das Badezimmer besetzt.

Erst jetzt realisierte ich, was soeben passiert war. Vivi war eifersüchtig auf mich! Und jetzt mal unter uns, diese Umarmung hatte sich wahnsinnig gut angefühlt, ich hätte ewig so stehenbleiben können! In mir herrschte das absolute Gefühlschaos. Eben war ich noch tieftraurig und erschüttert wegen Vince gewesen, aber jetzt dachte ich nur noch daran, wie mega es sich angefühlt hatte, von Micky umarmt zu werden! Ich kam überhaupt nicht mehr klar. Ich stellte mich an mein Fenster und starrte in die Dunkelheit. Und da blieb ich dann erst mal stehen. Mehr war an dem Abend echt nicht mehr drin!

Wenn du aus der Spur gerätst, frag einen Freund nach dem richtigen Weg!

Weihnachten stand vor der Tür. Und damit auch mein Geburtstag! Ich hatte genau zehn Tage vor Weihnachten Geburtstag. Mittlerweile hatte ich mich daran gewöhnt, trotzdem beneidete ich insgeheim alle, die im Sommer Gartenpartys veranstalten konnten.

Ohne dass ich es groß gemerkt hatte, war das Jahr einfach weitergelaufen. Mit Hausaufgaben, Klassenarbeiten und unglaublicher Verwirrung meinerseits.

Vince hatte ich noch nicht wiedergesehen, genauso wenig wie Micky, der aus unerfindlichen Gründen bei Vivi in Ungnade gefallen war. Kurz hatte ich zusammen mit Lou überlegt, ob es womöglich an dieser Aktion mit mir liegen könnte, dass er nicht mehr auftauchte, aber das verwarfen wir ganz schnell wieder, nachdem Vivi neuerdings in den Pausen mit einem Typen namens Ruven von uns gesichtet wurde. Micky war bei ihr wohl abgemeldet.

Ich saß gerade an meinem Schreibtisch und büffelte mal wieder für mein ‚Lieblingsfach' – Am nächsten Tag sollte die letzte Mathearbeit vor den Ferien geschrieben werden und ich brauchte dringend eine gute Note.

Draußen war es schon dunkel, die Tage wurden immer kürzer. Wenn ich nach der Schule zu Hause ankam, war meistens kaum noch Zeit, irgendetwas zu machen, so lange es noch hell war. Vor ein paar Wochen war ich zu dieser Zeit manchmal mit Tinka unterwegs gewesen, aber nmittlerweile fanden unsere Aktivitäten mehr im Haus statt.

Nach wie vor schmachtete sie David an, und manchmal versuchte ich sogar ihr dabei zu helfen, ihn zu sehen.

Ein Blick auf die Uhr bestätigte mir, dass es bereits zu spät war, um heute noch zu ihr zu gehen. Mit einem Gähnen klappte ich mein Mathebuch zu und überlegte, ob ich mir kurz etwas zu naschen holen sollte. Ich wollte gerade aufstehen, als es an der Tür klopfte und gleich darauf der Kopf von David zum Vorschein kam.

»Na? Du bist ja so fleißig, schreibt ihr eine Arbeit?« David guckte auf meinen Schreibtisch und angelte sich mein Übungsheft. »Ach ja, das hatte ich auch mal. War nicht so mein Fall.« Er legte das Heft wieder zurück und fuhr sich durch die Haare. »Sag mal, du hängst doch immer mit Tinka ab, oder?«

Uuups, was wurde das denn? Etwas irritiert spielte ich mit meinem Kugelschreiber, der mir prompt aus der Hand fiel. »Ja, und?«, fragte ich und hob ihn auf.

»Ja – das ist eigentlich auch gar nicht so wichtig jetzt, ich dachte nur, meinst du, sie hätte Lust, mit auf eine Party zu kommen? Sie ist doch älter als du, oder?« Mein Bruder strubbelte sich schon wieder durch die Haare.

Ganz klar, er war auf eine Art nervös! Toll. Jetzt wurde Tinka mit auf eine Party genommen, und an mich dachte mal wieder keiner. Gemeinheit. Ich verschränkte die Arme vor meiner Brust und sah David abschätzend an.

»Keine Ahnung, ob sie Lust hat, das musst du sie schon selber fragen. Aber ich weiß nicht, ob sie überhaupt darf, sie ist ja nur ein Jahr älter als ich. Ihre Ma erlaubt ihr nicht so viel.« So. Da konnte er mal sehen. Das hatte er nun davon, nänänä!

»Ach ja, dich würden wir natürlich auch mitnehmen, du könntest mit Vince fahren!«

Der Kugelschreiber flog diesmal gegen das Fenster, ich hatte ihn wohl ein bisschen heftig hin und her gewackelt. *Wumm* machte es, dann blieb er auf der Fensterbank liegen.

»Ach«, sagte ich etwas lahm. »Das erlaubt Papa doch nie, und Mama schon gar nicht!«

»Quatsch, das deichsel ich schon, da mach dir mal keine Sorgen!« Mein Bruder grinste siegessicher.

Ich glaubte ihm aufs Wort. Okay, dann musste ich jetzt dringend zusehen, wie ich Tinka mitbekam, sonst wurde wohl nichts aus dieser Aktion.

»Und wo wäre das? Ich meine, wer macht die?«

»Micky gibt eine, den kennst du doch auch. War mal ein Freund von Vivi oder so was ähnliches.«

Ach herrjeh, Vince UND Micky, na bravo, das versprach besonders lustig zu werden! Ich schluckte.

»Kommt Vivi denn auch?« Ich schickte ein Stoßgebet gen Himmel, dass dies nicht der Fall war. Dann könnte ich gleich zu Hause bleiben.

»Nee, die will mit ihrer neuesten Errungenschaft auf ein Konzert, wo er auch auftritt. Ich denke, sie dürfte eher

Probleme kriegen, das durchzuboxen, den Typen kennt hier doch noch keiner! Der war noch nie bei uns, da ist wohl erst ein Antrittsbesuch fällig, bevor Ma sie mit ihm ziehen lässt!«

»Ach, so meinst du das. Ja, kann schon sein. Wann ist denn die Fete?«

»Am Wochenende nach deinem Geburtstag, du hast doch am Montag, oder?«

Ich nickte. Wahnsinn, jetzt bekam ich womöglich eine Feier gratis! Und Vince und Micky würden dabei sein. Außerdem war es total aufregend, zu sehen wie Micky wohl wohnte. Am liebsten wäre ich gleich zu Tinka rübergelaufen, aber nun musste dafür das Handy herhalten.

»Ich kann ihr ja gleich mal schreiben, wenn du willst«, sagte ich vorsichtig. Jetzt bloß nicht zu begeistert wirken, dachte ich mir. Das musste lässig rüberkommen. So, als ob ich andauernd auf irgendwelche Partys ging, war ja mal logisch! Aber David kannte mich, er ließ sich nichts vormachen.

»Da ist wohl jemand aufgeregt, was? Du musst das jetzt nicht überstürzen, das hat auch noch bis morgen Zeit. Aber klar, frag sie. Ist ja deine Freundin.«

»Sie ist nicht wirklich meine Freundin, sie ist eher so was wie eine, äh, Bekannte!«, bemerkte ich hitziger als beabsichtigt. Aber da war David schon wieder aus dem Zimmer. »Warte mal«, rief ich ihm hinterher. Als keine Antwort kam, lief ich ihm nach. Er war schon fast unten an der Treppe und drehte sich um, als er mich bemerkte.

»Was ist?«, grinste er frech. »Sag bloss, du hast sie schon erreicht!«

»Nee, aber kann ich noch jemanden mitbringen?«

Mir war gerade siedend heiß eingefallen, dass ich an dem Wochenende schon lose mit Lou verabredet war. Wenn ich sie mitnehmen könnte, wäre das genial. Dann wäre ich das erste Mal so richtig auf einer Party und das mit Lou! Mit ihr zusammen würde ich mich viel sicherer fühlen. Tinka war ja okay, aber mit Lou wäre es einfach noch cooler! Bittend sah ich meinen Bruder an.

»Und wen? Da muss ich erst mal Micky fragen, ob das in Ordnung wäre.«

»Meine Freundin Lou, du kennst sie wahrscheinlich nicht, sie geht in meine Parallelklasse, sie ist in der achten, genau wie ich.«

»Lou? Ist sie hübsch?«

Boah, echt, mal wieder typisch. David fragte nicht, ob sie nett ist – wichtig war ihm scheinbar nur ihr Aussehen.

Ich verdrehte die Augen. »Als ob das wichtig wäre! Sie ist toll, du wirst sie bestimmt mögen. Und hübsch ist sie auch.«

Hübsch? Das war gar kein Ausdruck. Den Jungs würden die Augen aus dem Kopf fallen, wenn sie Lou sahen. Sie sah einfach unglaublich gut aus.

»Hm, na gut, mal sehen. Ich kann Micky ja fragen.«

»Tu das«, sagte ich überlegen. Ich war wieder ganz obenauf. Sehr mit mir zufrieden ging ich zurück in mein Zimmer und schrieb Tinka eine Nachricht. Dann wartete ich gespannt auf ihre Antwort.

Es dauerte keine zwei Minuten, Tinka musste am Handy geklebt haben! *»Ich frage meine Ma!«* stand auf meinem Display.

Schnell schickte ich ihr einen Smiley und einen Daumen, der hochzeigte, zurück. Jetzt hieß es abwarten.

»Kommt ihr zum Abendessen?«, rief meine Mutter von unten. Die Tür von Ben flog auf, aber er lief nicht nach unten, sondern schnurstracks zu mir.

»Komme gleich!«, rief er Richtung Treppe. Dann drehte er sich zu mir um: »Ich brauche mal eben das Handy!«

»Das geht jetzt nicht.«

»Gib es schon her, ich muss Tom was schreiben!«

»Ja, aber nachher, nicht jetzt, ich warte auf eine Antwort.«

»Ich brauche es aber ganz dringend!«

Ich schnaubte. Pff, was konnte denn bitteschön soo dringend sein? Das ging so nicht weiter. Ich wollte das Handy nicht andauernd teilen, das mussten meine Eltern jetzt einsehen! Und kaum hatte ich mal eine Sekunde nicht aufgepasst, schnappte sich Ben das Ding und rannte damit nach unten.

»Hey!« Der war wohl irre geworden! So schnell ich konnte, rannte ich ihm hinterher und direkt in David rein.

»Spielt ihr Fangen?«

»Haha, sehr witzig. Lass mich durch«, knurrte ich und wollte ihn wegschieben, als ich plötzlich sah, dass noch jemand hinter ihm stand. Mein Herz fing ohne Vorankündigung an zu rasen. Es war Vince! Wo kam der denn jetzt plötzlich her? Obwohl ich doch nun wusste, dass für mich niemals eine Chance auf ihn bestehen würde, war ich genauso geflasht, wie beim ersten Mal als ich ihn gesehen hatte. Meine Gesichtszüge mussten mir kurz entglitten sein, denn Vince fing an zu lachen, als er mich sah. Ich liebte seine Stimme, dieses wunderbare Lachen, einfach alles an ihm. Er strahlte mich regelrecht an, als ich zu ihm aufsah und mir ein »Hallo« abzwang.

»Soll ich den Zwerg für dich einfangen?«

David knuffte ihn ein wenig in die Seite. »Lass die das mal schön unter sich ausmachen. Komm, wir wollen essen.«

Auch das noch. Vince war also beim Abendbrot dabei. Wieso war der überhaupt auf einmal wieder da? Seit Wochen hatte ich ihn nicht mehr gesehen. Oder war der jetzt womöglich mit meinem Bruder …?

Ich beäugte David und Vince als wir uns alle im Esszimmer versammelten. So oft es ihr möglich war, versuchte meine Ma uns alle zusammen beim Essen zu haben. Mittags klappte das meistens nicht, aber wenigstens abends wollte sie uns alle gemeinsam an einen Tisch bringen.

Vince setzte sich wie selbstverständlich neben mich. Gab es ja wohl nicht. Ben tauchte auf und ließ sich auf einen Stuhl neben meiner Mutter plumpsen.

»Hier!« Er reichte mir das Handy quer über den Tisch. Da ich nicht schnell genug reagierte, nahm Vince es an sich und hielt es in Abstand ein wenig von mir weg.

Ich starrte ihn an. Was sollte das denn? Aber bevor es peinlich werden konnte, legte er das Handy vor mich auf den Tisch. Der seltsame Augenblick war vorüber.

Außer mir schien das niemand bemerkt zu haben. Alle plapperten, wie üblich, wild durcheinander. Sogar Vivi hatte sich mittlerweile zu uns gesellt. Seit diesem merkwürdigen Wochenende mit unserer Großtante war sie anfangs etwas freundlicher zu mir gewesen, bis dann diese Sache mit Micky passiert war. Danach war sie wieder deutlich auf Distanz gegangen. Nun saß sie zwischen Ben und David und guckte muffelig in die Runde. Ihr Blick blieb bei Vince hängen.

»Na, auch mal wieder hier? War wohl nix mit Franzi, was?«

Neugierig sah ich auf. Franzi? War das jetzt die Abkürzung von Franz oder … Franziska?

»Hey, Vivi, freut mich auch dich zu sehen!« Mehr kam nicht von Vince. Es war schon beeindruckend, dass er sich überhaupt nicht weiter um Vivis Gequatsche scherte.

Meine Mutter sah auch auf und nahm sich etwas Butter.

»Ach jeh, Liebeskummer? Kenne ich sie?«

Ich hielt die Luft an. Puh, war das jetzt wieder eins ihrer berühmten Fettnäpfchen, in das sie getreten war?

David rettete die Situation. »Ich glaube das ist kein Tischgespräch, oder?« Dabei sah er meine Mutter eindringlich an. Uhuh, da war sie wohl doch übers Ziel hinaus geschossen mit ihrer Bemerkung. Gespannt warf ich einen Seitenblick auf Vincent. Der kaute aber genüsslich weiter und nahm noch einen Schluck Tee, bevor er antwortete.

»Ach lass, ist doch kein Geheimnis. Nee, kein Liebeskummer, aber danke für die Anteilnahme!« Er lächelte etwas spöttisch Richtung Vivi. »Ich glaube nicht, dass Sie Franzi kennen. Sie geht nicht auf unsere Schule.«

Ich verschluckte mich fast. Der Satz fuhr mir mitten ins Herz und weckte alle Schmetterlinge, die dort noch matt herumlagen. Sie? Hatte er wirklich sie gesagt?

Fahrig griff ich nach meinem Brot, das mir prompt wieder aus der Hand fiel. Vince bemerkte es und reichte mir seine Serviette. Er beugte sich ein bisschen zu mir und flüsterte blitzschnell und leise, so dass ich es kaum hören konnte: »Nervös?«

Das Blut schoss mir in den Kopf. In dem Moment, als hätte es nur darauf gewartet mich zu retten, klingelte mein Handy.

»Toni!«, sagte meine Mutter scharf. »Keine Telefonate während wir essen, bitte! Das hatten wir doch geklärt!«

Ich nickte und warf einen kurzen Blick auf das Display. Nachricht von Tinka. Na bitte. Sie hatte geantwortet. Das Gemurmel am Tisch hatte wieder eingesetzt. Ich riskierte noch einen kurzen Seitenblick auf Vince. Er unterhielt sich, als wäre nichts weiter gewesen, mit meiner Mutter über seine weiteren Pläne nach der Schule.

Das gab es ja wohl nicht. Mir war der Appetit erst mal vergangen. Ich kam mir vor wie Aschenputtel auf dem Ball, nur dass ich vergessen hatte, mich umzuziehen und nun in Kittelschürze neben dem Prinzen saß. Der nahm keine weitere Notiz von mir, wie es schien.

Als ich endlich wieder alleine in meinem Zimmer war, öffnete ich die Nachricht von Tinka. Sie war nicht besonders ermutigend. Ihre Mutter wollte zuerst mit meiner Ma sprechen, aber die wusste ja noch gar nichts von unseren Plänen. Dem musste unbedingt vorgebeugt werden. Aber zu David mochte ich im Moment nicht gehen, immerhin war Vince noch bei ihm! Überhaupt Vince! Was war das jetzt gewesen? Hatte es irgendetwas zu bedeuten oder hatte ich mir nur wieder etwas eingebildet? Und was hatte er nun mit dieser Franzi? Ich musste das dringend mit Lou besprechen! Auf jeden Fall musste ich Tinka erst mal antworten. Schnell schrieb ich ihr zurück.

Halte deine Ma noch hin!
Meine weiß noch nichts davon.
Muss dich sprechen!

Ob ich mit Tinka auch über Vince sprechen sollte? Vielleicht wusste sie etwas über diese Franzi? Immerhin war sie es ja gewesen, die gesagt hatte, dass Vince wohl eher auf Typen stand! Blöd, dass es schon so spät war. Ich vertröstete mich selbst auf den nächsten Tag, wobei ich mit einem flauen Gefühl an die Mathearbeit dachte. Ich packte alles, was ich für morgen brauchte, in meine Tasche und überlegte gerade, ob ich schon ins Bett gehen sollte, als jemand an meiner Tür klopfte. Aber es kam keiner herein. Stattdessen wurde ein Zettel unter dem Türspalt hindurch geschoben. Kurz danach hörte ich das Klappen der Haustür.

Neugierig und erstaunt ging ich zur Tür und hob das zusammengefaltete Stück Papier auf. War das jetzt ein Scherz von David? Oder wollte Ben sich womöglich entschuldigen? Es stand nichts weiter drauf als Anton. Die Schrift war ziemlich flüssig. So schrieb Ben nicht.

Langsam setzte ich mich mit dem Zettel in der Hand auf mein Bett und faltete ihn auseinander. Es war so etwas wie ein Gedicht!

Würde ich mich verlieren in den unendlichen Tiefen
deiner Augen, hielte ich mich fest an meiner Zärtlichkeit.

Was war das denn bitte? Ich starrte auf das Papier und wendete es hin und her. Wer schrieb mir Gedichte? Und vor allem, warum? War es doch nur ein Witz, den David und Vince zusammen ausgeheckt hatten? Wo war der Sinn?

Ich wusste nicht, ob ich wütend sein sollte, oder nicht. Das war aber ganz klar an mich adressiert. Nur, wer machte so was? Oder hatte Vivi das geschrieben? Ich drehte mich mit meinen Gedanken im Kreis.

Schließlich knüllte ich den Zettel zusammen und warf ihn in meinen Mülleimer. Ha! Da mussten sie sich schon etwas Besseres einfallen lassen. Verdrießlich schaute ich auf den Mülleimer. Darin lag der kleine Zettel.

Eigentlich war es ein schönes Gedicht, fand ich. Ich fischte den Zettel wieder heraus. Ja, ich erlaubte mir sogar kurz den Gedanken, er könnte von Vince sein. Aber das war natürlich völliger Schwachsinn. Oder?

Wenn dein Herz dir ein Go gibt, setze dich in Bewegung –
und sei es noch so aussichtslos!

Tinka und ich waren aufgeregt. Mein Geburtstag war nicht so spektakulär gewesen, aber diese Party würde es werden, da waren wir uns einig.

Lou würde leider nicht mitkommen, sie hätte etwas Wichtigeres vor, hatte sie gesagt und dabei sehr geheimnisvoll gewirkt. Was, das hatte sie mir nicht verraten wollen. Überhaupt stellte ich fest, dass Lou sich in letzter Zeit verändert hatte. Aber übermorgen war Party und ich würde dabei sein. Das schmiss alles andere kurz aus meinem Hirn.

»Was ziehst du an?«, fragte Tinka gerade. Wir saßen auf ihrem Bett und hatten den gesamten Inhalt ihres Kleiderschrankes auf dem Fussboden ausgebreitet. Die Suche nach einem geeigneten Partyoutfit gestaltete sich schwieriger als gedacht.

»Ich weiß noch nicht genau, wahrscheinlich nehme ich das Shirt von meinem Geburtstag!«

Ich hatte nämlich zu meinem Vierzehnten ein supertolles Shirt bekommen, mit einem Stern darauf, der aus lauter kleinen Perlen bestand. Ich fand es wirklich unglaublich, dass meine Ma so etwas für mich ausgesucht hatte. Wie sich herausstellte, war es Vivi gewesen, die sie dazu ermutigt hatte.

Wer hätte das gedacht! Sogar gratuliert hatte sie mir. Und gemeinsam mit David zu dem Shirt passende Ohrringe geschenkt! Es waren kleine Kugeln, die am Ende einer feinen Kette hingen und ebenfalls aus türkisen Perlen bestanden.

Meine Mutter hatte mich dazu ermuntert, ein paar Freunde einzuladen, aber es war dann doch nur Tinka gewesen, die gekommen war. Lou ging es an dem Tag nicht gut, sonst wäre sie natürlich auch mit dabei gewesen. Und meine Klassenkameraden – was soll ich sagen. Das war ein Thema für sich. Die meisten davon fand ich einfach öde. Die paar, mit denen ich etwas anfangen konnte, waren fast alle Jungs, bis auf Mercedes, und auch zu ihr hatte ich nur sehr wenig Kontakt.

So war mein Geburtstag eher still gewesen, soweit man das bei dieser Familie sagen konnte. Mein Vater hatte aus den Staaten angerufen. Er war mal wieder auf einer seiner Vortragsreisen, die er im Namen seiner Firma gab und würde erst nächste Woche wieder hier sein, um dann mit uns allen Weihnachten zu feiern. Ich war sehr gespannt, was wohl sein Gepäck erschwerte, denn er brachte jedem von uns meistens ein kleines Geschenk mit. Dieses Mal würde es für mich vielleicht etwas größer ausfallen!

Sogar Leni hatte angerufen, was bei meiner Mutter ein wenig Verwunderung ausgelöst hatte. Normalerweise sah und hörte man von dieser Großtante nicht besonders viel. Sie hatte sich erkundigt, ob es außer meinem Geburtstag noch andere Neuigkeiten gäbe, aber das konnte ich ihr am

Telefon nicht erzählen, weil alle zuhörten, als sie anrief. Es lebe das Festnetz!

Aber nun war Party angesagt und Tinkas und meine Gedanken schwirrten nur noch darum, was wir anziehen wollten, wer wohl da wäre, wie wir uns stylen sollten, was wir mit unseren Haaren anstellen könnten und – genau. Wir hatten nur noch diese Party im Kopf. Alles andere verblasste daneben.

Unsere Mütter hatten sich abgesprochen, dass eine uns hinfuhr und die andere uns abholen sollte. Das war einerseits blöde, weil wir ja ursprünglich mit den Jungs fahren wollten, andererseits hatten wir so keine total verfransten Haare, wenn wir dort ankamen.

»Warum, glaubst du, hat uns Micky wohl eingeladen? Meinst du er ist hinter mir her, oder ist er eher an dir interessiert?« Tinka sah mich erwartungsvoll an.

Ich hatte mir, ehrlich gesagt, noch keine weiteren Gedanken darüber gemacht. Ich war einfach zu sehr damit beschäftigt gewesen, was das mit Vince neulich bedeuten könnte. Lou hatte nur abgewinkt, als ich ihr davon erzählte. Und das Gedicht fand sie sogar schaurig, wie sie sich ausdrückte. Sie tat so, als ob das nichts weiter als ein dummer Spaß wäre.

Ich war fast beleidigt gewesen, denn ganz insgeheim hoffte ich, dass es vielleicht doch von Vince war und alles andere als ein Streich.

»Also?«, hakte Tinka nach. »Wer von uns ist die Glückliche? Ich tippe ja auf dich! Und mich mussten sie dabei haben, damit du mitkommen darfst. So ist das nämlich. Ist aber eigentlich auch egal. Hauptsache, wir haben unseren Spaß!« Sie guckte mich ungeduldig an. »Jetzt sag doch mal was. Du bist so still, was ist denn? Hast du Angst?«

Na ja, Angst konnte man das wohl nicht nennen. Aber sie hatte natürlich recht damit, dass ich still war. Ich war in Gedanken ständig bei Vince. Wie würde das sein, ihn dort zu treffen?

An Micky dachte ich kaum noch, seitdem Vince wieder in meinen Hirnwindungen zugange war. Ich hatte ihn einige Male in der Schule gesehen, aber er mich scheinbar nicht. Es war nicht einmal zu einem Gruß gekommen. Mich störte das nicht weiter.

»Kommst du morgen mit zum Volleyballspiel?«,fragte Tinka und riss mich damit wieder aus meinen Überlegungen.

Ich räusperte mich. »Nee, morgen wollte ich nach der Schule mit zu Lou und ich weiß nicht, ob ich den nächsten Bus sonst noch kriege.«

»Mit Lou? Was hast du denn mit der zu tun? Ich wusste ja gar nicht, dass du dich mit ihr triffst! Seit wann das denn? Was findest du an der? Was sagt David dazu?«

»David? Was soll er schon sagen? Außerdem kennt er Lou gar nicht. Sie war noch nicht bei uns.«

Tinka wischte sich mit einem Taschentuch den Lippenstift ab, den sie gerade ausprobiert hatte.

»Der ist zu pink«, sagte sie und drehte an dem Stift. »Na ja, ich meine ja nur«, fuhr sie fort. »Die ist ja ziemlich ...«

»Was?«

»Na, eben seltsam! Und so unscheinbar!«

Lou? Seltsam? Konnte schon sein, dass manche so über sie dachten. Aber unscheinbar?

»Lou ist ja wohl alles andere als unscheinbar«, wiederholte ich meine Gedanken.

»Wenn du meinst.« Tinka zuckte mit den Schultern. Damit war das Thema für sie erledigt. Aber ich überlegte noch abends, als ich schon längst im Bett war, dass Schönheit scheinbar für jeden etwas anderes bedeutete. Und über dem Gedanken, ob Vince mich wohl schön fand, schlief ich endlich ein.

Als ich am nächsten Tag vor der Schule auf Lou wartete, hatte es angefangen zu schneien. Das ständige Fallen der Flocken hatte etwas Beruhigendes an sich und das war gut, denn ich war äußerst gespannt.

Es war das erste Mal, dass ich mit zu Lou gehen würde. Ich war noch nie bei ihr zu Hause gewesen, es hatte sich einfach nicht ergeben. Wir trafen uns normalerweise nach der Schule oder in den Pausen. Ich fand es immer ein bisschen aufregend zu sehen, wie Leute wohnten. Vor allem, wenn es jemand wie Lou war.

»Na, gehst du nicht zum Bus?« Durch die Reihen von Schülern, die an mir vorbeimarschierten, bahnte sich jemand einen Weg und blieb direkt bei mir stehen.

Etwas überrascht schreckte ich aus meinen Gedanken auf. Vor mir stand Micky!

»Wartest du auf jemanden?«

Zutiefst verwirrt starrte ich ihn an. Ja sicher, ich war auf seine Party eingeladen, aber das war etwas anderes. Ich hätte niemals damit gerechnet, dass er mich ansprechen würde. Also, so richtig. Auge in Auge sozusagen.

Es war total unecht, ja, so fühlte sich das an. Aber er war es wirklich!

Dass ich nicht gleich antwortete, schien ihn verlegen zu machen. Genau wie David fuhr er sich durch die Haare und sah in die wirbelnden Schneeflocken. »Na, dann lass dich mal nicht einschneien!« Er schaute mich noch einmal unschlüssig an, dann verschwand er, ohne noch irgendetwas weiter zu sagen, in der Menge.

Ich stand immer noch sprachlos da, als Lou endlich aufkreuzte. Mir war das eben extrem peinlich gewesen. Keine Ahnung, wieso ich nichts gesagt hatte. Es war einfach alles zu schnell gegangen. Ich hatte nicht mit Micky gerechnet, das war es. Wieso nahm mich das so mit? Seltsam. Es war doch nur Micky gewesen!

»Kommst du?« Lou ging zielstrebig durch die sich drängelnden Schüler und lief in Richtung der Fahrradständer.

»Bist du mit dem Rad da?«, fragte ich sie, nachdem ich eine Zeit lang schweigend hinter ihr hergelaufen war. Meine Aufregung legte sich etwas, und ich kam wieder in der Realität an.

»Nein, wir gehen zu Fuß, aber ich hatte hier heute Morgen etwas verloren!«

»Wonach suchen wir?«, fragte ich hastig, während ich Lou durch die Reihen der Fahrräder folgte, die noch da standen. Viele waren es zu dieser Zeit nicht mehr.

»Da ist es, ich hab es schon!« Triumphierend hielt mir Lou ein kleines Päckchen unter die Nase.

»Hier, das ist für dich! Ich hatte dir dein Geschenk ja noch gar nicht gegeben!«

»Danke! Und das hattest du hier verloren? Wie gut, dass es niemand mitgenommen hat!«

Lou winkte ab. »Nein, ich wollte es dir nur nicht vor den anderen geben. Hier ist es ruhiger. Mach schon auf!«

Das Päckchen sah aus, als ob es jemand hastig eingewickelt hätte. Es war einfach in Packpapier eingeschlagen und mit einer roten Schnur umwickelt.

»Was ist das?« Neugierig nahm ich ein kleines Kästchen aus dem Papier und öffnete es vorsichtig. Darin lag ein silberner Ring, der auf der Vorderseite mit lauter kleinen Perlen versehen war. Sie hatten haargenau die gleiche blau-türkise Färbung wie die meiner Ohrringe!

»Woher wusstest du das? Also das mit den Ohrringen? Hast du dich mit David abgesprochen?« Begeistert steckte ich mir den Ring an den Finger. Dann nahm ich ihn wieder ab und legte ihn zurück in das Kästchen.

»Gefällt er dir nicht?«

»Doch schon, er ist toll, wirklich. Danke, das ist einfach so ein Wahnsinnsgeschenk, ich will ihn nur nicht verlieren. Ich stecke ihn lieber in meine Tasche.«

»Wenn du meinst, dann los, lass uns gehen!« Lou zog mich mit sich durch das Schneetreiben, das jetzt stärker geworden war.

Es hatte etwas Unwirkliches, so die Straßen entlang zu gehen. Durch den Schnee sah alles ganz anders aus als sonst.

Ich fühlte mich, als wäre ich in eine andere Welt eingetaucht.

Nachdem wir eine Weile marschiert waren, blieb Lou plötzlich an einem verschlossenen Parkgelände stehen. Es sah richtig märchenhaft aus. Die Bäume hatten schon eine dicke Schneeschicht auf den Ästen und bogen sich bereits unter dem Gewicht. Alles lag unberührt hinter einem schmiedeeisernen Tor, von dem ich kurz dachte, dass ich es schon einmal gesehen hätte. Aber das konnte natürlich nicht sein, ich war das erste Mal in dieser Gegend. Die Spitzen des Gitters hatten kleine Mützen aus Schnee und ich sah kurz zu Lou, ob sie genau wie ich empfand, dass dieser Schnee alles so derartig verzauberte.

Lou aber rüttelte an dem Gitter, wie um den Schnee abzuschütteln und zog einen Schlüssel heraus, den sie in eine kleine Öffnung steckte, die sich an einem der Pfeiler rechts und links vom Gitter befand. Erst jetzt bemerkte ich die Skulptur eines Raben auf jedem dieser Pfosten. Sie sahen gespenstisch echt aus, fand ich. Als ob sie mich direkt anstarren würden.

»Da wären wir.« Lou lächelte mich an und ging dann wie selbstverständlich durch das Tor, welches sich mit einem leisen Surren öffnete.

»Wow, das ist ja …« Mir fiel dazu nichts ein. Hier wohnte Lou? Irgendwo in meinem Hirn ganz weit hinten formte sich ein Gedanke, aber ich kam nicht an ihn heran. Es war wie eine Erinnerung an etwas. Mir kribbelte richtig ein bisschen die Kopfhaut.

Lou stiefelte mir voraus durch den Schnee, der unaufhörlich weiter rieselte und unsere Fußspuren sofort wieder verwischte.

»Scheint keiner da zu sein. Komm, wir gehen hinten rum. Die Tür ist meistens auf!«

Gebannt blickte ich auf das Haus, welches ein wenig einsam zwischen uralten Bäumen auf einer Anhöhe lag.

»Hey, kommst du?« Lou folgte meinem Blick, der an den oberen Fenstern hängen geblieben war. Ich meinte, dort jemanden hinter dem einen Fenster stehen gesehen zu haben, aber das konnte auch nur eine Sinnestäuschung gewesen sein. »Brrr, ist das kalt. Bestimmt ist der Ofen in der Küche an, lass uns reingehen.«

Im Haus schlug mir der Geruch von Rauch in die Nase. Lou hatte recht, jemand hatte ein Feuer angemacht. Ich schüttelte mich ein wenig, als ich in der geräumigen Küche stand. Es war gleichzeitig kalt aber auch wieder total warm hier. Außerdem fühlte ich mich auf eine seltsame Weise beobachtet.

»Ich guck mal eben, ob meine Schwester da ist, ja? Bin gleich wieder bei dir.« Lou verschwand hinter einer massiven Holztür, die sich etwas quietschend hinter ihr schloss.

Ich sah mich im Raum um. Hinter mir war der kleine Vorraum, durch den wir in die Küche gekommen waren. Mir kam alles gleichzeitig vertraut und vollkommen fremd vor. Es war eigenartig hier zu stehen. Die blauen Kacheln an den Wänden zeigten unterschiedliche ländliche Motive, aus der Ecke hörte ich ein Knistern, welches von dem großen eisernen Ofen ausging, der dort stand.

»Möchtest du etwas trinken?« Lou war wieder aufgetaucht und machte sich an einem der großen Schränke zu schaffen. »Wir können uns einen Tee machen wenn du magst. Oder was anderes? Hast du vielleicht Hunger? Ich kann ja mal gucken, was da ist.«

Hungrig war ich eigentlich nicht. Viel lieber wäre ich jetzt in Lous Zimmer gegangen, das interessierte mich nämlich brennend. Aber höflich, wie ich war, nickte ich. »Tee wäre ganz gut. Kann ich mich hinsetzen?«

Lou lächelte mal wieder ironisch. »Versuch es doch!«

Ich zog einen der Stühle vom Tisch weg und stellte fest, dass er lange nicht benutzt worden war, denn es hatte sich bereits eine kleine Staubschicht auf ihm gebildet. Ich wischte ein wenig ungeschickt darauf herum, bevor ich mich vorsichtig setzte.

»Ihr seid wohl nicht so oft hier, was? Wollen wir nicht lieber in dein Zimmer gehen?«

»Gefällt es dir hier nicht? Ich finde es eigentlich immer gemütlich in der Küche, wenn ich alleine bin.« Lou schien etwas enttäuscht zu sein.

»Das ist es nicht, mir ist nur gerade …« Bereits während ich angefangen hatte zu sprechen, wurde mir speiübel. Der Geruch des Rauchs war unerträglich, es roch nicht nur verbrannt, sondern irgendwie süßlich und moderig.

»Ich glaube, ich muss kurz nach draußen«, krächzte ich und wankte durch die Küche zurück zu der Tür, durch die wir anfangs gekommen waren. Draußen atmete ich tief ein und aus. Mir ging es schon besser.

Lou war mir gefolgt. »Alles okay? Du kannst nicht die ganze Zeit hier draußen bleiben, es ist zu kalt!«

Ich blickte sie an. Irgendetwas gefiel mir heute nicht an ihr. Sie wirkte so kalt. In ihren schönen Augen war ein seltsames Funkeln. Ihre Augen hatten mir eigentlich immer besonders gefallen. Sie waren von einer undefinierbaren Farbe für mich. Es war so ein Braun, das fast durchsichtig wirkte. Um die Pupille war ein Streifen Violett und die Iris hatte goldene Pünktchen.

Aber heute sahen sie aus wie zwei Kristalle, die immer heller zu werden schienen. Ja, anders kann ich das nicht sagen, und in mir kroch ein panisches Gefühl hoch. Ich hatte tatsächlich etwas Angst! Es war strange.

»Ich glaube, ich fahre nach Hause, es tut mir leid, irgendwie geht es mir nicht so gut«, stotterte ich fast.

»Wenn du meinst. Hier.« Sie hielt mir meine Jacke entgegen, die sie wohl aus der Küche mitgebracht hatte.

Es war eine normale Geste, aber die ganze Situation hatte etwas völlig Unwirkliches an sich.

»Soll ich dich zum Bus bringen?«

»Nein, ich finde schon zurück, danke Lou. Ich weiß auch nicht, was mit mir los ist. Ich gehe wohl besser.«

Die Luft schien vor Spannung zu knistern. Hastig zog ich meine Jacke an. Ich konnte mir nicht erklären, warum, aber ich wollte nur noch weg von hier, von diesem Ort, der mir so seltsam bekannt vorkam, und von Lou! Was hatte ich denn nur?

»Ist es wegen ihm?« Lous Stimme klang schneidend, sogar ein bisschen böse, fand ich.

»Hä? Wen meinst du? Vince? Ach Quatsch, es ist nichts, ich muss nur jetzt nach Hause, wirklich, es ist alles gut.

»Gibt es ein Problem?« Hinter uns war eine junge Frau aufgetaucht. Sie war, genau wie Lou, bildschön. Ihre langen, rotblonden Haare umflossen ihr Gesicht wie ein Feuerschein. Eine fast magische Erscheinung.

»Ich weiß nicht«, murmelte Lou zwischen den Zähnen. »Gibt es eins?«

»Nein. Ich gehe jetzt.« Langsam ging ich ein paar Schritte rückwärts. Ich nickte Lou noch einmal zu und wollte die Hand heben, um der jungen Frau an der Tür zu winken, aber sie stand gar nicht mehr da.

Als ich endlich an der Bushaltestelle ankam, schneite es immer noch. Ich stand so was von neben mir, dass ich fast erschrak, als der Bus gemächlich vor mir hielt. Aber ich war auch erleichtert. Dieser Bus würde mich nach Hause bringen. Der Fahrer sah mich musternd an, als ich einstieg.

»Ist dir nicht gut? Du siehst aus, als ob dir schlecht wäre.«

»Danke, es geht schon«, murmelte ich und schlich den Gang zwischen den Sitzen entlang.

Der Bus war kaum besetzt. Vermutlich, weil es der letzte Schulbus war, der fuhr. Ich ließ mich in einen Sitz direkt neben der hinteren Tür plumpsen und zog meinen Schal etwas höher ins Gesicht. Ich brauchte dringend Wärme.

Fieberhaft versuchte ich diese ganze Szenerie von vorhin zu begreifen. Wieso hatte mich diese Panik gepackt? Was war das mit Lou gewesen? Warum benahm sie sich so merkwürdig? Ich beschloss, am nächsten Tag mit ihr darüber zu reden und verscheuchte die Beklemmung, die sich um mich herum breit gemacht hatte.

Zu Hause angekommen, fiel ich direkt wieder in das ganz normale Familienchaos. Schon an der Tür konnte ich Vivi hören, die mit irgendwem »diskutierte«. Als ich eintrat, flog mit einem Krachen ihre Zimmertür zu, jedenfalls vermutete ich, dass es ihre Zimmertür war. Meine Mutter stand am Fuß der Treppe und starrte nach oben.

Kopfschüttelnd drehte sie sich zu mir um. »Na, da bist du ja, wo warst du denn? Es ist schon so dunkel. Ich fände es besser, wenn du nicht so spät noch draußen herumläufst.«

Oben ging eine Tür auf. Man hörte eilige Schritte, und dann heftiges Rumoren, welches aus dem Badezimmer zu kommen schien. Es klirrte ordentlich, wahrscheinlich hatte Vivi den Badezimmerschrank etwas unsanft geöffnet.

Kurz darauf, ich war gerade mit meiner Ma in ein Gespräch über die Party verwickelt, hörte man jemanden die Treppe herunterpoltern. Wir lugten durch die Küchentür und sahen gerade noch eine Reisetasche an uns vorbeiziehen. Meine Ma sah mich alarmiert an und stürzte in den Flur. Ich ging in einigem Abstand hinter ihr her.

»Was wird das?«, fragte sie Vivi, die sich gerade ihren Mantel anzog.

»Ich werde jetzt abgeholt.« Vivis Stimme klang kühl.

»Wie bitte? Ich höre wohl schlecht! Du gehst nirgendwo hin, du spinnst wohl!« Meine Mutter hielt Vivi am Ärmel fest.

»Lass mich los!« Vivi wand sich aus dem Armgriff und starrte unsere Ma böse an. »Ruven holt mich ab, und wir fahren zu ihm. So, und jetzt lass mich los!«

Sie rangelte mit Mama herum und stieß sie schließlich mit aller Kraft von sich. Die stellte sich vor die Haustür. Es war echt filmreif.

»Du glaubst doch nicht im Ernst, dass ich dich jetzt noch mit irgendwem wegfahren lasse! Toni, nimm die Tasche und bringe sie nach oben!«

Vivi funkelte mich wütend an. »Wenn du das machst, passiert was!«

Ich fühlte mich so richtig in der Zwickmühle. Hilfesuchend sah ich unsere Mutter an. »Äh, soll ich jetzt …?«

Vor der Haustür wurde es hell und ein Schlüssel wurde eingesteckt. Ma atmete erleichtert auf. »David!«

»Was ist denn hier los? Will jemand verreisen?«

Vivi nutzte die Pause, schnappte sich die Reisetasche und versuchte, an David vorbei, durch die Tür zu kommen.

»Vivi du bleibst hier, hab ich gesagt.« Die Stimme meiner Mutter hörte sich unnatürlich hoch an. »David, bitte nimm ihr die Tasche weg und versuche, sie zur Vernunft zu bringen!«

»Wem gehört denn der Wagen draußen?« David griff nach Vivis Reisetasche und hängte sie über seine Schulter.

»Jetzt sag bloß, das ist dein Neuer! Nicht dein Ernst oder?«

»Gib mir die Tasche zurück, ich bleibe keine Sekunde länger in diesem Irrenhaus, ich fahre jetzt.«

»Bist du bekloppt?«, schrie David sie an. »Das ist ’ne Zuhälterkarre.«

»Du bist gemein! Ruven hat sich das Auto von seinem Dad geliehen!« Vivi schlug jetzt schon fast auf meinen Bruder ein.

»Haha, du glaubst auch alles. Dann holen wir ihn doch mal her, deinen Ruven. Was glaubt er denn? Der kann doch nicht einfach eine Sechzehnjährige mitnehmen, dem werde ich jetzt aber was erzählen!«

»Oh Gott, David, mach jetzt bitte nicht auch noch Dummheiten!« Meine Ma hatte scheinbar ihre Fassung wiedergefunden. »Jetzt beruhigen wir uns alle wieder, ja? Vivi, das ist doch Blödsinn, nur wegen eines Konzerts flippst du hier total aus. Es ist bald Weihnachten. Papa kommt nach Hause. Du willst doch nicht alles kaputt machen, oder?« Sie sah Vivi bittend an. »Vivi, mein Schatz! Das willst du doch nicht?«

Vivi ließ die Arme hängen. Überhaupt fand ich, dass sie etwas erschöpft aussah.

Mama ging vorsichtig einen Schritt auf sie zu und nahm sie dann in die Arme. Sie wiegte sie ein bisschen hin und her.

Vivi ließ das mit sich geschehen, wie eine Puppe. Sie bewegte sich nicht und hielt die Augen geschlossen. »Ich muss aber raus und ihm sagen, dass ich nicht komme.« In ihren Augen sammelten sich Tränen. Waren die jetzt echt?

»Ich gehe mit.« David ließ die Tasche, die er die ganze Zeit über getragen hatte, fallen.

Vivi zog die Nase hoch und sah ihn an. »Wozu soll das bitte gut sein? Glaubst du, Ruven zerrt mich in den Wagen, oder was?«

David zuckte mit den Schultern. »Ich dachte nur.«

»Wir bleiben alle hier an der Tür stehen.« Mama machte die Tür einen Spalt auf und spähte auf die Straße. »Ich sehe aber kein Auto.«

»Lass mich mal gucken.« David drängelte sich an ihr vorbei. »Komisch, eben war es noch da.«

Vivi stand unschlüssig im Flur und sah aus, als ob sie nicht bis drei zählen könnte.

Ich beschloss, mich nach oben zu verziehen und die Straße von dort aus zu beobachten. Hier tobte ja mal wieder das Leben! Oben auf dem Treppenabsatz stand Ben.

»Warum streitet ihr euch alle?«

»Ist schon wieder vorbei. Ging mal wieder um Vivi.«

»Ach so.« Ben schien nicht weiter bekümmert zu sein. »Wann essen wir?«

Also ehrlich. Darüber machte ich mir gerade nun wirklich keine Gedanken. Essen? War das sein Ernst? Aber wie auf Kommando rief David von unten: »Mama sagt, wir essen gleich, kommt ihr?«

Ich verdrehte die Augen. Ben lief an mir vorbei die Treppe herunter. Ich seufzte. Vivi hatte recht. Das war ein Irrenhaus!

Das Abendessen verlief schweigsamer als sonst. Ben schien das zu irritieren. »Was habt ihr denn alle? Ist was passiert?«

Meine Mutter zog hörbar die Luft ein und taxierte Vivi. »Es ist nichts weiter, mein Schatz – nur ein kleines Missverständnis.«

So konnte man das natürlich auch nennen! Mein Blick blieb an David hängen, der das alles schon wieder witzig fand. »Ja Ben, nur so'n kleines Missverständnis war das. So eins, wo immer Leute ein und ausziehen und sich in wilde Typen verlieben!«

Vivi ließ ihr Messer fallen. »Was weißt du denn schon, du bist doch total bescheuert!« Gerade wollte sie Anlauf nehmen, um weitere Schimpftiraden loszulassen, als David plötzlich einlenkte.

»Komm Schwesterchen, das lohnt sich doch nicht wegen dem zu streiten ...«

»Er heißt Ruven!«, fiel ihm Vivi ins Wort.

»Ja schön, dann von mir aus wegen Ruven. Warum kommt er denn nicht mal vorbei? Ich dachte, du wolltest ihn hier vorstellen?«

»Er hat eben wenig Zeit, anders als andere Leute!«, funkelte sie David an.

»Ach Kinder, nun streitet euch doch nicht, schaut mal, euren Bruder habt ihr schon total verwirrt!« Meine Mutter sah besorgt zu Ben.

»Nee, schon gut, ist mir doch egal, wer jetzt Vivis Chief ist. Ruven oder wie der heißt. Ich muss noch Bio machen.« Ben stand auf.

»Jetzt noch? Das hättest du doch schon längst – ach egal. Dann geh.«

»Warum hast du überhaupt so einen Aufstand wegen dem gemacht, ich dachte, es wäre alles geklärt mit seinem Auftritt.« David sah stirnrunzelnd zu Vivi.

»Weil Mama nicht verstehen kann, dass so ein Gig eben nicht um halb zehn zu Ende sein kann, wenn man erst um halb elf anfängt zu spielen. Vor Ruven spielt noch eine andere Band.«

»Ja, aber das ist es ja noch nicht einmal. Sie will nach Hamburg und dann irgendwo schlafen und ich kenne die Leute überhaupt nicht. Die sind doch alle viel älter als Vivi, das kann ich einfach nicht erlauben. Das wäre ja ...«

Meine Mutter suchte scheinbar nach einem passenden Begriff. »Kuppelei wäre das, jawohl. Da mache ich mich doch strafbar! Stell dir bloß vor, es passiert irgendwas, stell dir vor …«

»Was soll denn schon passieren?«, fiel ihr Vivi ins Wort. »Wir schlafen alle bei einem Freund von Ruven, da ist doch nichts dabei!«

»Nein, Vivi.« Meine Mutter schlug mit der Hand auf den Tisch. »Papa findet das auch nicht gut. Und ich will einfach nicht weiter darüber reden. Du bleibst hier, basta.«

»Komm doch mit zu Micky morgen«, bot David an.

Oh nein! Nicht jetzt auch noch Vivi dabei. Lieber Gott, betete ich, bitte nicht!

David stand auf. »Kannste dir ja noch überlegen!«

»Pfff, Micky«, schnaubte Vivi empört und verschränkte ihre Arme vor der Brust. »Ich muss noch telefonieren«, murmelte sie und stand auch auf.

Ich blieb als Einzige noch etwas sitzen und knabberte an einem Stück Möhre herum. Wenn Vivi jetzt womöglich doch mitkam, war die Party für mich gelaufen. Ach überhaupt, diese Party. Das war bis jetzt das Highlight des Jahres für mich gewesen und nun machte mir Vivi womöglich alles kaputt. Ich musste dringend mit Tinka darüber sprechen. »Kann ich noch mal kurz rüber zu Tinka?«

Mama schüttelte den Kopf. »Bleib du auch mal schön zu Hause. Packe lieber deine Tasche für morgen. Ruf' Tinka doch an, wenn es noch etwas Dringendes gibt. Und wieso deckt eigentlich keiner mit ab? Nimm du wenigstens schon mal die Teller mit.«

Toll. Das hatte ich nun davon. Kaum blieb ich mal etwas länger sitzen, schon hatte ich die A-Karte gezogen. Mürrisch sammelte ich die Teller ein und brachte sie in die Küche. Dabei überlegte ich fieberhaft, wie ich den Supergau mit Vivi verhindern könnte. Leider fiel mir nichts Vernünftiges ein. Meine Mutter überreden zu wollen, sich das mit Vivis Abend noch einmal zu überlegen, konnte ich vergessen.

Ich schrieb Tinka schnell eine Nachricht, dass wir dringend reden müssten und lief in mein Zimmer. Ihr Anruf kam prompt. Tinka hatte leider auch keine Idee, wie wir Vivi loswerden könnten.

»Vielleicht kommt sie ja gar nicht, vielleicht ist Micky nicht mehr gut genug für sie. Könnte doch sein!« Tinka klammerte sich an diesen Gedanken.

Ich war mir da aber nicht so sicher. »Ja schon, aber nie im Leben bleibt sie zu Hause, nicht Vivi.«

»Hm.«

»Na gut, wir sehen uns ja morgen. Wollen wir uns lieber bei euch fertig machen? Das wäre bestimmt besser als hier mit Vivi im Nacken!«

»Klar, können wir machen. Komm dann morgen einfach zu mir rüber.«

»Okay.«

Ich ließ das Handy sinken. Morgen! Mir graute schon jetzt vor diesem Tag. Schließlich war auch noch die Sache mit Lou zu klären. Es war mir ein bisschen zu viel.

Doch dann lief alles ganz anders. Als ich am nächsten Tag in der Pause vor Lous Klassenzimmer herumlungerte, kam sie nicht. Stattdessen baute sich Frau Herwig vor mir auf. »Ich muss abschließen, tut mir leid. Hattest du etwas verloren, oder wartest du auf jemanden?«

»Ich warte auf Lou«, erwiderte ich hastig. »Ist sie nicht da?«

Frau Herwig zog die Tür zu und klapperte mit ihrem Schlüssel. »Lou hat sich heute krank gemeldet, ich weiß nicht, wann sie wiederkommt, ob überhaupt noch vor den Ferien. Ruf sie einfach an.« Sie nickte mir noch einmal kurz zu und ging dann im Eiltempo Richtung Lehrerzimmer davon.

Ruf sie einfach an, haha, ja wie denn? Wobei … wenn Lou sich krankmelden konnte, dann hatte sie natürlich doch Telefon! Das ließe sich bestimmt herausfinden, oder? So schnell wie möglich rannte ich zum Sekretariat.

Als ich ankam, war niemand hinter dem Tresen zu sehen. Normalerweise wuselten hier immer mindestens zwei Sekretärinnen herum. Aus dem angrenzenden Zimmer, dessen Tür verschlossen war, hörte ich leises Gemurmel. Ob ich mal klopfen sollte? Eigentlich war es verboten, durch die Klappe zu gehen, die den hinteren Bereich von dem vorderen trennte.

Ich überlegte kurz. Das wäre nicht klug, damit würde ich nur für Aufregung sorgen, ich wollte doch ganz unschuldig die Telefonnummer von Lou herausbekommen. Und ich hatte mir auch schon überlegt, wie ich das anstellen könnte.

»Hallo«, rief ich daher ziemlich laut.

Kurz darauf öffnete sich die Tür und Frau Rogge kam herausmarschiert. »Was gibts?«, fragte sie in ihrem typisch nasalen Ton. Ich kannte sie – so lange man ruhig und freundlich blieb, war sie normalerweise ganz umgänglich.

Ich lächelte sie an. »Eine Freundin von mir ist krank geworden und sie hat noch Aufgaben von mir. Leider habe ich ihre Nummer nicht eingespeichert, könnten Sie mir die bitte aufschreiben? Es ist ziemlich wichtig, es ist für ein Projekt!«

Ich fand, das hatte ich gut rüber gebracht. Ich war richtig stolz auf mich, dass ich das so flüssig und ohne Stottern gesagt hatte.

Frau Rogge sah mich prüfend an. »Ihr tippt doch sonst auch alles gleich in euer Handy.« Sie verzog ein bisschen säuerlich den Mund. »Und wie heißt die Schülerin?«

Äh ja – da hatte sie mich jetzt kalt erwischt. Mir fiel der Nachname nicht ein. Jetzt geriet ich ins Stottern.

»Lou aus der achten, ähm, Latein, der Nachname ist, äh, ach Mensch, ja wie heißt sie noch mal …« Ich dachte angestrengt nach, aber verrückt, mir fiel der Nachname einfach nicht ein!

Frau Rogge runzelte die Stirn, das dauerte ihr eindeutig zu lange. »Wird das heute noch was?« Sie trommelte mit den Fingern auf dem Tresen herum.

»Mir fällt der Nachname gerade nicht ein, aber es gibt bestimmt nur eine Lou in der Klasse. So oft gibt es den Namen doch nicht.« Ich schaute sie flehentlich an.

Frau Rogge seufzte etwas lauter als nötig. »Also normalerweise mache ich das ja nicht. Als ob ich nichts anderes zu tun hätte, tss, na gut.« Sie schaute auf den Bildschirm, der vor ihr auf Augenhöhe stand. Ich konnte leider nichts erkennen, der Tresen war dazwischen, sonst hätte ich Lou bestimmt sofort gesichtet. »Das wird dann wohl Lou Bayer sein, die du meinst. Hier.« Sie kritzelte etwas auf ein Post it und reichte es mir. »So, wenn du mich dann bitte weiter arbeiten lässt?«

»Danke!« Fast andächtig nahm ich den Zettel entgegen. Innerlich jubilierte ich. Ich hatte Lous Nummer! Und es war gar nicht weiter schwierig gewesen, sie zu bekommen. Vorsichtig verstaute ich den Zettel in meiner Jackentasche.

»Ich an deiner Stelle würde die Nummer aber gleich in mein Handy eingeben! Sonst stehst du womöglich nachher wieder da und hast sie nicht!« Frau Rogge schaute mich schief an. »Was ist das denn für ein Projekt?«

»Ach, es geht um Lichtbrechung, es ist ein Experiment, das wir durcharbeiten.«

Puh. Wie gut, dass ich dieses Mal nicht lügen musste, sonst hätte sie mich womöglich doch noch durchschaut.

Dieses Experiment gab es wirklich, und ich war dafür mit noch drei anderen ausgewählt worden.

»Und danke noch mal, ich tippe die Nummer gleich ein«, sagte ich im Hinausgehen zu Frau Rogge. Dann sah ich schleunigst zu, dass ich wegkam. Yes! Ich hatte es geschafft!

Bester Laune ging ich zu unserem Klassenzimmer, welches zwar noch abgeschlossen war, vor dessen Tür sich aber bereits ein paar meiner Klassenkameraden versammelt hatten. Mercedes war auch dabei. Sie lächelte mich an.

»Bist du heute Abend auch auf Mickys Party?«

Ich lächelte zurück, fragte mich aber gleichzeitig, woher sie das wissen könnte. »Ja«, sagte ich. »Ich bin auch da. Woher weißt du das?«

»Ach so.« Mercedes lächelte noch etwas breiter. »Dann weißt du also gar nicht, dass ich …«

Marco neben ihr rempelte sie an. »Oh, tschuldigung, habe dich gar nicht gesehen!«

Oh Gott. Ich schaute betreten zu Boden. Sie war seine Freundin, oh nein! Wie peinlich! Womöglich hatte sie dafür gesorgt, dass Micky mich eingeladen hatte?

»Doch, klar«, sagte ich schnell.

Frau Greif kam durch die Menge an Schülern und schloss die Tür auf.

»Na, dann sehen wir uns ja heute Abend!« Mercedes lächelte noch einmal und ging dann zu ihrem Platz.

Ja hey, hatte sich denn alles gegen mich verschworen? Das war einfach unfair! Sicher, ich hatte mich gedanklich mehr mit Vince beschäftigt, aber trotzdem wurmte es mich, dass Micky ganz offensichtlich nicht mich gemeint hatte mit seiner Einladung, so wie Tinka das überlegt hatte. Er hatte mich einfach nur eingeladen weil – keine Ahnung, warum. Irgendwie fing diese Party langsam an, mich zu nerven!

»Antonia!« Frau Greif rief meinen Namen und reichte mir mein Arbeitsheft. »Das Lernen hat sich gelohnt!«

Ich hatte gar nicht mitbekommen, dass sie dabei war, die Klassenarbeiten zurück zu geben. Neugierig schlug ich mein Heft auf. Zwei minus! Meine Laune stieg wieder an. Immerhin etwas!

Auf dem Weg vom Bus nach Hause rief ich nach längeren Überlegungen bei Lou an. Schließlich hatte sie mir ihre Nummer aus unerklärlichen Gründen nicht selbst gegeben. Deshalb war ich nicht sicher, ob es okay war, wenn ich sie jetzt anrief. Ich wartete. Schließlich nahm jemand ab. Aber das war auf keinen Fall Lou.

»Hallo?«, fragte eine mir unbekannte Frauenstimme.

»Hallo, hier ist Toni, ich wollte gerne Lou sprechen, ist das nicht ihre Nummer?«

»Ach so, tut mir leid, doch, aber Lou kann jetzt leider nicht ans Telefon gehen. Es geht ihr noch nicht gut. Ist denn etwas Besonderes oder wolltest du nur wissen, wie es ihr geht? Bist du eine Klassenkameradin?«

»Ich gehe in ihre Parallelklasse, wir sind befreundet. Können Sie ihr dann gute Besserung von mir sagen?«

»Ja, natürlich. Toni ist dein Name? Ich richte es ihr aus, ja?« Und schon war die Leitung unterbrochen. Aufgelegt.

Na, immerhin hatte ich die richtige Nummer. Schade, dass sie mir nicht erzählt hatte, was mit Lou los war. Gestern hatte sie auf mich noch ziemlich gesund gewirkt, aber wer weiß?

Ich dachte noch eine Weile darüber nach, was sie wohl gerade machte, ob es ihr schon wieder etwas besser ging. Ob sie wütend war, dass ich mir einfach so ihre Nummer besorgt hatte. Doch schließlich verschob ich sämtliche Gedanken an Lou auf ein anderes Mal. Jetzt hieß es nur noch … PARTY!!!

Als wir ankamen, wurde uns die Tür von einem mir völlig unbekannten Mädchen geöffnet, die sofort wieder verschwand, kaum dass sie ein: »Kommt rein« genuschelt hatte.

Es waren erst ein paar Leute da. Von meinem Bruder noch keine Spur. Tinka und ich schauten uns um.

»Wir sind viel zu früh da, hab ich dir doch gesagt«, flüsterte Tinka mir zu.

Das Haus musste riesig sein, jedenfalls wenn man vom Eingangsbereich ausging. Das war kein Flur wie bei mir zu Hause, das war eher eine Halle! Jemand kam auf uns zu. Es war ein Junge mit dunklen, lockigen Haaren, die auf der einen Seite über sein Gesicht hingen, die andere Seite war super kurz geschnitten. Und er trug Lidschatten, ganz eindeutig!

»Ihr könnt eure Klamotten da aufhängen, wenn ihr wollt«, sagte er und wies auf eine große Doppeltür, an der wir bereits vorbei marschiert waren. »Ach, und ich bin Noah.«

Wir nickten beide verständig, so als ob wir uns das schon fast gedacht hätten, brachten aber keinen Ton heraus. Wo waren wir hier gelandet? Hektisch schaute ich mich um. Waren wir richtig gestylt für diese Party?

In diesem Umfeld kam ich mir schon wieder total fade vor, dabei hatten wir uns bei Tinka noch mega awesome gefunden. Dieses Gefühl hatte sich bei mir soeben allerdings verflüchtigt. Tinka schien es ähnlich zu gehen.

»Soll ich eben warten? Dann zeige ich euch, wo wir feiern.«

Hinter der Tür verbarg sich eine Art Ankleidezimmer. Wir liefen uns erst mal selbst entgegen, denn auf der gegenüberliegenden Seite hing ein gigantischer Spiegel. Sofort kam ich mir noch kleiner und unscheinbarer vor.

Ich war langsam etwas wütend, dass David uns nicht vorgewarnt hatte. Ich meine, okay, wir wohnten auch nicht schlecht, aber das hier …

»Da bist du ja!« Hinter uns war plötzlich Mercedes aufgetaucht. »Ich hatte schon auf dich gewartet!« Sie umarmte mich flüchtig. Ich stand stocksteif da. Normalerweise umarmten wir uns nicht. Auch nicht in der Schule. Überhaupt hatte ich es meistens nicht so mit körperlichen Berührungen. Ich umarmte ja nicht einmal Lou! Und sie war immerhin meine beste Freundin! Das mit Micky war ein echter Ausrutscher gewesen.

Tinka hatte da offenbar keine Berührungsängste. Sie tat so, als ob sie Mercedes schon jahrelang kennen würde und ließ sich ebenfalls in die Arme nehmen. Fehlten eigentlich nur noch Luftküsschen, wie man das manchmal in Filmen sah. Aber so weit gingen die beiden dann doch nicht. Der Typ namens Noah hatte sich verdrückt, vielleicht war ihm das hier auch zuviel gewesen.

»Ich zeig euch, wo alle sind«, Mercedes ergriff meinen Arm und zog mich mit sich quer durch eine Art Vorhalle zu einer Treppe, die geschwungen nach unten verlief. »Wir feiern heute im Souterrain, kommt schon!«

Souterrain hörte sich schon mal gut an, jedenfalls gemütlicher als diese weiten Räumlichkeiten hier oben. Vielleicht war es ja so in der Art wie bei David unten? Tinka und ich tauschten einen kurzen Blick. Scheinbar dachte sie etwas Ähnliches, denn sie zwinkerte mir verschwörerisch zu. Aber dann verschlug es uns schlichtweg den Atem.

Nachdem wir eine weiß lackierte Tür passiert hatten, schlug uns zunächst ein Geruch entgegen, der mir bekannt vorkam. Es roch nach Chlor! Und dann sahen wir den Pool. Er lag im Halbdunkel und wurde nur von innen beleuchtet.

Um ihn herum liefen lauter Jugendliche, einige auch in Badezeug. Der ganze Raum war wie eine Art Grotte gestaltet. In einer der Ecken gab es sogar einen kleinen Wasserfall. Überall standen kleine runde Tische mit Gläsern, auf der rechten Seite war ein riesiges Buffet aufgebaut. Die Musik war so laut, dass ich mir fast die Ohren zugehalten hätte, aber ich konnte mich gerade noch beherrschen, wie peinlich wäre das denn sonst bitte gewesen? Im hinteren Bereich tanzten ein paar Leute.

»Möchtet ihr was trinken? Ich glaube Micky ist gerade im Wasser, aber ich hole ihn gerne für euch raus, soll ich?« Mercedes schien mir etwas übereifrig zu sein.

Ach nee, ich wollte jetzt nicht mit Micky in Badehose konfrontiert werden, irgendwas lief bei mir im Kopf gerade aus dem Ruder. Aber Mercedes drückte jeder von uns ein Glas mit einer undefinierbaren rosa Flüssigkeit in die Hand und lief bereits an den Poolrand.

Enttäuscht kehrte sie nach einer Minute zurück. »Da ist er gerade nicht, aber bestimmt kommt er gleich. Ich muss mich ein bisschen um die anderen kümmern, ich bin dann gleich wieder bei euch, ja?« Und schwupps, war sie in der Menge verschwunden.

Tinka und ich sahen uns an. »Das nenne ich mal Party!« Tinka nippte an ihrem Glas. »Probier mal, schmeckt nach Himbeere!«

Ich roch kurz daran, bevor ich das Glas ansetzte. Tinka hatte recht, es schmeckte nach Himbeere und ziemlich süß. Gerade wollte ich ihr zustimmen, da tippte mir von hinten jemand an die Schulter.

»Na, auch schon da?« David stand da und grinste dreist. Ich guckte schnell, ob ich Vince neben ihm sah, was leider nicht der Fall war. Sehr bedauerlich.

Tinka strahlte meinen Bruder an. »Oh, hallo!«

»Hey«, David zog Tinka etwas an sich heran und nahm sie kurz in den Arm. Genau genommen, war das mehr die Andeutung einer Umarmung gewesen. Ich schluckte. Gab es womöglich etwas, das Tinka mir verschwiegen hatte? Tinka schmachtete David mit den Augen so richtig an.

»Wieso hast du uns nichts gesagt?«, wollte ich wissen.

»Was meinst du?« Mein Bruder stand offenbar auf der Leitung oder war von Tinka geflasht, was weiß ich.

»Na, diese – Party hier«, erwiderte ich ungeduldig.

»Was soll damit sein? Ist 'ne Wahnsinnslocation, oder?«

Ich gab auf. Er wollte mich offenbar nicht verstehen. Ich nahm noch einen Schluck von dem Himbeergetränk.

»Das solltest du aber lieber nicht so schnell trinken!«

Ich wirbelte herum. Vince stand wie aus dem Erdboden gewachsen da und nahm mir mein Glas aus der Hand. »Das ist Mojito und ich glaube, sie haben nicht mit dem Rum gespart!« Vermutlich stand mir der Mund etwas offen, denn Vince schaute mich sehr aufmerksam an. Vor allem auf meinen Mund sah er. »Trink lieber was ohne Umdrehung, sonst wird dir womöglich schlecht. Habt ihr schon was gegessen?«, fragte er und wandte sich dabei Tinka und meinem Bruder zu.

Beide schüttelten den Kopf, machten sich aber wie auf Kommando auf den Weg zum Buffet. Mich ließen sie mit Vince einfach stehen.

»Und du?« Vince sah mich schief an und zog mich dann einfach mit sich. »Komm, wir gucken uns das auch mal an. Ich glaube, die haben sich dieses Mal so richtig Mühe gegeben! Sieht gut aus!«

Dieses Mal? Scheinbar war Vince schon öfter hier gewesen. Mir war etwas schwurbelig, ich hätte jetzt gerne jemanden gehabt, der mich stützt. Der Typ machte mich einfach so weak! Am Buffet war ziemlich viel los, außerdem hatte man einen prima Blick auf die Tanzfläche. Und dort, ganz für sich, tanzte Lou! Das gab es ja wohl nicht! Sie sollte doch im Bett liegen, schließlich war sie angeblich sogar zu schwach gewesen, um mit mir zu sprechen! Na warte!

Meine Aufregung wegen Vince war verflogen, überhaupt interessierte mich im Moment überhaupt nicht mehr, was irgendwer von mir denken könnte, ich war so richtig in Rage.

»Halt das mal für mich«, wies ich Vince an und drückte ihm meinen Teller in die Hand, den ich bereits mit Salat beladen hatte. Schnurstracks lief ich zur Tanzfläche. Der würde ich jetzt aber etwas erzählen!

Als ich dort endlich ankam, war Lou verschwunden. Ich sah mich suchend um. Die Fläche wurde von lauter bunten Spots beleuchtet, die sich auch noch zu seltsamen Formationen zusammenschlossen um dann wieder auseinander zu brechen. Ich versuchte, Lou in dem Gemenge zu finden, es war aber so gut wie unmöglich bei dem flimmernden Licht und den vielen Leuten, die ausgelassen tanzten.

Mühsam bahnte ich mir meinen Weg zurück zu Vince. David und Tinka standen auch dort und sahen mich forschend an, als ich mich wieder zu ihnen stellte.

»Was war das denn eben für eine Aktion?« David musterte mich amüsiert. »Plötzlicher Anfall von Tanzwahn?« Er lachte etwas spöttisch über seinen eigenen Witz. »War wohl doch die falsche Musik, wie?«

»Ich dachte, ich hätte Lou gesehen. Die kann sich warm anziehen, wenn ich sie treffe! Von wegen, sie ist krank!« Ich schnaubte entrüstet.

Tinka warf mir einen mitleidigen Blick zu. »Bist du sicher?«, fragte sie. »Nicht, dass das wieder …« Sie brach plötzlich ab und hüstelte künstlich. »Ähem, ich meinte, da hast du dich mit Sicherheit verguckt. Außerdem wollte sie doch gar nicht kommen, hattest du erzählt. Was ist denn jetzt eigentlich mit Vivi?«, versuchte sie abzulenken.

Ja, genau. Was war mit Vivi?

»Die ist auch da. Muss hier irgendwo herumschwirren«, sagte David. »Überhaupt, ich sollte mal wieder nach ihr sehen, nicht dass sie uns noch abhaut!«

Super. Vivi war also auch da. Als hätte ich nicht genug andere Probleme! Hoffentlich blieb sie da, wo sie jetzt war und ließ mich und Tinka in Ruhe!

»Ich kann ja mitkommen, wenn du magst«, hörte ich Letztere gerade sagen.

Hallo? Tinka wollte freiwillig mit zu Vivi? Ganz klare Sache, sie wollte gerne mit David zusammen sein. Das hatte mit Vivi eher weniger zu tun!

»Wir können auch alle mitkommen«, hörte ich da ein dünnes Stimmchen, welches zu mir gehörte.

Uups, was war denn in mich gefahren? Irgendwie störte es mich, dass Tinka mich hier allein lassen wollte. Und die

Vorstellung, dass Vince womöglich nur aus lauter Nettigkeit bei mir blieb, gefiel mir ebenso wenig.

Tinka und David sahen mich überrascht an.

»Dein Ernst?«, fragte mein Bruder. »Vielleicht wäre das aber etwas übertrieben, wenn wir alle bei ihr auftauchen. Ich will sie ja nicht komplett kirre machen. Ich glaube, ich gehe am besten alleine. Keine Sorge, ich komme ja gleich wieder!« Er warf Tinka einen kurzen Blick zu, grinste Vince noch einmal an und verschwand dann in Richtung der Tür, durch die wir anfangs gekommen waren.

»Hier.« Vince hatte die ganze Zeit meinen Teller in der Hand gehalten. »Du wolltest doch etwas essen!«

Es war komisch. Seit ich ihn kannte, hatte ich Vince angehimmelt und mir nichts sehnlicher gewünscht, als dass er mit mir reden würde. Aber jetzt, in dieser Situation, fühlte es sich absolut weird an. Vielleicht, weil es so seltsam war, jetzt hier mit ihm zu stehen, vermutlich wäre es besser und einfacher gewesen, ihn in sicherem Abstand zu beobachten. Immerhin hatte ich darin Übung.

Als hätte er meine Gedanken erraten, lächelte Vince plötzlich Tinka an. »Ich gehe noch mal an die Bar. Kommt ihr ohne mich klar?«

Tinka lächelte zurück. »Keine Sorge, wir können schon auf uns aufpassen!«

Ich atmete auf. So war es besser. Gerade hatte ich mich auf meinen leckeren Salat gestürzt, denn ich hatte mittlerweile Hunger, da kam bereits die nächste Herausforderung in Gestalt von Mercedes, mit Micky im Schlepptau, auf mich zu. Aaaarghhhh, konnte man denn nicht mal in Ruhe essen?

Ich versuchte, das große Salatblatt, welches mir gerade aus dem Mund hing, so geschickt wie möglich in meinen Mund zu stopfen. Grmphhh, dieses blöde Blatt wurde beim Kauen irgendwie nicht weniger!

»Hey!« Micky hatte den Arm lässig um Mercedes gelegt, seine Hand hing locker auf ihrer Schulter. »Amüsiert ihr euch? Wir haben auch alkoholfreies Zeug, falls jemandem von euch danach ist.« Er lächelte mich an.

Ich war immer noch mit diesem blöden Blatt beschäftigt, von dem die Hälfte gefühlt an meinen Schneidezähnen festhing. Warum hatte ich auch nur diesen Salat genommen? Kein Wunder, dass ich ihn nicht anstrahlen konnte. Sagen konnte ich auch noch nichts.

Ich sah vermutlich etwas muffelig aus, dabei hatte ich mir so schön überlegt, was ich zu ihm sagen würde, wenn ich auf ihn stieß. Ich hatte es zu Hause vor dem Spiegel geübt, damit er nicht auf die Idee kam, ich könnte eifersüchtig sein oder so.

»Danke für die Einladung«, sagte Tinka und knuffte mich ein bisschen. Ich war immer noch mit den Blattresten an meinen Zähnen beschäftigt, meine Zunge blieb bei dem Versuch nach vorne eingerollt unter meiner Oberlippe hängen. Micky bückte sich nach vorne und sah sozusagen von unten an mir hoch.

»Ist dir nicht gut?« Aufmerksam betrachtete er mein Gesicht. Mercedes war da pfiffiger. Sie durchschaute mein Dilemma sofort.

»Hängt dir was an den Zähnen? Passiert mir auch manchmal!« Sie lachte leise. »Geht's?«

Endlich war ich in der Lage, etwas Passendes von mir zu geben. Micky war, jetzt wieder mit Mercedes unter dem Arm, zurückgetreten. Ich räusperte mich.

»Na, wir sehen uns noch!« Micky musterte mich noch einmal, drehte sich mit Mercedes, die eingezwängt wie ein kleiner Sack in seinem Arm hing, um und ging. Ich hätte heulen können. Der Abend war für mich gelaufen.

»Wollen wir tanzen?« Tinka schien ganz unbekümmert zu sein. Ja, hatte sie denn nicht mitbekommen, dass ich mich gerade zum Lauch des Abends gemacht hatte? Ich wurde schon fast wieder wütend.

»Nee, geh mal lieber alleine!« Nach Tanzen war mir jetzt wirklich nicht!

Tinka zog tatsächlich ab. Und jetzt? Ich beschloss, mich einfach an die Bar zu setzen, da hatte man alles gut im Blick, denn man konnte durch die verspiegelte Rückseite gut beobachten, was so vor sich ging, und es würde niemandem weiter auffallen! Ich fand mich ganz kurz superschlau.

Dummerweise hatten andere den gleichen Gedanken. Die Bar und alles drumherum war nur noch ein Gewusel von Leuten. Ich war überrascht, wie schnell sich der Raum gefüllt hatte.

Auf der Suche nach einem leeren Platz fiel mir ein Typ auf, der seine Füße auf einen Platz neben sich gelegt hatte. War das nicht der von vorhin, der uns geöffnet hatte? Wie hieß er noch gleich – Noah?

Kurz entschlossen ging ich mit meinem Glas in der Hand zu ihm, und wies auf den freien Stuhl, der ja, wie gesagt, nur seinen Füßen als Unterlage diente.

»Ist hier noch frei?«

Noah sah mich aus leicht glasigen Augen an.

»Oh, die Süße von vorhin! Moment.« Leicht ächzend hievte er seine Füße von dem Hocker und machte eine einladende Geste mit dem Arm. »Bitteschön!«

Es hörte sich zwar eher nach »Biddeschn« an, aber ich verstand ihn trotzdem. Er hätte sich wohl auch besser an alkoholfreie Getränke halten sollen.

»Isses nich traurig?«

Ich versuchte mich auf den Hocker zu schwingen, stellte fest, dass ich einfach zu klein war und kletterte dann mehr hinauf.

»Was ist traurig?«, fragte ich ihn interessiert. Seltsamerweise war ich überhaupt nicht verlegen, dass ich mich wie ein Oktopus hochgehangelt hatte. Noah schien mir nicht besonders beängstigend zu sein.

»Na alls. Das Lebn. Die Liebe. Traurig. Sehr, sehr traurig!«

Oh jeh, Noah hatte eindeutig den Punkt überschritten, an dem man noch wusste, wo und vor wem man Lebensweisheiten von sich gab. Mir war das gerade eher sympathisch. Vielleicht sollte ich mich in einen ähnlichen Zustand versetzen?

»Warum ist das Leben denn traurig, Noah?«, hakte ich nach. Hier herrschte Redebedarf und ich brauchte jemanden, um mich nicht so allein zu fühlen.

Noah stierte in den Spiegel. »Siehsu da hinten, kannsu es sehn?«

»Äh – nein, nicht wirklich. Was meinst du, Noah?« Ich konnte beim besten Willen nicht erkennen, worum es ging.

»Die Leute, die tanzen oder das Paar davor?«

»Meine Liebe ist da. Da, da isse und ich, ich bin dem scheiß, schei – scheißegal bin ich dem, jawoll.«

Ach jeh, Noah hatte Liebeskummer, und offenbar war es kein Mädchen, um das es ging. Um wen es sich dabei handelte, konnte ich leider nicht feststellen.

»Jaja, guck du nur, du Süße du!« Noah wedelte mit dem Zeigefinger vor meiner Nase hin und her. Schließlich verlor er das Gleichgewicht und stürzte kopfüber auf meinen Schoß. Verdammt. Die Leute links und rechts von uns guckten amüsiert, aber niemand griff ein oder so. Vermutlich hielten sie uns für ein Pärchen! Hilfe, was sollte ich nur machen? Noah lag wie ein Stück Blei auf mir. Tinka kam von der Tanzfläche, sah mich und guckte irritiert auf Noah.

»Mir ist schlecht«, nuschelte der gerade in meinen Schoß, drehte den Kopf und stürzte fast komplett vom Stuhl, als ihn plötzlich zwei Arme von hinten packten und von mir wegzogen. Gerade noch rechtzeitig, bevor Noah sich übergeben musste. Uähh, mir wurde selbst etwas übel!

Im Nu waren die Plätze um uns herum frei, alle hatten die Flucht ergriffen. Jetzt erst sah ich, dass es Micky war, der mich von Noah befreit hatte.

»Dich kann man aber auch nicht allein lassen, was?« stieß Micky unter Anstrengung hervor und zog Noah etwas von der Bar weg. Schließlich rief er einem Jungen, der neben ihm stand zu, dass er mit anpacken sollte. Gemeinsam mit dem anderen Jungen trug er Noah weg.

Warum hatte er mich nicht gefragt? Sooo schwach war ich ja nun nicht. Und überhaupt, was sollte mir das jetzt sagen? Konnte man Noah nicht allein lassen, oder hatte er damit mich gemeint? Noch mitten in der Überlegung ging ich ihnen einfach hinterher.

Ich kam allerdings nicht weit, denn jemand hielt mich am Arm fest.

»Wo willst du hin?« David schien gerade von einem Marathon zu kommen, so sehr war er aus der Puste.

»Noah ist schlecht geworden, ich wollte gucken, ob ich was helfen kann. Jetzt lass mich schon los, was hast du denn?« Ich zerrte mich aus seinem Griff. »Spinnst du?«

»Entschuldige, aber du kannst jetzt nicht auch noch verschwinden, Vivi ist nämlich weg! Ich kann sie nirgends finden, hoffentlich ist sie nicht doch noch zu diesem Konzert abgehauen. Und ich Idiot dachte, die Party würde sie ablenken. Wo ist Tinka?« David atmete schwer.

Ich wies Richtung Tanzfläche.

»Gut. Pass auf, bleibt beide hier. Ich rufe mal eben Vivi an. Ich hab hier keinen Empfang, ich gehe kurz nach draußen, ja?«

Ich nickte stumm.

»Aber wirklich!«

»Ja! Jetzt geh schon!«

Tinka kam erhitzt bei mir an. »Ich habe euch eben beobachtet. Ist was passiert?« Sie blickte David nach.

Ich verdrehte die Augen. »Vivi mal wieder!«

»Wo ist sie denn?« Tinka sah sich um.

»Jedenfalls nicht hier. David versucht, sie anzurufen.« Instinktiv hielt ich Tinka fest, denn sie wollte ihm gerade hinterher stürzen. »Wir sollen hier warten.«

Toll. Genauso hatte ich mir das vorgestellt. Wo war eigentlich Vince abgeblieben? Ich konnte ihn nirgendwo entdecken.

»Glaubst du, er hat sie hier drinnen übersehen?«, riss mich Tinka aus meinen Gedanken und starrte angestrengt auf die Tanzfläche. Ich hatte keine Ahnung. Es war mir auch ziemlich egal. Es war doch immer das Gleiche. Letztendlich drehte sich wieder einmal alles um Vivi.

»Na? Warum tanzt ihr denn nicht?«

Die Stimme! Aber das war doch … Vivi!

»Du hast vielleicht Nerven! David sucht dich überall! Wo warst du denn?« Tinka hörte sich an wie meine Ma, wenn sie wütend war.

»Wieso? Ich war doch die ganze Zeit mit Vince neben dir auf der Fläche. Vince hat dich sogar angerempelt!«

»Habe ich nicht gemerkt. Na gut, aber David sucht dich wirklich!«

»Wollt ihr auch was trinken?« Vince war neben Vivi aufgetaucht.

»Ja,« riefen wir alle einstimmig.

»Okay, und – was wollt ihr?«

Nachdem David endlich wiedergekommen und erleichtert war, Vivi zu sehen, wurde es dann doch noch eine echt gute Party. Die Spannung löste sich, wir lachten und redeten alle durcheinander, sogar Tinka und Vivi verstanden sich und gingen zusammen tanzen. Und ich? Ich traute mich einmal sogar mit Vince zusammen »zappeln« zu gehen, wie er das nannte. Und es war völlig okay.

Ich war sogar fast nicht mehr nervös in seiner Gegenwart. Ich gehörte irgendwie dazu.

Nur Micky und Mercedes sah ich die ganze Zeit nicht. Und Lou musste ich mir wohl wirklich eingebildet haben! Ich schoss ein paar Fotos, um sie ihr später zu zeigen, ließ es dann aber erst mal doch sein. Vielleicht war sie traurig, wenn sie sah, was sie alles verpasst hatte. Wobei, Lou und traurig? Das konnte ich mir nicht so gut vorstellen.

Irgendwann kam David auf mich zu und fuchtelte mit seinem Handy vor meiner Nase herum.

»Es ist schon ziemlich spät!«, rief er, um die Musik zu übertönen. »Müsst ihr nicht gehen?«

Erschrocken starrte ich auf mein Handy. Mist, es war schon später als verabredet, wir mussten dringend los, sonst würde meine Ma hier womöglich gleich auftauchen!

»Und wo steckt Tinka?«

David sah sich um. »Eben war sie noch hier. Wahrscheinlich tanzt sie. Ich hole sie, geh ruhig schon mal vor!«

Schade. Jetzt konnte ich mich nicht einmal mehr von Vince verabschieden, er war gerade irgendwo in der Menge untergetaucht. Mühsam bahnte ich mir einen Weg zur Tür. Das war sie also gewesen, die Party.

Auf dem Weg nach oben stieg ich über ein knutschendes Pärchen. Fast wäre ich vor Verwirrung stehen geblieben. Aber das war doch – oder hatte ich mich geirrt? Mercedes! Ich schluckte. In diesem Moment sah sie mich.

»Hey, willst du schon los?« Sie stand auf. »Warte, ich bringe dich noch schnell zur Tür. Weiß Micky, dass du gehst?«

Also das fand ich jetzt aber wirklich abgebrüht. Mir fiel dazu nichts ein. Ich starrte sie an und senkte dann den Kopf.

»Ich glaube nicht, dass ihn das jetzt sonderlich interessiert. Vermutlich würde er sich eher dafür interessieren, was du hier abziehst!« So. Jetzt war es raus.

Mercedes lachte. »Das wäre ja noch schöner!«

Ich sah sie etwas angeekelt an. »Also mich würde das schon stören, wenn mein Freund mit einer anderen rumknutscht!«

Mercedes sah aus wie ein Fragezeichen. »Wieso sollte er das tun? Hast du ihn etwa vorhin mit einer anderen gesehen?«

»Hä? Nein, aber dich doch wohl gerade!«

»Mich?« Mercedes sah mich mit gerunzelten Augenbrauen an. »Oh, nein, aber du dachtest doch wohl nicht, weißt du denn nicht, dass – nein, jetzt dein Ernst?« Mercedes nahm mich in den Arm. »Aber er ist mein Bruder! Ich dachte, du wüsstest das!«

Einundzwanzig, zweiundzwanzig …

Mein Gehirn brauchte eine Ewigkeit, ich hörte die Worte, aber sie kamen nicht richtig an. Mein Hirn war nicht in der Lage, daraus die richtigen Schlüsse zu ziehen. Es war wohl kurz in Ohnmacht gefallen.

Und dann peng, setzte es mit voller Wucht wieder ein. Die Geräusche fluteten mein Ohr, ich sah Mercedes, die mich besorgt anlächelte, nahm die Bewegungen um mich herum wieder wahr und dachte nur noch eines: Micky!

Und dann kurz darauf: Shit! Ich musste doch gehen! Und jetzt war alles zu spät.

Das Leben hatte mir mal ganz kurz vors Schienbein getreten und es tat verdammt weh.

»Soll ich gucken, ob ich ihn finde?« Mercedes schien Gedanken lesen zu können. »Warte doch kurz, ich versuche mal …«

»Danke, aber ich muss ganz schnell nach draußen. Tinka und ich werden abgeholt, wahrscheinlich wartet meine Ma schon!« Hoffentlich hatte sich das jetzt nicht zu verzweifelt angehört, womöglich erzählte sie das ihrem Bruder? Immerhin hatten die beiden so vertraut gewirkt, dass ich sie für ein Paar gehalten hatte! Mittlerweile waren wir vor dem Garderobenzimmer angelangt.

»Soll ich Micky etwas ausrichten?« Mercedes half mir, meine Jacke zu finden, denn die Garderobe platzte aus allen Nähten und ich hatte keine Ahnung, wohin genau wir unsere Jacken gehängt hatten.

»Sag ihm, dass es eine schöne Party war und danke!«

Mercedes legte den Kopf schief. »Sicher?« Zweifelnd sah sie mich an. »Sonst nichts?«

Ich lief bestimmt knallrot an, aber es war relativ dunkel im Flur, also machte es nichts. Ich schüttelte nur den Kopf – was hätte ich sagen sollen?

Tinka kam angestürmt. »Weisst du, wo wir unsere Jacken hingehängt haben?«

Ich hielt ihr wortlos eine kurze Steppjacke hin.

»Oh danke.« Sie streifte Mercedes mit einem Blick. »Dann grüß deinen Bruder von mir, ja? Und sag ihm danke, die Party war wirklich gut!« Und zu mir: »Los komm, deine Ma hat schon bei David nachgefragt, wo wir bleiben!«

Unfassbar! Tinka hatte es also auch gewusst!? Aus dem Auto heraus warf ich einen kurzen Blick zurück auf den Hauseingang und sah gerade noch die Gestalt eines Jungen, der uns hinterher sah.

Wenn man die Magie erklärt,

zerstört man auch den Zauber des Geheimnisvollen.

Das Wochenende lag hinter mir. Am Samstag hatte ich lange geschlafen und war danach nur noch mit einer Frage beschäftigt gewesen: Was war das nun eigentlich mit Micky? Ich musste dringend darüber mit Lou sprechen und hoffte, dass ich sie dieses Mal erwischen würde. Aber Fehlanzeige. Es ging niemand ans Telefon.

Mit Tinka wollte ich im Moment nicht reden. Mir ging das Davidgequatsche auf die Nerven. Vielleicht war sie nur die ganze Zeit mit mir zusammen gewesen, um an David heranzukommen? Na wenn schon, dachte ich. Mal sehen, wann sie von sich aus zu mir kommt. Aber sie kam an diesem Wochenende nicht. Und David war zu Hause.

Ich hoffte von ganzem Herzen, dass Lou am nächsten Tag wieder in der Schule sein würde. Es gab viel zu erzählen. Wie es ihr wohl ging? Und wieso meldete sie sich nicht, wenn sie doch nun wusste, dass ich ihre Nummer hatte?

Der Montag ließ sich nicht gut an. Ich war zu spät dran, hätte um ein Haar meine Unterlagen für das Projekt vergessen und ärgerte mich, dass ich zu wenig Geld in der Tasche hatte, um mir am Kiosk etwas zu kaufen. Aber ich würde endlich wieder mit Lou reden können, das war so ziemlich das Einzige, woran ich mich an diesem Morgen klammerte.

Gespannt wartete ich auf die große Pause. Kaum klingelte es, machte ich mich auf den Weg zu Lou. Es waren noch nicht alle Schüler draußen, bestimmt war sie auch noch im Klassenzimmer. Ich schaute in den Raum hinein.

Herr Patzold, der Deutsch in der Klasse unterrichtete, sah von seinem Schreibtisch auf. »Kann ich dir helfen?«

Ich mochte Herrn Patzold sehr gerne. Wir hatten ihn einmal in Vertretung gehabt und ich fand seinen Unterricht ziemlich klasse. Viel besser, als das, was Frau Lüllau mit uns veranstaltete. Dabei mochte ich das Fach wirklich.

»Ich suche Lou«, sagte ich und lächelte ihn an. »Ist sie wieder da?«

»Augen auf, junge Dame, da hinten sitzt sie!« Er lächelte zurück. »So, jetzt aber raus mit euch allen, ich muss abschließen!«

»Können wir nicht drinnen bleiben? Es ist so kalt heute!« Ein Mädchen schaute ihn bittend an.

Herr Patzold seufzte. »Leute, wenn es nach mir ginge, bitteschön, aber so sind nun mal die Vorschriften. Ihr könnt doch in der Aula bleiben oder in die Cafeteria gehen!«

Ich suchte währenddessen nach Lou. Ich konnte sie nirgends entdecken. Das einzige Mädchen, das alleine weiter hinten saß, war eine Schülerin, die ich noch nie gesehen hatte. Sie hatte mausgraues Haar, das lose zu einem Pferdeschwanz gebunden war und wirkte auf mich wie jemand, der mal dringend Sonne nötig hatte.

Sie stand auf und kam auf mich zu. »Warst du das, die angerufen hat?« Das Mädchen war etwas kleiner als ich, ihre grauen Augen waren ganz hübsch, ansonsten wirkte sie auf mich ein wenig unscheinbar.

»Ich suche nach Lou, hast du sie gesehen?«

»Sehr witzig«, brummte das Mädchen. »Sie steht vor dir.«

Ich schaute sie verwirrt an. »Du heißt auch Lou?«

»Wie – auch?«

»Na, ich suche die andere!«

»Welche andere?«, fragte das Mädchen namens Lou mich misstrauisch. »Hier gibt es nur mich. Und ich gehe jetzt raus. Kannst ja mitkommen. Was wolltest du denn am Telefon? Oder hast du mich da auch verwechselt?«

Hastig kramte ich mein Handy heraus. »Hier, ist das eure Nummer?«

Das Mädchen guckte kurz darauf. »Keine Ahnung, aber ich kann mal gucken. Ich habe unsere Festnetznummer nicht im Kopf. Warte.«

Sie zog ihr Handy aus der Tasche. »Zeig noch mal. Ja, das ist unsere.«

»Und du warst krank?«

»Ja, wieso? Sag mal, stalkst du mich?«

Beinahe hätte ich laut gelacht. Warum sollte ich dieses Mädchen verfolgen? »Quatsch«, sagte ich. »Ich suche nach einer anderen Lou, ich habe dich nur verwechselt. Tut mir leid.« Ich wandte mich an Herrn Patzold, der gerade dabei war, abzuschließen. »Darf ich Sie noch einmal stören?«

»Bitte, tu dir keinen Zwang an. Aber beeile dich, ich muss noch hoch in den Chemieraum.«

»Ich meinte vorhin die andere Lou. Wissen Sie, ob sie auch krank ist oder so?«

Herr Patzold zog den Schlüssel ab und schaute mich überrascht an. »In dieser Klasse ist mir keine weitere Lou bekannt. Aber vielleicht hast du die Klasse verwechselt. Frag doch mal in der 3.8 nach. Vielleicht findest du sie da. Ich muss jetzt.« Er lächelte mich noch einmal kurz und entschuldigend an und eilte davon.

Das war ja merkwürdig. Ich stand alleine im Flur und starrte auf die Tür. Irgendwas lief hier gewaltig falsch.

Die 3.8 lag in einem anderen Gang. Ich konnte mich nicht getäuscht haben. Wir hatten uns doch immer vor diesem Klassenraum getroffen! Was war das jetzt bitte? Ich riss mich von diesen Gedanken los und beschloss, der Sache auf den Grund zu gehen.

Die Tür des Sekretariats war verschlossen. Ein kleiner Zettel klebte daran. Kurzfristig geschlossen. Sind gleich wieder für euch da. Auch das noch!

Ich überlegte kurz und ging dann in die Cafeteria. Vielleicht fand ich hier jemanden, der mir etwas über Lou sagen konnte. Außerdem hatte ich mittlerweile doch etwas Hunger. Siedend heiß fiel mir ein, dass ich zu wenig Geld dabei hatte, um mir ein Brötchen zu kaufen.

In der Schulcafeteria herrschte gerade Hochbetrieb. Die drei Mütter, die heute Schuldienst hatten, waren schwer beschäftigt. Eine davon kannte ich, sie war die Mutter von Sergej, der auch bei unserem Projekt mitmachte.

Sergej war unser Klassenbester. Er war zwar ein Nerd, aber ich mochte ihn. Er war einer von den Jungs, mit denen man sich unterhalten konnte, ohne das Gefühl zu haben, dass er gerade einen Bodyscan von dir machte. Ich war einmal wegen der Arbeit an dem Projekt bei ihm gewesen und seine Mutter hatte uns sehr leckere Kekse gebracht. Was gäbe ich jetzt für so einen Keks. Warum hatte ich auch nicht aufgepasst, dann könnte ich mich jetzt wie alle anderen anstellen! Nicht einmal einen Apfel hatte ich mitgenommen.

Segejs Mutter winkte mir zu. Meinte sie wirklich mich? Ich sah mich um, ob vielleicht jemand hinter mir stand. Nein, sie winkte mich richtig zu sich heran. Ich drängelte mich durch die anderen Schüler bis zu ihr durch.

»Sergej hat sein Essen vergessen. Kannst du ihm das von mir geben?« Sie hielt mir ein Brötchen hin. »Möchtest du auch eins?«

»Ich habe kein Geld mit«, sagte ich möglicherweise etwas verzweifelt.

»Ach was, hier, nimm.« Blitzschnell drückte sie mir ein zweites Brötchen in die Hand. »So, nun geh.« Sie lächelte den Jungen neben mir an. »Was bekommst du?«

Glücklich zog ich mit meinem Proviant los. Ich sah mich zwischen den Schülern um. Wo könnte Sergej stecken? Ich entdeckte zwei Jungs aus meiner Klasse und fragte, ob sie Sergej gesehen hätten. Janis wies nach draußen und ich schlängelte mich wieder in die Aula.

Sergej saß tatsächlich in einer Nische und spielte an seinem Handy herum.

»Hey, deine Ma hat mir das hier für dich mitgegeben!« Ich setzte mich neben ihn und hielt ihm das Brötchen hin. »Was spielst du?«

Sergej sah mich erstaunt an, als ob er mich noch nie gesehen hätte. »Ach, du bist das«, sagte er schließlich, nachdem er seine Brille etwas höher geschoben hatte. »Danke, ich hatte schon Hunger!« Und als ob es selbstverständlich wäre, dass ihm jemand sein Essen brachte, wickelte er ohne weitere Umstände das Brötchen aus und biss hinein.

Vielleicht passierte es öfter, dass seine Mutter jemanden beauftragte, ihm etwas zu bringen? Ich war jedenfalls etwas irritiert. Wortlos fing ich auch an zu essen und ließ den Blick über die Aula schweifen.

Auf der anderen Seite sah ich ein Mädchen, das plötzlich in schnellem Tempo auf uns zu steuerte. Atemlos blieb sie vor mir stehen. Es war Mercedes!

»Hier steckst du! Ich suche dich schon die ganze Zeit!« Mercedes klang etwas vorwurfsvoll. Ich sah erstaunt auf.

»Mhmwischo?«, konnte ich nur machen, denn ich hatte gerade ein ziemlich großes Stück Brötchen im Mund. Wenn ich so weitermachte, kam ich bestimmt ins Guiness Buch der Rekorde für Leute, die immer zu viel im Mund hatten!

»Iss erst mal«, sagte Mercedes freundlich und setzte sich zu uns. Das war nett. Ich beeilte mich, das Stück Brötchen herunter zu würgen. Schade, dass mir die nette Mutter von Sergej nicht auch etwas zu trinken mitgegeben hatte. Mein Mund war ziemlich trocken.

»Hallo Sergej, alles im Griff?«, fragte Mercedes und schaute interessiert auf sein Handydisplay.

»Glaub schon. Hast du was zu trinken dabei?«

Mercedes schüttelte bedauernd den Kopf. »Aber ich könnte dir etwas holen, wenn du möchtest!«

Hä? Wie machte der das? Mich hatte sie nicht gefragt.

»Möchtest du auch etwas? Komm doch einfach mit!« Sie war wieder aufgestanden. »Was soll ich holen?«

»Warmen Kakao«, murmelte Sergej, schon wieder in sein Spiel, oder was auch immer er da hatte, vertieft. Geld gab er ihr auch keins. Beachtlich dreist, eigentlich.

»Kommst du?« Mercedes schien etwas ungeduldig.

»Ich habe nicht genug Geld dabei«, sagte ich, stand aber trotzdem auf.

»Das macht nichts, ich habe welches, jetzt komm schon!« Und genau in dem Moment sah ich ihn. Micky. Er stand auf der gegenüberliegenden Seite und sah zu uns herüber. Mercedes war meinem Blick gefolgt. Sie linste mich von der Seite an. Ein bisschen schuldbewusst, hatte ich den Eindruck. War das vielleicht geplant gewesen?

»Ich glaube, ich bleibe doch noch etwas hier«, sagte ich hastig und wollte mich wieder hinsetzen. Aber Micky hatte sich bereits auf den Weg zu uns gemacht. Dann konnte ich ebenso gut mit Mercedes losgehen.

Mein Herz fing an zu wummern und ich hatte kurz das Gefühl, eine außerkörperliche Erfahrung zu machen. Mein Ich hatte sich an die Decke verflüchtigt und sah sich das Ganze von oben an.

Es kriegte sich aber gerade rechtzeitig wieder ein und schlüpfte zurück in meinen Körper, als Micky bei uns ankam. Mercedes und ich blieben stehen.

»Hey, na? Kann ich dich mal kurz sprechen?«

Er meinte mich! Ich musste mich zwingen, stehen zu bleiben, denn mein Hirn schrie die ganze Zeit: lauf, lauf,

lauf! Ja, mehr fiel ihm dazu offenbar nicht ein. Also mir, meinem Hirn, äh, – ich dachte schon wieder totalen Müll.

»Ich lasse euch dann mal«, sagte Mercedes und ging weiter. Wieso fühlte ich mich so, als ob ich irgendwas verbrochen hätte?

»Möchtest du dich hinsetzen, oder wollen wir gehen?« Micky hörte sich ganz normal an, also nicht sonderlich aufgeregt.

Vielleicht wollte er nur nach Vivi fragen oder meinem Bruder? Aber wieso … ich kam nicht weiter.

»Gehen«, sagte ich und setzte mich dazu auch gleich in Bewegung.

»Jetzt renn doch nicht so!«

Ich hatte wohl ein ziemliches Schritttempo drauf, denn Micky neben mir musste fast laufen.

»Hey!« Er packte mich sanft am Arm. »Tschuldigung«, setzte er hinterher und ließ mich los.

»War ein Reflex«, sagte ich und schlang die Arme um meine Schultern. Mir war plötzlich kalt.

»Du frierst ja.« Micky kam mir auf einmal verdammt nahe und legte seine Hände auf meine Oberarme. Dann zog er mich ein wenig zu sich heran, ließ aber urplötzlich seine Hände wieder sinken. »War auch ein Reflex«, sagte er etwas rau. »Du trägst ihn ja gar nicht!« Er nickte mit dem Kopf in Richtung meiner Hand. »Gefällt er dir nicht?«

Verdattert sah ich auf meine Finger. Wie konnte er etwas von dem Ring wissen?

»Woher weißt du… «, begann ich und sah ihn stirnrunzelnd an.

Micky lächelte. »Du bist schon etwas verrückt, weißt du das? David hatte mir den Tipp gegeben, ich dachte, er würde gut zu den Ohrringen passen.«

Fassungslos starrte ich ihn an. Das war ja wohl das Allerletzte! So abgebrüht musste man erst mal sein! Den Ring hatte mir Lou geschenkt! Oder, Moment – hatte er sich womöglich mit ihr zusammengetan? Waren die beiden befreundet und ich hatte es nur nicht mitbekommen?

»Du kennst Lou?«, fragte ich vorsichtig.

»Wer soll das sein?« Micky kniff sich mit den Zähnen auf die Unterlippe. Am liebsten wäre ich mit dem Finger darüber gefahren, so süß sah das aus. Aber stop! Er kannte Lou nicht?

»Du kannst dich hier nicht hinstellen, und Sachen behaupten, die nicht stimmen! Der Ring ist von Lou!«, hörte ich mich selber äußerst unfreundlich sagen. Meine Stimme hatte sich einfach verselbständigt. Eigentlich wollte ich das gar nicht sagen, ich wollte doch nur – ja was wollte ich eigentlich? Meine Gedanken spielten Karussell.

»Was?« Micky sah richtig erschrocken aus. »Tickst du nicht sauber? Verarscht du mich gerade?«

Ich starrte vor mich auf den Boden. Es kam mir vor, als ob er etwas wanken würde. Er kam näher und dann erfasste mich so was wie eine Woge und drückte mich runter. Es wurde alles ganz weich und warm.

Irgendwas stimmte nicht. Ich sollte nicht hier sein. Es war alles so still. Wo war die Aula? Ich versuchte, mich aufzurichten und blinzelte in ein helles Licht, das von einer Art Taschenlampe kam.

»Geht's wieder?«, fragte mich eine weibliche Stimme. »Heute morgen nichts gegessen, stimmt's? Da rast der Blutzucker in den Keller! Ihr esst morgens alle nicht vernünftig, du bist nicht die Einzige, der das passiert, glaub mir!«

Ich blinzelte die Person an. Sie war klein und etwas rundlich. Blaue Augen blitzten unter einer wahren blonden Lockenpracht hervor. Sie trug einen kurzen, weißen Kittel, aus dessen Taschen diverse Gerätschaften hervorragten. Ich hatte sie schon einmal gesehen, als wir damals Josie in den Krankenflügel gebracht hatten, weil sie einen Volleyball gegen den Kopf bekommen hatte. Jetzt war ich wohl selber an der Reihe, wenn auch ohne Zusammenstoß mit einem Ball. Wie hieß sie noch mal, sie hatte so einen weirden Namen gehabt, äh …? Jedenfalls war sie so was wie eine Schulärztin. Fachmännisch überprüfte sie meinen Blutdruck.

»Na, das geht doch schon wieder. Hier, trink das, damit du wieder auf die Beine kommst.« Sie hielt mir eine milchige Flüssigkeit unter die Nase, die ich gehorsam entgegennahm.

»Wie bin ich hergekommen? Und wie spät ist es?«

Oh nein, ich musste doch heute das Projekt vorstellen!

»Jetzt trinkst du das erst einmal und dann sehen wir weiter. Dein Klassenlehrer weiß Bescheid. Deine Mitschüler waren so freundlich, ihn zu benachrichtigen! Leg dich noch mal hin, sonst kippst du mir hier gleich wieder um!«

»Bin ich auf den Kopf gefallen oder so?«

Die Frau sah mich besorgt an. »Hast du starke Kopfschmerzen? Miquele hat mir nichts davon erzählt, dass du mit dem Kopf aufgestoßen bist. Bleib bitte liegen, ich probiere nur noch schnell etwas aus.«

Sie fuhr mit einer kleinen Lampe vor meinen Augen hin und her, dann musste ich ihrem Zeigefinger mit den Augen folgen.

Miquele? Wer war das jetzt wieder? Allein vom Nachdenken bekam ich Kopfschmerzen. Oder hieß Micky in Wirklichkeit Miquele? Bis jetzt hatte ich mir über seinen Namen noch keine weiteren Gedanken gemacht.

Eine halbe Stunde später durfte ich das Krankenzimmer verlassen. Frau Dr. Flick – ihr Name war mir schließlich wieder eingefallen – hatte mir noch einen Vortrag über eine gesunde Ernährung gehalten, mich ermahnt, auf mich aufzupassen und mir dann einen Bericht für unseren Hausarzt in die Hand gedrückt, bevor ich endlich gehen durfte.

Inzwischen war die vierte Stunde schon fast vorbei. Gleich würde es wieder klingeln. Lohnte es sich überhaupt noch, in die Klasse zu gehen? Eigentlich könnte ich doch auch noch einmal ins Sekretariat gehen, überlegte ich. Bestimmt würde ich so endlich erfahren, wo Lou steckte.

Irgendwo tief in meinem Unterbewusstsein versuchte eine leise Stimme mir etwas mitzuteilen, aber ich wollte nichts hören. Ich wollte Lou.

Tatsächlich war jemand da, als ich klopfte und ohne weiteres herein marschierte. Diesmal war es eine junge Frau, die ich hier noch nie gesehen hatte. Sie sah überrascht auf, als ich eintrat.

»Nanu, hast du keinen Unterricht?«

Mein Gehirn reagierte blitzschnell. »Ich komme gerade aus dem Krankenzimmer«, improvisierte ich. Das entsprach ja auch der Wahrheit.

»Ja – und?«, fragte die junge Frau freundlich.

»Ich müsste dringend jemanden sprechen, es ist etwas kompliziert. Ihre Mutter sollte mich abholen, aber ich habe eine falsche Telefonnummer und da wollte ich fragen …« Oh jeh, war das jetzt überzeugend gewesen? Gespannt wartete ich.

»Ja?«

Oh man, das war doch jetzt eindeutig gewesen. Aber vielleicht war sie nicht die Hellste!

»Na, ob Sie mir vielleicht die Nummer geben könnten«, vervollständigte ich den Satz.

»Das tut mir leid, aber das wäre gegen die Vorschriften. Du weißt schon, Datenschutz.«

Mist. Das war ja wohl nichts gewesen. Enttäuscht wollte ich schon wieder gehen.

»Hey, warte, ich kann aber für dich dort anrufen, wenn du möchtest! Wie heißt denn die Mutter?«

Tja, Bayer hieß sie schon mal nicht, soviel wusste ich bereits, aber der Nachname von Lou war wie weggeblasen. Hatte sie mir eigentlich überhaupt jemals ihren Nachnamen gesagt? Mittlerweile war ich mir nicht mehr sicher. Das war jetzt wieder richtig blöd.

Ich versuchte es, wie schon einmal, mit dem Vornamen und der Klasse.

Die nette junge Frau schüttelte bedauernd den Kopf.

»Ich kann nur Lou Bayer finden. Und du sagst, sie ist es nicht? Moment, ich versuche es einfach mal mit dem Vornamen. Das dürfte bei Lou kein Problem darstellen, es dauert nur eine Weile. Setz dich doch hin, du siehst etwas mitgenommen aus, wenn ich das mal so sagen darf. Möchtest du einen Schluck Wasser?«

Ich verneinte. Ich wollte nur schnell die Telefonnummer, dann könnte ich sie noch in der Pause anrufen und alles würde sich aufklären. Da war ich mir sicher. Jedenfalls so ziemlich. Ich musste diese Nummer einfach haben. Sonst würde ich eben nachher zu ihr gehen. Da fiel mir ein: die Adresse! Darüber würde man sie doch mit Sicherheit ausfindig machen können! Dummerweise hatte ich mir die Straße aber nicht aufgeschrieben. Na, machte nichts, ich würde sie bestimmt ohne Probleme wiederfinden.

Die Minuten verstrichen. Langsam wurde ich hippelig.

»Es tut mir leid, es gibt nur noch eine Lou Bremer aber die ist bereits in der zwölften, das kann sie ja schließlich nicht sein. Vielleicht hat sie einen anderen Namen und Lou ist nur ein Spitzname? Könnte das sein?« Sie gab sich wirklich Mühe, diese junge Frau, das musste ich ihr lassen.

»Ich weiß nicht«, sagte ich zögernd. Auf diese Idee war ich noch gar nicht gekommen. Vielleicht hieß Lou in Wirklichkeit Louisa? Wäre ja möglich. Wieso hatte ich mir darüber eigentlich noch nie Gedanken gemacht? Wie konnte ich nur so dumm sein?

»Vielleicht Louisa?«, fragte Frau Holm, jedenfalls stand das auf ihrem Namensschild, das ich gerade entdeckt hatte. Offenbar hatte sie den gleichen Gedanken wie ich. »Na, ich guck mal.« Sie tippte wieder etwas in den Computer ein und sah selber gespannt darauf. »Leider auch nicht. Eine Louisa gibt es nur einen Jahrgang über euch. Oder könnte sie das möglicherweise sein?«

»Ich weiß nicht«, sagte ich wieder. »Wie heißt sie denn mit Nachnamen?«

»Heuer steht hier. Soll ich anrufen?« Und schon tippte sie, ohne meine Antwort abzuwarten, eine Nummer ins Telefon. Am anderen Ende konnte ich eine leicht mürrische Stimme hören, die einem Mann zu gehören schien.

»Ja, entschuldigen Sie die Störung, mein Name ist …«

Frau Holm war wirklich professionell. Sie spulte den Namen der Schule herunter, erklärte kurz, worum es ging und sagte dann mit einem Blick zu mir: Moment, ich frage sicherheitshalber noch einmal nach. Wie ist dein Name?«, fragte sie mich flüsternd.

Oh, so professionell war sie dann wohl doch nicht, nach meinem Namen hatte sie bis jetzt noch gar nicht gefragt!

»Antonia Lindemann«, wiederholte sie am Telefon. »Ja gut, ich warte.« Sie fuhr sich mit der Zunge über die Lippen und sah mich verschwörerisch an. »Mit etwas Glück haben wir deine Freundin!« Sie presste den Hörer ans Ohr. »Ja? Oh, dann tut es mir leid, ja, entschuldigen Sie nochmals!« Sie legte auf. »Das ist sie auch nicht. Also dann weiß ich jetzt leider nicht weiter. Gibt es sonst jemanden, der dich abholen könnte? Sonst musst du noch einmal ins Krankenzimmer, ich kann Frau Dr. Flick gerne kurz Bescheid sagen!«

Es klingelte. Die Pause hatte angefangen.

»Danke, es geht schon«, nuschelte ich und verschwand schleunigst aus dem Zimmer. Das fehlte noch, dass jetzt so ein Aufstand wegen nichts gemacht wurde. Vor der Tür blieb ich kurz stehen und dachte nach. Vielleicht sollte ich wirklich nach Hause fahren? Die Projektvorstellung war sowieso gelaufen, soviel stand fest. Wir hatten jetzt noch zwei Stunden Erdkunde, meine Note hatte ich bereits, es wäre also nicht weiter schlimm, wenn ich nicht erschien. Blöderweise musste ich aber noch einmal ins Klassenzimmer, um meine Jacke und meine Schulsachen herauszuholen. Na gut, dann würde ich die Pause eben abwarten!

Etwas planlos setzte ich mich in Bewegung. Kurz vor der Aula stoppte ich, vielleicht war es nicht so schlau, mich hier blicken zu lassen. Bestimmt hatte sich inzwischen herumgesprochen, dass ich im Krankenzimmer gelandet war. Überhaupt – war das jetzt so eine echte Ohnmacht gewesen? Mir fehlte ein Fitzelchen Zeit zwischen dem, was Micky gesagt hatte und meinem Erwachen bei Frau Dr. Flick. Es war etwas unheimlich. Ich schlug den Weg zu unserem Klassenraum ein. Die Gänge lagen verlassen da. Ich sah überhaupt niemanden. Fast gespenstisch, dachte ich. Aber dann nahm ich mich zusammen und überließ mich meinen Gedanken.

Als ich Lou in dieser Schule kennenlernte, waren wir gerade mal sechs Wochen hier. Es war ein sehr glücklicher Zufall gewesen, dass sie ausgerechnet an dem Tag eine Freistunde hatte und genau wie ich auf der Heizung herumgelungert hatte, auf die man sich setzen und unter sich einen großen Teil des Schulgeländes überblicken konnte. Sie hatte mich angelächelt und ich war mir in diesem Moment absolut sicher gewesen, dass wir Seelenverwandte waren oder etwas in der Art. Sie kam mir gleich so vertraut vor! Und sie las die gleichen Bücher wie ich!

Ja, klar gibt es immer Leute, die ähnliche Bücher lesen, aber wer in meinem Alter interessierte sich schon für Quantenphysik? Lou tat es. Und sie wusste erstaunlich viel darüber. Dabei war sie so unglaublich schön, ehrlich, hübsch konnte man das nicht mehr nennen! Ich war hin und weg. Außerdem ließ ich mir kurz nach unserem Kennenlernen die Haare ratzeputz abschneiden. Das hatte ich schon so lange überlegt, aber als ich sah, wie super das bei Lou aussah, gab es für mich kein Halten mehr.

Schade war nur, dass ich nicht ähnliche Klamotten hatte wie sie. Aber auch das ließ sich ja mit der Zeit ändern!

In meiner Familie war man anfangs nicht so begeistert gewesen. »Die schönen Haare«, hatte Mama gesagt. Und David hatte mir sofort den Namen Anton verpasst, sehr witzig. Meine Schwester Vivi hatte nur abschätzend geguckt und Ben hatte erzählt, dass sein Freund Tom fast den gleichen Haarschnitt hätte wie ich. Als mein Vater nach Hause kam, hatte er geschmunzelt und gesagt, dass an mir wohl ein Junge verloren gegangen sei. Was sollte das denn? Naja, wir hatten das gleiche Interesse an Physik, vielleicht hätte er das auch gerne mit David geteilt, aber der interessierte sich höchstens für Akustik, was wiederum meinem Vater abging.

So hatte es jedenfalls angefangen mit mir und Lou, es war eine superschöne Zeit gewesen. Und sie ließ sich nie aus der Ruhe bringen, was ich zutiefst bewunderte. Irgendwelche blöden Bemerkungen schienen an ihr einfach abzuprallen, es berührte sie scheinbar überhaupt nicht, was andere über sie dachten. Sie hatte manchmal Sprüche drauf, dass Vivi sich warm anziehen konnte, sollte sie jemals auf sie treffen. Was sie natürlich nie tat, denn ich traf Lou ja fast ausschließlich in der Schule. Manchmal gingen wir auch nur so nach der Schule ein bisschen durch die Stadt. Auf diese Weise kannte ich mich mittlerweile ziemlich gut dort aus. Ich wusste, wo man hingehen konnte, wenn man sich aufwärmen wollte, wo es die besten Getränke gab, welche Straßen man lieber nicht entlangging, weil echt üble Typen dort herumhingen, wo das Eis am besten schmeckte und wo man hingehen konnte, wenn man einfach nur für sich sein wollte.

»Hey! Wir haben uns schon Sorgen gemacht, wo du abgeblieben bist. Frau Dr. Flick sagte, du bist schon längst weg!« Mercedes stand mit einer Papiertüte in der Hand vor unserem Klassenraum. »Wie geht es dir jetzt? Micky sagt, du bist einfach so umgekippt. Bist du krank?« Sie sah mich mit leicht geöffnetem Mund an.

Ich brauchte eine Weile, um aus meiner Grübelei wieder in die Realität zu finden.

»Ach, das war nichts weiter, ich hätte heute Morgen doch frühstücken sollen!«, versuchte ich das Ganze herunterzuspielen. Mercedes schien allerdings nicht besonders überzeugt zu sein.

»Okay?«, sagte sie fragend und hielt mir die Tüte hin, in der sich Croissants befanden. »Möchtest du?«

Ich nahm eins aus der Tüte und fragte nach der Projektvorstellung. Auf keinen Fall wollte ich mit ihr jetzt womöglich noch über Micky reden, obwohl mich schon interessierte, was er ihr wohl alles erzählt hatte.

»Ist ganz gut gelaufen. Du kannst deinen Part, wenn du willst noch einmal einzeln vorstellen, sagt Herr Kunze.«

»Okay, kann ich machen.« Ich versuchte, so unbekümmert wie möglich zu wirken. Jetzt musste ich nur noch eine Begründung finden, warum ich jetzt nach Hause wollte. Angeblich ging es mir ja so gut. Ich könnte auch dableiben, überlegte ich. Und einfach so weitermachen, als ob nichts weiter passiert wäre. Vielleicht war das doch die bessere Variante? Ich stand schweigend neben Mercedes, die zu spüren schien, dass ich mich unwohl fühlte.

»Hör mal, es tut mir leid. Ich dachte, du wolltest meinen Bruder gerne sehen. Wenn ich mich da geirrt habe, dann sei mir nicht böse, ja? Wir können doch trotzdem befreundet sein, wenn du magst.«

Das war jetzt irgendwie total süß von ihr. Überhaupt fand ich, dass sie ziemlich nett zu mir war. Und sie sah so niedlich aus mit ihren großen braunen Kulleraugen, die mich fast bittend ansahen.

»Klar, können wir das.« Ich versuchte ein kleines Lächeln. »Ich bin, glaube ich, etwas durch den Wind. Das hat aber nichts mit dir zu tun, oder mit deinem Bruder«, fuhr ich hastig fort. »Ich verstehe nur gerade nicht, wo meine Freundin abgeblieben ist. Und sie meldet sich auch nicht. Das ist im Moment eigentlich mein größtes Problem, weißt du?«

Die Worte waren einfach so aus mir herausgesprudelt, dabei kannte ich Mercedes ja eigentlich nicht besonders gut. Trotzdem hatte ich das Gefühl, ihr alles erzählen zu können und darüber war ich im Moment sehr froh.

»Wie heißt sie denn, vielleicht kenne ich sie?« Mercedes sah mich abwartend an.

»Sie heißt Lou.« Ich verschluckte mich beinahe, als ich den Namen aussprach.

»Lou – und weiter?« fragte Mercedes. Sie sah richtig bemüht aus.

»Ja, eben. Ich weiß den Nachnamen nicht.« Ich räusperte mich. Irgendetwas saß in meinem Hals fest. Es fühlte sich wie kurz vorm Weinen an, wenn es einen ein bisschen würgt. Es war merkwürdig, mit Mercedes über Lou zu sprechen. Es fiel mir richtig schwer.

»Ach, das finden wir schon heraus, so viele Lous wird es ja wohl nicht geben. Weißt du, wo sie wohnt?«

Ich nickte.

»Na dann ist es doch gar kein Problem. Fahr doch einfach zu ihr, wohnt sie hier in der Nähe? Ich kann auch mitkommen, wenn du willst.« Mercedes lächelte fast ein bisschen triumphierend, sie war absolut positiv davon überzeugt, das Problem so gut wie gelöst zu haben.

Ich war es seltsamerweise nicht. Dabei hatte sie doch recht! Nichts einfacher als das, sollte man doch meinen! Aber etwas störte mich. Ich wollte sie nicht dabei haben, wenn ich zu Lou ging. Es schien mir falsch zu sein. Mercedes gehörte nicht dort hin.

»Ja, ich glaube das mache ich, also zu ihr fahren, aber das schaffe ich schon allein, danke. Am besten gehe ich gleich nach der Schule zu ihr.«

»Heute? Bist du sicher? Ich meine, du bist vorhin umgekippt, also meinst du nicht, es wäre besser, das vielleicht an einem anderen Tag zu machen? Morgen? Mein Angebot steht, ich komme gerne mit.«

Sie war wirklich süß. Warum waren wir eigentlich nicht schon eher mal zusammen gekommen? Ich hatte sie nie so richtig wahrgenommen und dann war ich ja auch immer mit Lou unterwegs gewesen. Ich war jedenfalls froh, dass ich in ihr so eine Art Verbündete gefunden hatte.

Die beiden Erdkundestunden waren dann gar nicht so schlecht, denn wir sahen uns einen Film über den Regenwald an. Mercedes hatte sich während der Vorführung neben mich gesetzt und musterte mich ab und zu.

»Fährst du dann jetzt nach Hause?«, fragte sie, während wir unsere Sachen nach der Stunde zusammenpackten.

»Ja, ich denke schon«, log ich. Dabei hatte ich insgeheim schon beschlossen, dass ich zu Lou gehen würde. Das war nicht in Ordnung von mir, immerhin hatte Mercedes wirklich versucht, mir zu helfen! Ich hatte deshalb auch ein leicht schlechtes Gewissen, aber ich wollte mich nicht auf eine Diskussion mit ihr einlassen. Und ich war mir sicher, Mercedes würde nicht locker lassen und mitkommen wollen.

Das Tor stand offen. Es sah etwas anders aus, als ich es in Erinnerung hatte. Wo waren die Raben auf den Säulen hin? Ich hatte sie noch ganz deutlich in Erinnerung. Lebensgroß waren sie gewesen und ich hatte mich sogar etwas vor ihnen gegruselt.

Überhaupt überlegte ich kurz, ob ich mich nicht vielleicht doch in der Straße geirrt hatte! An der rechten Säule war ein kleines weißes Blechschild angebracht.

Betreten auf eigene Gefahr – Eltern haften für ihre Kinder.

Komisch. Was sollte das denn? Ich war mir sicher, das Schild vorher nicht gesehen zu haben. Ein banges Gefühl machte sich in mir breit, aber ich wollte dem nicht nachgeben. Auf keinen Fall. Ich wollte eine logische Erklärung und ich würde sie finden. Ich musste sie finden!

Langsam ging ich den bekannten Sandweg entlang, der mich zum Haus und, wie ich hoffte, zu Lou führen würde.

Die Bäume rechts und links vom Weg standen genauso da, wie ich sie in Erinnerung hatte. Ich atmete erleichtert auf. Gleich musste das Haus auftauchen.

Und dann bekam ich den größten Schreck meines Lebens: Das Haus war weg! Stattdessen stand ich vor einem alten Spielplatz! Neben ihm befanden sich einige halbhohe Mauern, in die Tritte zum Klettern eingebaut waren.

Ich fing dermaßen an zu zittern, mir versagten die Beine, es war wie ins Bodenlose zu fallen. Und dann begann ich zu schreien.

Ich weiß noch, dass irgendwann ein kleiner weiß-braun gefleckter Hund vor mir stand und wie verrückt bellte. Dazu hörte ich die Stimme einer Frau wie durch eine Art Watte-Nebel, der sich auf meine Ohren gelegt hatte. Ich hörte die Stimme, aber ich verstand nicht, was sie sagte.

Ich nahm wahr: Polizeibeamte. Uniformen. Männerstimmen. Unser Haus. Meine Mutter. Weiße Gesichter. Nebel. Watte. Nacht.

Am nächsten Tag wollte ich mich zuerst an nichts mehr erinnern. Ich hatte lange geschlafen, niemand war gekommen um mich zu wecken, wie es normalerweise der Fall war, wenn ich verschlief, weil ich den Wecker überhört oder einfach ausgemacht hatte. Ich lag da und lauschte. Ich hätte gerne gewusst, wie spät es war, aber ich fand das Handy nicht. Na ja Kunststück, ich wusste ja nicht mal mehr so genau, wie ich ins Bett gekommen war. Vielleicht würde meine Ma wieder Licht ins Dunkel bringen. Ich beschloss erst einmal nach unten gehen.

Als ich an der Treppe stand, hörte ich meine Mutter sprechen. Vermutlich telefonierte sie, denn sie sprach mit Pausen und niemand antwortete.

»Vielleicht wäre das eine gute Idee, ja. Wie? – Das wissen wir noch nicht. Es ist ja gerade erst passiert. Nein, ich glaube nicht. Aber könnte es nicht sein, dass sie – nein, noch nie, nicht, dass ich wüsste. Aber muss das denn sein? – Na gut, wenn Sie wirklich meinen, ja. Ja natürlich. Ist gut. Auf Wiederhören. – Ja, wir melden uns. Danke. – Das werde ich machen. Gut. Ja, danke nochmals.«

Plötzlich war Stille. Sie hatte wohl aufgelegt. Ich setzte mich erst mal auf die oberste Treppenstufe und überlegte. Vermutlich war es um mich gegangen. Mit wem auch immer sie da eben telefoniert hatte. Vielleicht mit der Schule? Sie hatte die Person am anderen Ende gesiezt.

Oh Gott, die Schule! Wussten jetzt alle, dass ich mich komisch benommen hatte? Aber eigentlich erfuhr man nicht so ohne Weiteres, was mit einem Schüler los war, es sei denn, man wollte aus irgendwelchen Gründen, dass die Mitschüler Bescheid wussten. Trotzdem. Mercedes würde bestimmt mit ihrem Bruder sprechen. Und dann könnte es schnell die Runde machen.

Ich hörte Geschirr klappern und dann, wie die Küchentür aufging. Sie knarrte immer so ein bisschen.

Das Klappern wurde lauter, das Geräusch kam unmittelbar auf mich zu. Unten an der Treppe stand meine Mutter mit einem Tablett in den Händen und schaute von unten zu mir hoch.

»Toni? Wieso bist du denn schon aufgestanden, geh doch lieber noch etwas ins Bett, hm? Ich habe dir Frühstück gemacht.« Sie hielt das Tablett etwas in die Höhe, als ob sie mir zeigen wollte, dass sie mir wirklich Frühstück gemacht hatte. Sie verhielt sich seltsam.

Ich war ja nicht krank oder so. Ich war nur … ja, was eigentlich? Verwirrt? Das traf es vermutlich am ehesten. Vorerst musste ich herausfinden, was genau gestern noch passiert war und ob jemand von der Schule angerufen hatte. Und wenn ja, wer?

Meine Ma kam langsam die Treppe hoch. Offenbar war das Tablett schwer, denn sie schwankte ein wenig, während sie versuchte, sich auszubalancieren.

»Nun geh schon, sonst falle ich noch hin!«

Gehorsam ging ich vor ihr her zurück in mein Zimmer und stieg wieder in mein Bett. Bestimmt würde sie gleich von alleine anfangen, mir alles zu erzählen. Ich musste nur etwas Geduld haben. Ich setzte mich erwartungsvoll auf.

Das Frühstück war überdimensional. Es gab so ziemlich alles, was ich mochte. Schokocroissants, kleine Rosinenbrötchen, Rührei, Kakao, sogar ein kleiner Obstsalat war dabei! Meine Mutter hatte sich so richtig ins Zeug gelegt. »Nun iss erst mal was. Du musst doch einen unglaublichen Hunger haben!«

Öh, wie meinte sie das? Schließlich hatte ich doch nur eine Mahlzeit ausgelassen, nämlich das Abendbrot, oder? Und überhaupt, sie hatte, ganz klar, vorgehabt, mich zu wecken, sonst hätte sie wohl kaum so ein Frühstück vorbereitet. Oder hatte sie gewusst, dass ich wach war? Aber Hunger hatte ich. Und obwohl mir Essen sonst meistens nicht sooo wichtig war, verspürte ich den unwiderstehlichen Drang, sofort alles wegzuputzen, was da so appetitlich auf dem Tablett vor mir lag!

Während ich aß, strich mir meine Mutter von Zeit zu Zeit über die Wange, so wie sie das früher gemacht hatte, als ich noch klein war.

»Wie spät ist es denn?«, fragte ich zwischen zwei Bissen.

»Ich schätze, dass es jetzt halb eins sein müsste.« Meine Mutter sah mich liebevoll an. »Aber wir hatten gestern beschlossen, dich nicht zu stören und dich schlafen zu lassen.«

»Wir? Ist Papa denn auch schon zu Hause?«

Meine Mutter seufzte. »Er ist auf dem Weg, er wäre ja früher gekommen, aber der Flug ging nicht eher. Schlimm?«

Ich schüttelte den Kopf. Mein Vater würde heute nach Hause kommen, das war gut. Ich hatte nämlich so einige Fragen mit ihm zu klären. Und er war vermutlich der Einzige, der mir in meinen Überlegungen helfen, ja sie überhaupt nachvollziehen könnte.

Ich kaute auf einem Croissant herum und dachte nach. Wieso erzählte meine Mutter so gar nichts von gestern? Wieso fragte sie nicht einmal, was passiert war? Das war total untypisch für sie. Sie war doch sonst auch immer so neugierig und wollte alles wissen! Aber sie saß nur da, schaute mir beim Essen zu und sagte nichts weiter. Schließlich hielt ich es nicht mehr aus. »Was war denn gestern noch so los?«, fragte ich vage.

Meine Mutter schaute auf ihre Hände, als hätte sie diese noch nie gesehen und ließ sich mit der Antwort reichlich Zeit. »Weißt du«, begann sie, verstummte aber wieder um gleich darauf einen neuen Anlauf zu nehmen.

»Doktor Uhland meint, wir sollten das vielleicht alle zusammen mit ihm besprechen!«

Hä? Doktor Uhland? Wer war das? Den Namen hatte ich noch nie gehört. Ich schaute meine Mutter an wie ein Insekt, von dem man nicht weiß, ob es einen womöglich beißen oder stechen würde. Was war hier los? Sicher, gestern war alles etwas seltsam gewesen, aber wieso tat meine Mutter so geheimnisvoll?

»Bin ich krank?«

»Ach was mein Schatz, du bist nur – etwas durch den Wind würde ich sagen. Weiter nichts.« Sie lächelte mich an, wie man jemanden Grenzdebilen anlächeln würde, weil einem sonst nichts mehr einfällt. Ich fühlte mich gleich noch etwas schlechter!

»Und warum muss dann dieser Doktor Dings, äh Uhland dabei sein? Ist das nicht etwas übertrieben?«

Herr Doktor Uhland ist euer Schul- , hrhm, Arzt. Er möchte gerne dabei sein, wenn wir mit dir sprechen.«

»Unser Schularzt? Aber das ist Frau Dr. Flick. Da bin ich mir ziemlich sicher. Ich war ja gerade erst …«

Oh jeh. Wieviel wusste meine Ma denn nun eigentlich? Ich versuchte eine andere Taktik, um herauszufinden, was sie mir einfach nicht sagen wollte. Ich holte tief Luft, um sie mit meinen Fragen zu überrollen, als es an der Tür klingelte.

Jedes Ding hat auch eine dunkle Seite.
Es kommt ganz darauf an, wie man es beleuchtet.

Bereits als meine Mutter die Tür öffnete, wusste ich, wer das war. Großtante Marlene! Fragt mich wieso, ich wusste es einfach. Und dann konnte ich auf der Treppe ihre Stimme hören, ihren energischen Schritt, mit dem sie die Treppe herauf eilte.

»Toni! Meine Güte, ich habe mich wirklich beeilt, aber ich habe den Flieger nicht eher bekommen, ich war gerade bei einem Store-check in Paris. Ich habe sofort alles stehen und liegen lassen und da bin ich!«

Sie war etwas außer Atem, ansonsten sah sie so munter aus, wie ich sie kannte. Trotzdem war ich einigermaßen verwirrt. Wieso war sie hier?

»Woher wusstest du denn …«

»Schschsch, alles gut, rege dich nicht auf. Du hast geschrieben: *»Komm sofort her, es ist etwas Furchtbares passiert!«* Daraufhin habe ich mich natürlich in Bewegung gesetzt, ist doch selbstverständlich!« Sie sah mich verschwörerisch an, als sie das sagte. Blinzelte sie etwa? Sie wirkte auf mich regelrecht erfreut.

»Möchtest du etwas Kaffee oder Tee, Marlene? Hast du Hunger, soll ich dir schnell eine Kleinigkeit zu essen machen?« Meine Ma war sofort im Gastgeberinnenmodus. Leni drehte sich zu ihr um und lächelte.

»Ach, zu einer Tasse Tee sage ich nicht nein. Aber zu essen brauchst du eigentlich, hm, ach doch, wenn du schon so lieb fragst. Eine Scheibe Toast vielleicht, wenn du hast. Einfach mit Käse oder Marmelade, was gerade da ist. Sonst nur mit Butter. Danke dir!«

Sie wandte sich wieder mir zu und sah mich aufmerksam an. Meine Mutter verschwand Richtung Küche. Tante Leni wartete noch eine Weile, lauschte, bis die Schritte auf der Treppe nicht mehr zu hören waren und flüsterte mir zu: »Dann los, erzähle was passiert ist!«

»Ich hab dir geschrieben? Wann das denn?« Ich hatte mich im Bett etwas mehr aufgesetzt und zog meine Beine unter der Decke an mich heran.

»Na gestern, so gegen drei? Warte, ich kann ja eben nachsehen. Okay, 14.34 Uhr. Also etwas eher. Erinnerst du dich nicht? Versuche, dich zu erinnern. Was ist passiert?«

Tja, verschwommen wusste ich schon, was ungefähr vorgefallen war. Aber das auszusprechen fiel mir verdammt schwer. Hey, ich war doch nicht verrückt! Ich meine, die ganze Zeit hatte ich Leni etwas belächelt und nun? Es war ja fast so, als ob sich ihre Geschichte wiederholt hätte! Wenn ich das jetzt wem auch immer erzählen würde, was passierte dann? Offenbar war ja schon irgendetwas durchgesickert, oder warum wollte der Schulpsychologe, oder wer das auch immer war, unbedingt dabei sein, wenn meine Eltern mit mir sprachen? Mir schwirrte der Kopf. Aber Leni war auch so ziemlich die Einzige, der ich die Geschichte erzählen konnte, ohne dass sie mich gleich einweisen ließ, oder?

Ich seufzte schwer. »Lou ist verschwunden, das ist passiert! Sie ist einfach nicht da. Niemand kennt sie. Sie war nie auf unserer Schule und das Haus ist weg. Da steht ein Spielplatz. Aber ich könnte schwören, dass dort das Haus gestanden hat. Bin ich jetzt durchgeknallt? Was soll ich denn meinen Eltern sagen? Die halten mich für vollkommen geistesgestört, wenn ich ihnen das erzähle. Ich weiß nicht, was ich machen soll. Und dann will auch noch irgendein Arzt von der Schule vorbeikommen, ich will das alles nicht. Ich wünschte, das wäre alles nie passiert.« Ich fing leise an zu weinen.

»Ach, Schätzchen!« Tante Leni nahm mich in den Arm. »Mir ist doch das Gleiche passiert, weißt du nicht mehr? Und ich habe dir die Geschichte nie ganz zu Ende erzählt. Deine Ururgroßmutter ist quasi unsere Vorgängerin, was eine imaginäre Freundin angeht. Nur hieß das Mädchen, das damals verschwand, Lucille. Aber sonst: Die gleiche Geschichte. Sie hatte sich mit einem Mädchen in einem Pensionat angefreundet. Sie war damals sehr einsam und traf dort auf dieses Mädchen, mit der sie offenbar sehr viel Spaß hatte. Nur, dass auch sie plötzlich verschwand. Deine Ururgroßmutter, also meine Großmutter, hat dies niemals jemandem erzählt. Außer mir. Und das auch nur, weil sie kurz vor dem Sterben war und von meinem Dilemma gehört hatte. Sie hat es mir sozusagen auf ihrem Sterbebett erzählt. Ich wurde damals zu ihr zitiert, sie war schon sehr schwach und ich musste mich anstrengen, um sie zu verstehen. Es war wie eine Beichte, und für mich damals sehr unheimlich. Auch wenn ich danach etwas beruhigter war. Einerseits. Andererseits hat mich diese Geschichte sehr lange verfolgt, wie ich dir ja bereits erzählt hatte. Und nun du. Es ist wie in einer Endlosschleife. Und vielleicht könnten wir diese Schleife endlich durchtrennen, was meinst du?«

»Und wie? Du hast es doch die ganze Zeit auch nicht geschafft, wie also könnte ich das? Außerdem ergibt das alles überhaupt keinen Sinn. Warum taucht sie auf und verschwindet dann? Ist sie ein Geist oder so was? Ich glaube nicht an Geister – also normalerweise …« Ich hüstelte ein bisschen. »Ich verstehe das alles nicht. Ich habe auch schon überlegt, ob ich mich vielleicht ein bisschen zu sehr mit der dunklen Materie beschäftigt habe, du weißt schon.« Ich nickte Tante Leni zu.

Die schüttelte den Kopf. »Liest du Science-Fiction-Romane, oder was meinst du? Da bist du wiederum bei mir an der falschen Adresse! Da bin ich völlig raus.«

»Nein, ich wollte auch schon mit Papa darüber reden, wenn er kommt. Ich spreche von Quantenphysik. Immerhin, Lou kannte sich damit auch sehr gut aus, sie hatte die gleichen Bücher gelesen wie ich, weißt du?«

»Also doch Romane?«

»Nein! Q u a n t e n p h y s i k! Quarks, Elektronen, Neutrinos, winzige Teilchen. Noch nie was davon gehört?«

Tante Leni schüttelte bedauernd den Kopf. »Leider nein. Aber du könntest versuchen, es mir zu erklären. Vorerst solltest du aber überlegen, wie viel du deinen Eltern erzählen willst. Ich weiß nicht, von wem du gesprochen hast, als du sagtest, dass jemand von der Schule kommen will. Es ist nur einfach so: Du kannst davon ausgehen, dass sie dir zwar glauben werden, dass du das alles so erlebt hast, aber ich vermute, sie werden das womöglich als Schizophrenie abtun, und dich unter Medikamente setzen. Und ich glaube nicht, dass du geistig krank bist, jedenfalls nicht mehr, als ich und meine Großmutter es waren, beziehungsweise sind. Nein, ich glaube, da steckt etwas anderes dahinter und ich meine zu wissen, wie wir das herausbekommen können!«

»Und wie?«

Meine Großtante hielt mich mit ausgestreckten Armen etwas fest. »Mit einer Familienaufstellung!«

Hilfe, was war das nun wieder? Mir schossen total viele Fragen im Kopf herum, ich wollte mit Papa reden, ich wollte eine vernünftige Antwort auf meine Fragen. Vielleicht litten Tante Leni, meine Ururgroßmutter und ich doch an einer seltsamen Geisteskrankheit?

»Und was ist das?«, hörte ich mich da auf einmal selber ganz vernünftig fragen. Okay, mein Hirn verselbständigte sich wieder einmal, und ein Teil von mir hatte sich offensichtlich abgeschottet und tat völlig unbeteiligt. Ich war doch irre, ganz klarer Fall!

Zwei Tage später war Weihnachten. Dieses Mal war alles anders als sonst. Tante Leni blieb über die Feiertage bei uns und meine Geschwister verhielten sich mir gegenüber, als könnte ich jeden Augenblick explodieren oder etwas in der Art; sie behandelten mich jedenfalls wie ein rohes Ei.

Meine Eltern sahen mich mit hilflosen Blicken an, die vermutlich ermutigend wirken sollten, nur Leni verhielt sich normal.

Merkwürdigerweise fragte mich keiner mehr weiter aus. Es schien ein Tabu zu sein, darüber zu sprechen, was genau passiert war. Das war schlimmer, als wenn sie mich gelöchert hätten, echt jetzt.

Aber Leni war da! Wir hatten gemeinsam überlegt, dass es das Beste wäre, so wenig wie möglich und so viel wie nötig zu erzählen.

Herr Doktor Uhland, klein, drahtig, blond und – wie er wohl selber fand – äußerst attraktiv, war tatsächlich noch einen Tag vor Weihnachten erschienen, und hatte sich als wahrer Witzbold entpuppt, der eher an meiner Mutter interessiert schien als an mir – sehr zum Ärger meines Vaters, der das überhaupt nicht lustig fand. Und ich hatte mich auf seine Fragen hin auch eher bedeckt gehalten.

»Nun Toni, ich darf doch Toni sagen? Erzähl uns doch mal, worauf du dich besinnen kannst. Ganz egal was, wir sind ganz Ohr!« Er hatte geschmunzelt, als er das sagte und auf sein Ohr gewiesen, wie jemand, der mit Menschen spricht, die taub sind. Dabei hatte er erfolgsheischend meine Mutter angesehen und nicht mich, was meinen Vater zu einem unbestimmten Hüsteln angeregt hatte.

Das ganze Gespräch endete damit, dass meine Mutter auf Wolke sieben und mein Vater auf Krawall gebürstet war. Ganz ehrlich, das sollte ein Schulpsychologe sein?

Tante Leni war auch dabei gewesen, hatte verständnisvoll genickt und mich immer wieder angelächelt. Eine echte

Hilfe war sie mir bei dem Gespräch zwar nicht, aber ich war beruhigt, dass sie anwesend war und meine Eltern wieder vorsichtig auf den Tatbestand hinwies, dass es ja hier um mich ging und nicht um irgendwelche Eifersüchteleien in ihrer Ehe.

Am Ende waren wir alle nicht schlauer als vorher. Ich wusste immer noch nicht genau, was sie wussten und sie waren nicht sicher, wie sie mit all dem umgehen sollten. Herr Doktor Uhland hatte mich zum Abschied freundlich angeschaut und mir die Hand gegeben.

»Wir verstehen uns schon, nicht wahr Toni? Du wirst sehen, bald scheint wieder die Sonne!« Dabei umschrieb er mit dem Zeigefinger die Umrisse einer Sonne in die Luft und strahlte meine Mutter erneut an.

Ich war mir dabei vorgekommen, als ob ich wirklich nicht ganz dicht wäre. Und was noch schlimmer war, dass ich damit offenbar nicht alleine dastand. Der Typ hatte doch auch nicht mehr alle Nadeln an der Tanne, wie mein Opa jetzt sagen würde!

Besonders viel hatte ich nicht erzählt. Nur, dass mir in der Schule schwummerig gewesen war. Lou ließ ich dabei erst einmal aus dem Spiel. Doktor Uhland hatte kurz eine scheinbar verschwundene Freundin angedeutet, aber sonst nicht weiter nachgebohrt, worüber ich sehr erleichtert gewesen war. Trotzdem kam ich mir zwischendurch so ein bisschen wie eine Verbrecherin vor, wie jemand, der eine Tat verschleierte. Und das tat ich ja schließlich auch. Nur, dass es meiner Meinung nach nicht unbedingt eine Straftat war, seinen Eltern nicht alles zu erzählen.

Am zweiten Weihnachtstag kam mein Vater in mein Zimmer und setzte sich etwas unschlüssig auf den Drehstuhl vor meinem Schreibtisch. Ich saß gerade auf dem Bett und untersuchte alle neuen Funktionen des Handys, das ich zu Weihnachten bekommen hatte, yieha, endlich ein eigenes!

»Können wir sprechen?«

Ich sah überrascht auf. Normalerweise stellte mein Vater nicht so unintelligente Fragen – fast hätte ich lachend geantwortet, ich dachte eigentlich, dass das kein Problem wäre, ließ es aber dann doch lieber sein, als ich seine ernste Miene sah.

»Klar«, sagte ich stattdessen und legte das Handy beiseite.

»Es gefällt dir, ja?« Mein Vater wies darauf und sah mich stirnrunzelnd an.

»Klar«, sagte ich wieder. »Es ist toll!«

Dann schwiegen wir. Echt blöd war das. Ich hatte mich so darauf gefreut, endlich mit ihm über all das Seltsame zu sprechen, weil ich mir eine bahnbrechende Theorie überlegt hatte, die das Auftauchen und Verschwinden von Lou erklären würde und der vermutlich nur mein Vater folgen könnte, da er Physiker war und es normalerweise liebte, die weirdesten Überlegungen mit mir zu teilen, was Physik anging. Aber irgendwie herrschte zwischen uns eine Sendepause sozusagen. Als hätte jemand eine unsichtbare Schnur getrennt, die uns bisher verbunden hatte.

»Weißt du«, fing er nach einer langen Pause an zu reden, »Mama und ich haben uns überlegt, ob du uns nicht irgendetwas verheimlichst. Es ist ja so, wir waren alle mal jung, glaube ja nicht, dass wir nicht auch ein paar Geheimnisse vor unseren Eltern gehabt hätten. Aber wenn es dich so mitnimmt, dass du mit niemandem darüber reden magst, dann muss es schon etwas ziemlich Ernstes sein. Und wenn die Schule anruft, weil du ohnmächtig geworden bist und man dich dann auf einem verlassenen Spielplatz wieder findet, dann muss etwas schlimmeres dahinter stecken, als etwas Liebeskummer! Also, mal ganz unter uns: Ist dir irgendjemand auf eine Weise begegnet, die du nicht wolltest? Also …« Er schluckte. »Ein junger Mann vielleicht? Oder ein älterer womöglich? Oder ein Lehrer?«

»Was? Nein!« OmG! Er dachte, mich hätte jemand verführt oder schlimmeres. Ach jeh. Er tat mir richtig ein bisschen leid, wie er so dasaß, ein Mann in den mittleren Jahren, der sich Sorgen um seine Tochter machte.

»Es ist … ganz anders. Und ich weiß nicht, wie ich es erklären soll. Es hat überhaupt nichts mit Liebeskummer zu tun, wirklich.« Ich schwieg. Jetzt hatte er mich fast soweit. Um ein Haar hätte ich ihm alles erzählt.

»Aber was ist es denn? Mir kannst du es doch sagen. Ich dachte immer, wir hätten ein so gutes Verhältnis zueinander. Aber du machst total dicht. Ich weiß nicht, was ich davon halten soll. Oder hat es was mit dieser Freundin zu tun, die du nicht finden konntest?«

Aha. Sie wussten also doch davon. Ich hatte es schon geahnt, aber trotzdem gehofft, dass ich mich irrte. Was nun? Ich sagte erst mal lieber nichts.

»Dieses Mädchen, woher kennst du sie?« Mein Vater sah mich fast bittend an, so als würde er um einen winzigen Anhaltspunkt betteln.

Ich überlegte. Wenn ich ihm von Lou erzählte, was würde dann passieren? Es war wie eine Gleichung mit mehreren Unbekannten. Vielleicht sollte ich es anders anfangen …

»Weißt du noch, als wir uns das letzte Mal unterhalten haben und wir dann auf Quantenstrahlung gekommen sind? Und wie du behauptet hast, dass ein Physiker angeblich gesagt haben soll dass, wenn ein Elektron, das einer Strahlung ausgesetzt ist, aus freien Stücken nicht nur den Zeitpunkt seines Absprungs, sondern auch seine Richtung wählen würde, er lieber ein Schuster oder etwas in der Art als Physiker wäre? Weißt du das noch?«

»Ich erinnere mich schwach. Das Gespräch war aber auch etwas sehr hypothetisch, außerdem kann ich dir nicht einmal mehr sagen, woher ich diese Info hatte. Ich kann es dir nicht mehr mit Gewissheit sagen. Ich müsste erst recherchieren. Warum?«

»Was wäre, wenn es sich aber tatsächlich so verhält? Und was wäre, wenn man noch weiter denken würde, wenn sich zum Beispiel einfach alles manifestieren könnte, was auch immer will?«

»Wie? Ich kann dir nicht ganz folgen.«

»Ja, stell dir vor, alles wäre nicht mit Bestimmtheit zu sagen, weil es nicht hundertprozentig nachweisbar ist, nicht einmal die Zeit. Dann wäre doch grundsätzlich alles möglich, oder? Man kann, so lange man es noch nicht messen kann, doch davon ausgehen, dass das eine wie das andere möglich wäre.«

»Toni, worauf willst du hinaus? Ich verstehe deinen Ansatz nicht so recht…«

Jetzt hatte ich ihn verwirrt, was echt selten vorkam. Aber nun war ich schon mal so weit vorgeprescht, jetzt wollte ich es auch zu Ende bringen. Wobei ich zugeben muss, dass mir das Ganze vor ein paar Tagen noch absolut logisch vorgekommen war. Irgendwie stocherte ich aber plötzlich im Nebel herum, komisch eigentlich.

»Ja, weißt du, ich hatte da neulich so eine These aufgestellt, jetzt weiß ich auch nicht mehr, mir ist der Faden gerissen. Also, was ich meinte war: wäre es nicht denkbar, dass sich etwas manifestieren kann, obwohl es eigentlich nicht da ist, äh, also rein hypothetisch.« Ich sah ihn erwartungsvoll an. Aber der erwartete Knall blieb aus. Mein Gedankenkonstrukt hatte zu viele Fragezeichen bei ihm ausgelöst. Und richtig.

»Toni, ich kann dir da im Moment beim besten Willen nicht so ganz folgen.«

Ich hatte es ja geahnt. Ich hätte mir meine These aufschreiben sollen, als es für mich noch ganz klar war. Jetzt kam ich mit meinen eigenen Gedankengängen nicht mehr mit. Blöd.

»Toni?«

»Ja – äh, das ist noch nicht so ganz ausgereift, ich arbeite noch daran.«

»Woran jetzt genau?«

»Na dass, ehm Dings, na, dass sich etwas manifestieren könnte, obwohl es ja eigentlich nicht da sein kann, so ähnlich.«

»Hat sich denn etwas manifestiert? Und was war das?« Oh nein, oh nein, er hatte mich im Schwitzkasten.

Ich starrte aus dem Fenster, ob sich nicht dort irgendwo etwas fand, um aus dieser Unterhaltung herauszukommen, ohne dass mein Vater mich direkt einweisen ließ. Aber da war leider nichts. Also nahm ich all meinen Mut zusammen. Egal, wie ich es ihm erzählen würde, ich glaubte nicht ernsthaft daran, dass er sich weiter auf eine physikalische Erörterung des Themas einlassen würde.

»Eine Freundin«, platze ich heraus. So. Jetzt hieß es abwarten.

»Eine Freundin?«, wiederholte er zögernd. »Also ein Mensch? Mit dem du kommunizieren kannst?«

»Na ja, konnte. Sie ist wieder weg. Aber sie war da, hundertprozentig! Und ich bin nicht verrückt. Sie war da, so wie du jetzt da bist. Ich habe mit ihr über alles mögliche geredet, wir haben uns in der Schule getroffen. Ich war sogar bei ihr zu Hause! Und jetzt ist sie plötzlich weg. Und niemand kennt sie und niemand glaubt mir, dass sie da war. Und … « Ich seufzte schwer. Ich wollte jetzt auf keinen Fall weinen, das wäre jetzt nicht gut, da war ich mir sicher. Ich spürte einen Kloß im Hals und musste fast ein bisschen würgen, als wollte etwas aus mir heraus.

Mein Vater sah mich mit gemischten Gefühlen an. Ich las Zweifel, Interesse aber auch Angst aus seinem Blick.

»Toni, das ist kein Spaß. Was du da erzählst ist keine Hypothese, sondern etwas, das dir widerfahren ist, ohne Zweifel. Auf jeden Fall hat es sich für dich so angefühlt. Aber verstehst du, wir leben nun mal in dieser Welt. Der Welt, so wie wir sie alle verstehen können. Der greifbaren Welt. Ich will ja nicht sagen, dass es nicht möglich wäre. Natürlich kann man alle möglichen Thesen aufstellen. Aber das ist alles Theorie. Verstehst du? Du hast dich da in irgendwas verrannt, keine Ahnung, ich bin kein Psychologe. Unser Hirn ist zu erstaunlichen Wahrnehmungen fähig, so viel steht fest. Aber du wirst einsehen, dass wir dieser Sache auf den Grund gehen müssen, oder? Toni?«

Ich nickte ergeben. Es tat gut, es endlich erzählt zu haben. Ich fühlte mich plötzlich leichter. Der Druck war weg. Alles würde sich aufklären. Papa wusste Bescheid. Und ich wusste einfach, dass nun alles wieder in die richtigen Bahnen kommen würde.

Mein Vater nahm mich in den Arm. »Meine kleine Forscherin. Du bist nicht allein. Ich bin da. Und bestimmt bekommen wir Licht in das Dunkel, was meinst du?«

»Ja«, murmelte ich in seine Schulter hinein. Hoffentlich, setzte ich in Gedanken dazu.

Man schweigt immer bei den Menschen,

denen man eigentlich am meisten zu sagen hat.

Unbekannter Verfasser

Zwei Tage nach Weihnachten rief Mercedes an.

»Hey, na? Ich wollte nur mal hören, wie es dir geht.«

»Ganz gut.« Ich presste den Hörer an meine Wange, dass es schon fast wehtat.

»Ich habe dir Nachrichten aufs Handy geschickt und versucht, dich anzurufen, aber du hast nicht geantwortet.«

»Oh, die hat dann mein kleiner Bruder bekommen. Ich habe ein neues Handy, aber noch nicht alle Kontakte eingepflegt, sorry.«

»Ach so, macht doch nichts. Du, die von der Schule wollten alles Mögliche über dich wissen. Und über deine Freundin, Lou, oder? Ich konnte ihnen aber nichts weiter sagen. Hast du sie gefunden?«

Mir fiel erst mal ein Stein vom Herzen. Mercedes wusste von nichts, das war gut. Dann wusste es auch sonst niemand aus der Schule. Bis auf die Sekretärin. Und den Schulpsychologen. Und die Lehrer, die ich gefragt hatte.

»Toni? Bist du noch dran?«

»Äh, ja, ich hab sie gefunden. Sie ist, ähm, umgezogen.«

»Und das hat sie dir nicht erzählt? Schöne Freundin!«

»Ja, fand ich auch nicht okay von ihr. Ach, egal jetzt. Wie war denn Weihnachten bei euch?«

Mercedes antwortete knapp. Scheinbar war sie mit meiner Antwort nicht ganz zufrieden. Sollte sie doch. Hauptsache, diese ganze Geschichte machte nicht die Runde in der Schule. Sonst konnte ich nämlich gleich auswandern. Weit, weit weg, dahin, wo mich niemand kannte. Alaska oder so.

»Micky lässt dich auch schön grüßen. Er hat sich echt Sorgen gemacht, weißt du. Es muss ja auch ein ziemlicher Schock für ihn gewesen sein, als er dich da auf dem Spielplatz gefunden hat, so ganz allein und fast erfroren!«

Nun übertrieb sie aber. Fast erfroren. So ein Quatsch. Und wieso Micky. Mein Hirn machte kurz ein Denklooping. Moment. Micky??? Aber davon hatte mir niemand etwas erzählt. Kein Wunder, dass Mercedes mehr Infos haben wollte!

»Du, wir essen gleich. Wir können ja später noch mal telefonieren, ja?«, versuchte ich sie abzuwimmeln. Ich brauchte dringend eine Denkpause, und Mercedes würde nicht locker lassen, so viel stand mal fest.

»Oh, okay, ich wollte ja auch gar nicht weiter stören. Aber vielleicht schickst du mir deine neue Nummer?«

Mercedes war höflich, wie immer. Fast zu höflich, fand ich. »Klar«, sagte ich und legte schnell auf. Puh! Okay, sie wusste, dass ich nach Lou gesucht hatte, aber sie konnte unmöglich wissen, was ich auf dem Spielplatz gemacht hatte.

Und was war das jetzt mit Micky? Er hatte mich gefunden? Wieso? Wie kam er da hin? War er mir heimlich gefolgt? Und wenn ja, warum? Was wusste er?

Meine Gedanken fuhren Karussell. Und ich hatte keine Ahnung, wie ich es verlassen konnte! Nachdenklich setzte ich mich an meinen Lieblingsplatz am Fenster. Mein Vater hatte mir vor einem Jahr eine Art Podest zum Fenster hin gebaut, so dass ich dort bequem mit einem Kissen unter mir sitzen und hinausschauen konnte.

Ich war so sehr in meine Gedanken vertieft, dass ich nicht bemerkte, dass jemand ins Zimmer kam. Deshalb war es wohl auch kein Wunder, dass ich kurz aufschrie, als sich jemand neben mir räusperte.

»Hallo«, sagte der Jemand. Und bei mir setzte kurz der Atem aus. Es war Micky!

»Wie kommst du denn hier rein?«, fragte ich wenig intelligent und starrte auf meine Füße, die in grün-weiß-rot geringelten Wollsocken steckten. Aber das war jetzt auch egal. Mir war alles zuviel.

Und jetzt spazierte auch noch the dreamboy by himself so einfach in mein Zimmer. Also, wenn das nicht abgefahren war! Womöglich war er gar nicht in Wirklichkeit da, sondern auch nur eine Art Fata Morgana?

Ich kniff meine Augen fest zusammen und öffnete sie wieder.

»Machst du so was wie Gesichtsyoga, oder freust du dich so unanständig, mich zu sehen?«

Er war noch da. Das hieß aber nichts. Immerhin hatte ich mit Lou diverse Unterhaltungen geführt. Man konnte also nicht wissen. Ob ich mich mal kneifen sollte? Oder besser noch ihn. Dann würde ich ihn fühlen. Ach ja, das wäre …

»Hey, redest du auch mal mit mir oder was jetzt? Soll ich lieber wieder gehen?«

Endlich kam so was wie Bewegung in mein Alltags-Ich. Ich hüstelte etwas, dann sagte ich etwas absolut Außergewöhnliches. Ich sagte: »Hallo.«

Das war immerhin ein Anfang. Ich setzte noch einen drauf. »Was willst du?« Okay, das war nicht besonders höflich, aber ich hatte kein Gefühl mehr für so was.

»Darf ich mich setzen?«

Ich wies auf den Stuhl am Schreibtisch, aber Micky hatte sich ohne weitere Umstände bereits auf mein Bett gesetzt. Frech, oder? Also, ich finde schon.

»Was hast du da auf dem Spielplatz gemacht? Hattest du auf jemanden gewartet? Ich muss das wissen!«, sagte er eindringlich und sah mich auf eine Art und Weise an, dass mir schon wieder ganz schwummerig wurde.

»Die Frage ist doch wohl eher, was du da gemacht hast«, schleuderte ich ihm zugegebenermaßen reichlich unhöflich entgegen, keine Ahnung, woher die Wut in meinem Bauch plötzlich kam. Sie war einfach da.

Die Wut darüber, dass Micky hier so einfach auftauchte, dass ich mich schon wieder rechtfertigen sollte und darüber, dass ich selber ängstlich war, was wer über mich denken könnte. Mir war auf einmal alles egal.

Ich schlug ihm meine Wut einfach entgegen, ich glaube, ich habe ihn sogar ein bisschen angeschrien. Okay, nicht nur ein bisschen.

»Was denkst du dir eigentlich?«, kam ich in Fahrt. »Für wen hältst du dich? Spionierst du mir nach? Macht es Spaß zu sehen, wie sich jemand komisch verhält, ja? Prima, dann kannst du es ja jetzt allen erzählen, wie dämlich ich bin. Von mir aus, mach doch, sag allen, dass ich nicht ganz dicht bin, die freuen sich bestimmt allesamt, so sensationsgeil wie die alle sind, vielleicht postest du auch gleich ein Bild mit mir. Na los, mach schon, darauf habt ihr alle doch nur gewartet, oder? Aber du machst mich nicht fertig, du nicht! Du hast sie nämlich selber nicht alle, was willst du denn, lass mich doch in Ruhe, wenn du sonst weiter nichts zu sagen hast!«

Meine Stimme kippte und ich fing übergangslos an zu weinen. Es floss regelrecht aus mir heraus. »Na mach doch dein Foto jetzt, dann hast du doch alles, was du wolltest, oder sehe ich nicht irre genug aus?«

Ich hatte mich, während ich ihn anschrie, von meinem Podest gleiten lassen und stand vor dem Fenster. Als ich zu weinen anfing, hatte ich die Hände vor die Augen geschlagen. Ich wartete auf eine Reaktion, aber sie kam nicht. Ich blinzelte. Micky war verschwunden!

Stattdessen stand Vivi in der Tür. »Na, dem hast du es aber gegeben!«

Ich wischte mir über die Augen. Micky war also tatsächlich hier gewesen, das beruhigte mich einerseits. Andererseits, oh nein, oh nein, was hatte ich ihm nicht alles an den Kopf geworfen!

»Wo ist er hin?«, fragte ich einigermaßen verwirrt. Allein die Tatsache, dass ausgerechnet Vivi jetzt hier im Zimmer stand, war seltsam.

Sie kam sonst nie zu mir. Es war immer eher andersherum.

»Nach Hause, schätze ich«, sagte sie, während sie mich mit zusammengekniffenen Augen ansah. »Ich wäre vermutlich auch abgehauen, wenn mich jemand so angeschrien hätte. Geht's dir jetzt besser?«

David tauchte hinter Vivi auf. »Was ist los, warum schreist du hier rum? Hat er dir was getan? Dem werde ich aber …«

Vivi hielt ihn am Arm fest. »Hier ist nichts weiter passiert. Toni hat nur mal kurz ihre Meinung geäußert, oder Süße?«

Süße? Ich starrte Vivi an, als hätte sie sich plötzlich in ein Alien verwandelt.

»Äh, ja«, stammelte ich.

David schien nicht gerade überzeugt. Jetzt stand auch noch meine Mutter hinter den beiden. »Was war hier los?«

»Nichts!«, sagten wir einstimmig und das war in der Situation so komisch, dass ich schon wieder lachen musste, also, wenn das nicht irre war!

Meine Mutter schüttelte den Kopf. »Wirklich?«

Ich nickte. Das Lachen glückste nur noch so ein bisschen aus mir heraus. David stand mittlerweile neben mir und nahm mich in den Arm. Sehr ritterlich, fand ich.

»Na gut. Ich wollte eigentlich auch nur sagen, Marlene ist hier und möchte mit dir sprechen, Toni. Ist das in Ordnung? Soll ich lieber dabei sein?«

»Nein, Quatsch, mir geht's gut. Es ist nichts weiter.«

»Wie du meinst. Der Junge eben sah aber sehr mitgenommen aus. Der ist ja regelrecht aus der Tür gestürzt! Naja, wie auch immer, dann sage ich Marlene jetzt, dass sie hochkommen kann. Und ihr lasst die beiden in Ruhe, klar?«, wandte sie sich an David und Vivi, die daraufhin beide mein Zimmer verließen. Vivi warf mir beim Hinausgehen noch einen anerkennenden Blick zu. Krass. War das wirklich meine Schwester?

Ich blieb einigermaßen verdattert zurück. Süße! Vivi hatte mich Süße genannt! Das war gefühlt vor Jahrzehnten gewesen, dass sie mich so genannt hatte. Äh, noch nie, wenn ich es mir so richtig überlegte. Es klopfte an der Tür.

»Darf ich hereinkommen?«, Marlenes Stimme klang äußerst unternehmungslustig. Vermutlich hätte ich jetzt nein sagen können – sie wäre wie selbstverständlich doch ins Zimmer gekommen.

»Ja klar«, sagte ich daher wie erwartet.

»Na, du siehst ja schon viel besser aus. Das ist sehr gut. Ich möchte dir nämlich eine kleine Exkursion vorschlagen.« Erwartungsvoll sah sie mich an.

Keine Ahnung, was sie jetzt wieder vorhatte, ganz ehrlich, warum mussten immer alle in Rätseln sprechen, die man erraten sollte. Mir ging das gerade extrem auf den Geist. Ich starrte sie mit leicht aufgerissenen Augen an. Ja und …?

Marlene ging nicht weiter auf mich ein, sondern fuhr fort. »Bestimmt hast du dir auch schon Gedanken gemacht, du weißt doch, dass ich dir von einer Familienaufstellung erzählt hatte. Ich habe bereits eine organisiert, na, was sagst du?« Sie strahlte mich an.

Was sollte ich dazu wohl sagen. Sie sprach von etwas, womit ich überhaupt nichts anfangen konnte. Ja, sicher hatte sie mir erklärt, wie so eine Aufstellung vor sich ging, aber so wirklich begriffen hatte ich es nicht. Dabei war ich sonst nicht so lahm im Denken. Aber im Moment stürmte einfach zu viel auf mich ein und dann fing mein Hirn immer an, alles durcheinander zu schmeißen und es dauerte dann eine ganze Zeit, bis ich wieder Ordnung in das Chaos gebracht hatte.

Das konnte Leni natürlich nicht wissen, man sah es mir ja nicht an – bis auf einen entgleisten Gesichtsausdruck vielleicht.

»Hm«, sagte ich daher. Hm ging immer. Meistens ließen die Leute einen dann erst mal nachdenken.

Nicht so Leni. »Was meinst du mit hm? Hm – gut oder hm – lass mich nachdenken oder hm – ja, machen wir?«

Ach Leni! Wie sollte ich ihr klar machen, dass ich von esoterischem Kram so gar nichts hielt. Ebenso gut hätte sie sagen können, dass wir trommeln gehen würden, um böse Geister zu vertreiben!

»Was sagt Papa dazu?« Dass ich da nicht gleich drauf gekommen war! Mein Vater würde so einen Humbug mit Sicherheit nicht unterstützen, das war mal sicher!

»Er hält es für eine interessante Idee und würde sogar mitkommen! Allerdings müssen wir erst noch das Okay deiner Therapeutin einholen, vielleicht könnte sie uns auch begleiten. Es sind bereits unglaubliche Dinge dabei heraus gekommen, das kannst du dir gar nicht vorstellen!«

Doch. Das glaubte ich ihr sofort. Und Papa fand das in Ordnung? Ich war einigermaßen verblüfft. Und auch enttäuscht. Er hielt doch normalerweise auch nichts von solchen »Hirngespinsten« wie er immer sagte.

»Ich weiß nicht«, begann ich zögernd. »Es ist vielleicht noch ein bisschen zu früh, oder? Ich habe ja noch nicht mal mit Frau Himmelreich gesprochen. Außerdem muss ich erst mal wieder klar kommen.« Ich schwieg.

Leni musste doch wissen, wie es sich anfühlte. Immerhin war es ihr doch selbst passiert. Andererseits wollte ich ihre Geschichte nicht so gerne mit meiner vergleichen. Dann wäre ich ja ebenso – naja – verwirrt wie sie, oder?

Nichts gegen Leni, aber ein Teil von mir wollte einfach noch nicht wahrhaben, was mir da passiert war. Kurz dachte ich auch daran, wie es wohl sein würde, mit einer wildfremden Person über all das zu sprechen und an Lenis Warnung, bloß nicht zu viel zu erzählen, um nicht mit Medikamenten vollgestopft zu werden.

Frau Himmelreich war meinen Eltern von der Schule als *die* Therapeutin empfohlen worden. Ich kannte sie noch nicht, meine erste Sitzung, wie sie das nannten, würde erst nach Silvester stattfinden. Besonders begeistert war ich nicht von dieser Idee, aber Papa hatte gesagt, es müsste sein. Also blieb mir wohl nichts anderes übrig, als hinzugehen.

»Toni? Du sagst ja gar nichts. Ist das nicht wunderbar?«

»Wenn du meinst«, sagte ich für meine Verhältnisse ungewöhnlich langsam.

»Sie fehlt dir, stimmts?«, sagte Leni plötzlich und berührte kurz meinen Arm. »Ich weiß, dass es so ist. Und das ist vielleicht noch das Schlimmste dabei. Der Verlust einer wirklich guten Freundin. Jedenfalls war das bei mir so.« Sie sah mich mitfühlend an. »Es wird besser, glaube mir. Und vielleicht findest du schneller eine andere Freundin, als du dir jetzt möglicherweise vorstellen kannst. Es dauert. Du musst mit dir selber Geduld haben.«

»Und wann soll das stattfinden? Ich meine dieses Familiendings.«

Tante Leni sah mich irritiert an. Vielleicht hatte sie gedacht, dass ich jetzt etwas über meine Gefühle reden würde aber mir war nicht danach. Ich war, wie schon vorhin mit Micky, einfach nicht in der Verfassung, so ganz in Ruhe über meine Gefühlswelt zu sprechen. Auch mit Leni nicht.

»Also wann?«, fragte ich daher nochmal.

»In zwei Wochen. Wir müssen ja wissen, was die Therapeutin davon hält. Übrigens habe ich mich jetzt schlau gemacht, was Quantentheorie anbelangt. Und dabei bin ich auf etwas sehr Spannendes gestoßen, was dich bestimmt auch interessieren dürfte!«

»Was denn?«, fragte ich, nun hellhörig geworden.

»Hast du schon einmal etwas von einem Physiker namens, äh …, der Name fällt mir nicht ein, egal – gehört? Er geht davon aus, dass es sogenannte morphische Felder gibt. So ein Feld stellt eine Kraft zur Verfügung, welche die Entwicklung eines Organismus steuert, so dass es eine Form annimmt, die anderen Exemplaren seiner Spezies ähnelt! Nach seiner Ansicht ist es einer Form, die bereits an einem Ort existiert, ein Leichtes, auch an irgendeinem anderen Ort zu entstehen. Was sagst du dazu?«

»Signalmoleküle«, antwortete ich langsam. »Stimmt, das hatte ich ganz vergessen. Aber das musst du auseinander halten. Äh, also Morphogene. Da gibt es Unterschiede, weißt du. Morphogenetische Felder sind nicht zu verwechseln mit morphogenen Feldern. Das eine ist Entwicklungsbiologie, das andere ist eine Hypothese. Nach dieser wirkt das morphische Feld nicht nur auf biologische Systeme, sondern auf jegliche Form. Leni, du bist ein Genie. Warum habe ich den Gedanken nicht weitergedacht. Wahnsinn. Das muss ich mit Papa besprechen!« Ich war begeistert.

Leni allerdings wirkte jetzt etwas verstört. »Ach du liebe Zeit, Toni, ich wusste ja gar nicht, dass du dich so gut damit auskennst. Ich hätte nicht gedacht, dass du dich derartig intensiv mit solchen Dingen beschäftigst! Ich bin vollkommen baff, wirklich. So was!« Sie starrte mich an, als sei ich selber ein amorphes Feld, was ich ja möglicherweise auch war, genau genommen. Ach jeh, mein Hirn machte sich schon wieder eigenständig auf die Suche nach neuen Denkansätzen!

»Das habe ich mir ja nicht selber ausgedacht, das kann man überall nachlesen. Es interessiert mich einfach, weißt du! Deshalb bin ich jetzt nicht besonders schlau oder so, verstehst du?«

Ich hatte das dringende Bedürfnis, mich zu rechtfertigen, keine Ahnung, warum. Vielleicht, damit mich Leni nicht für einen durchgeknallten Nerd hielt. Es war, wie üblich, sehr kompliziert und ich wusste mal wieder nicht, wie ich da mit gesunder Bodenhaftung herauskam!

»Ich weiß, was du denkst«, ertönte da Lenis Stimme. »Du glaubst, ich halte dich für etwas verrückt, oder? Aber das tue ich nicht. Keine Angst. Ich bin nur verblüfft über dein Wissen. Das ist auch schon alles. Na, komm her«, sagte sie und nahm mich vorsichtig in den Arm. So, als wüsste sie nicht, ob ich mir das gefallen lassen würde. Ich wusste es übrigens selber nicht. Wie gesagt, Umarmungen und so fanden bei mir selten statt. Nicht, dass meine Ma mich nicht auch manchmal in den Arm nahm – es war für mich nur irgendwie immer etwas ganz Besonderes, wenn mir jemand so nah kam. Aber Lenis Umarmung war leicht, es war eine kurze Berührung, mehr die Andeutung einer Umarmung. Es war okay. Ich ließ mich sogar dazu hinreißen, sie meinerseits ein wenig zu drücken. Sie beruhigte mich.

»Danke«, sagte ich schlicht.

»Keine Ursache.« Wir schwiegen eine Weile. Vermutlich waren wir beide von dieser Gefühlsduselei überrascht. Leni fasste sich als Erste wieder.

»Siehst du nun den Zusammenhang? Wir müssen unbedingt eine Familienaufstellung machen! Auch dabei wirken Kräfte, die sich nicht ohne weiteres erklären lassen«

»Na gut«, sagte ich zögernd. »Vielleicht bringt es uns doch weiter. Aber du musst mir noch mal erklären, wie das funktioniert, ja?«

Tante Leni lächelte siegesgewiss. »Aber natürlich, Toni, ich lasse dich doch nicht ins kalte Wasser fallen!« Dabei funkelten ihre Augen spitzbübisch. Überhaupt sah sie plötzlich um Jahre jünger aus. Interessant.

Silvester kam, und ich war überrascht, dass wir das erste Mal nach langer Zeit gemeinsam als Familie feierten. Es war sehr merkwürdig, dass alle meine Geschwister da waren. Keiner wollte weg. Ich hatte anfangs gedacht, dass meine Eltern darauf bestanden hätten, dass alle dablieben, aber wie ich von David hörte, war das jedem selbst überlassen worden, wie er oder sie Silvester verbringen wollten. Ich war schwer beeindruckt von David und vor allem auch von Vivi!

Wir machten nichts Spektakuläres. Bis es zwölf war spielten wir Monopoly, aßen Salate, die mein Vater liebevoll zubereitet hatte – er liebte es zu kochen und neue Rezepte auszuprobieren, vermutlich wäre er auch ein ziemlich guter Koch geworden – und versuchten, aus Kaffeesätzen zu lesen, was allein der Initiative von Vivi zu verdanken war.

Um Mitternacht gingen wir alle gemeinsam nach draußen, denn Papa wollte ganz entgegen seiner Überzeugung eine Rakete steigen lassen. Eine Familienrakete, wie er sich ausdrückte.

David machte sich an einer Box zu schaffen, die, wie sich herausstellte, eine ganze Batterie von Raketen beinhaltete, welche in Abständen von alleine hochgingen, nachdem die erste gezündet war. Offenbar hatte mein Vater keine Einwände, überhaupt lief an diesem Abend alles sehr harmonisch ab.

Als die Familienrakete gezündet wurde, verlangte Papa, dass sich jeder von uns etwas wünschen sollte.

Um ein Haar hätte ich mir Lou zurück gewünscht, besann mich dann aber, und wünschte mir, dass sich alles für mich zum Besten wenden würde. Hastig schickte ich noch alles Gute für meine Familie hinterher, aber naja, jeder sollte sich doch etwas für sich selber wünschen, oder?

Wir blieben noch eine Weile auf der Straße, begrüßten unsere Nachbarn und kasperten noch ein bisschen miteinander herum. Ich fühlte mich an dem Abend sehr wohl, so mittendrin in meiner Familie.

Kurz darauf hatte ich meine erste Therapiestunde bei Frau Himmelreich. Was für ein Name für eine Therapeutin! Ich war sehr gespannt, ob es denn auch himmlisch werden würde, aber ich hatte da so meine Bedenken.

Meine Mutter brachte mich hin und kam erst einmal mit bis ins Wartezimmer. Ich war sehr überrascht, dass es keinen Empfangstresen gab, wie sonst bei Ärzten. Es war mehr so, als ob man in einem kleineren Raum darauf wartete, ins Wohnzimmer gehen zu können. Etwas mulmig wurde mir dann doch. Was, wenn diese Therapeutin mich gleich einweisen ließ? Das sah man doch manchmal in Filmen, wie Leute einfach aus dem Verkehr gezogen wurden. Zum Beispiel mit Hilfe einer Spritze, so dass sie sich willig in irgendwelche unheimlichen Gebäude führen ließen, die überall gekachelt waren, huh, ich bekam eine Gänsehaut!

Aber Frau Himmelreich machte ihrem Namen alle Ehre. Nicht, dass es jetzt das Himmelreich bei ihr war, aber sie entpuppte sich als total nett und unkompliziert. Außerdem war sie noch sehr jung.

»Hallo Antonia«, begrüßte sie mich und streckte mir ihre Hand hin, die angenehm warm war. Sie hatte eine lustige kleine Nase, die aussah, als ob sie sich nicht entscheiden konnte, ob sie noch länger werden wollte und darum einfach ein kleines Stückchen in die Höhe gewachsen war, haselnussbraune Augen, die mich fröhlich anblitzten und einen Mund, der scheinbar gerne lachte. Sie war mir auf Anhieb sympathisch!

»Hallo«, erwiderte ich und sah mich in dem Raum, der als Sprechzimmer diente, um. Meine Mutter hatte auch mitkommen wollen, aber Frau Himmelreich bat sie freundlich und gleichzeitig energisch, draußen auf mich zu warten. Sie könnte auch eine Runde spazieren gehen, riet sie ihr, es gäbe einen wunderschönen Park in der Nähe.

Mama wirkte zwar etwas irritiert, verließ aber ohne Weiteres das Zimmer, welches ein wenig an ein Spielzimmer im Kindergarten erinnerte.

Es war ein bunter Raum, in dem sich zwei kleine Sessel in einem Abstand von etwa eineinhalb Metern gegenüber standen. Frau Himmelreich wies auf die beiden Sessel. »Such dir einen aus, wenn du magst. Du kannst dich aber auch auf den Teppich setzen, ganz wie es sich für dich gut anfühlt!«

War das jetzt ein Test? Ich setzte mich in den Sessel, der näher am Fenster stand und von dem aus ich die Tür im Blick hatte. So. Und jetzt?

»Möchtest du etwas trinken? Ich habe Früchtetee, Wasser oder auch Orangensaft da.« Frau Himmelreich sah mich abwartend lächelnd an.

Ich schüttelte den Kopf. »Nein, danke.«

»Gut, dann fangen wir mal bei den allgemeinen Sachen an. Kinderkrankheiten hatte ich bereits abgeklärt, aber gibt es sonst irgendwelche Unfälle, Schwierigkeiten, Lernschwächen, irgendetwas das du für erwähnenswert hälst?«

Mir fiel beim besten Willen nichts ein. Oder sollte ich vielleicht von der Ohnmacht erzählen? »Ich bin neulich mal umgekippt«, begann ich zögernd.

»Ja?« Frau Himmelreich saß entspannt auf ihrem Sessel und sah mich aufmunternd an. »Erzähl mal, wie war das.« Ihre Stimme klang nicht weiter besorgt oder mega aufgeregt, sie hörte sich einfach interessiert an. Ich überlegte noch, wie viel ich ihr wohl verraten sollte, aber nur kurz. Dann setzte mein Verstand aus, warf alle Bedenken über Bord und ich begann zu erzählen, was mir so in den Sinn kam.

Es war merkwürdig. Als hätte sie einen Knopf gedrückt, auf dem Play stand und schon fing ich an zu reden. Es war total weird, echt. Ich kannte sie doch gar nicht.

Aber hier saß ich, Antonia, und quatschte, als würde ich dafür bezahlt. Die Stunde war so schnell um, dass ich ganz aus dem Häuschen war, als Frau Himmelreich meinte, dass wir leider zum Ende kommen müssten, wir uns ja aber bald wiedersehen würden, um dann weiter zu sprechen.

Wieso sagte sie eigentlich »Wir«? *Sie* hatte schließlich gar nichts gesagt. *Ich* hatte die ganze Zeit geredet wie ein Wasserfall!

»Bis übermorgen dann«, sagte sie freundlich und lächelte zum Abschied. »Ich freue mich auf dich!«

Ich murmelte auch irgendwas Nettes und dann stand ich auch schon ein wenig fröstelnd auf der Straße. Meine Mutter hakte mich unter und ging mit mir im Schlepptau zum Auto, welches sie fast direkt vor der Haustür geparkt hatte.

»Und, wie war 's?«, fragte sie mich, als wir im Auto saßen.

»Ganz gut eigentlich«, hörte ich mich sagen. Ich war immer noch so überrascht von mir selber. Hilfe, was hatte ich alles erzählt?

In meinem Kopf ratterte es. Ich musste dringend mit Leni sprechen! Meine Mutter sah mich wachsam an.

»Ist alles in Ordnung?«

»Ja klar«, ich nickte dazu, aber klar war hier so gar nichts!

Zu Hause rief ich als erstes Leni an. Sie ging nicht ans Telefon. Ihr Anrufbeantworter teilte mir auf deutsch, englisch und französisch mit, dass es ihr leider nicht möglich sei, an den Apparat zu kommen, ich könnte jedoch eine Nachricht hinterlassen. »Please speak after the beep«, tönte es aus dem Lautsprecher. Ich wartete noch die französische Version ab, bevor ich um Rückruf bat.

Gerade wollte ich das Handy weglegen, als es klingelte. Ich erschrak regelrecht, schließlich hatte mich außer David noch niemand angerufen. Und das war auch nur ein Kontrollanruf gewesen. Die Nummer kannte ich nicht, daher beschloss ich, einfach nicht ran zu gehen.

Kurz darauf bekam ich eine Nachricht von der gleichen Nummer. *Wäre es okay, wenn ich heute vorbeikäme?*

Tja, keine Ahnung. Ich wusste ja nicht einmal, zu wem die Nummer gehörte! Ein Blick auf das Icon neben der App brachte mich auch nicht weiter. Es war eine seltsame Darstellung eines Vogels oder so. Sehr merkwürdig.

Wer ist ich? schrieb ich zurück. Jetzt war ich aber gespannt.

An meiner Tür klopfte es kurz, dann streckte David seinen Kopf ins Zimmer. »Hast du mal eben Zeit?«

Ich sah erstaunt hoch. Es kam so gut wie nie vor, dass David fragte, ob ich Zeit für ihn hatte. Und es wirkte auf mich fremd, dass mein Bruder so geschäftlich klang.

»Ja, natürlich«, sagte ich genauso förmlich.

David setzte sich seufzend neben mich auf mein Bett.

»Hast du in letzter Zeit was von Tinka gehört? Sie geht nicht an ihr Handy und zu Hause ist sie auch nicht. Ich dachte, du wüsstest vielleicht, wo sie steckt.«

Hatte ich mir doch gleich gedacht! Da lief was zwischen den beiden! »Hm, nee, aber ich glaube, die ist bei ihrem Vater, jedenfalls hatte sie mir das erzählt.«

»Und warum geht sie dann nicht an ihr Handy?«

»Keine Ahnung, was weiß ich. Vielleicht hat sie es ausgeschaltet.«

»Seit einer Woche? Findest du das nicht etwas zu lange?«

»Hmja, stimmt. Komisch. Wenn du willst, schreibe ich sie an. Soll ich?«

»Das wäre super, danke! Und wie geht's dir jetzt so?«

David versuchte es klingen zu lassen, als ob er ganz nebenbei fragte, aber mich konnte er nicht täuschen. Er war total unsicher, wie er mit mir umgehen sollte. Was zum Geier wussten meine Geschwister eigentlich? Vielleicht war dies die Gelegenheit, das herauszufinden.

»Warst du eigentlich dabei, als man mich damals nach Hause gebracht hat?«, fragte ich, wie ich fand, ziemlich listig.

David sah mich unschlüssig an. »Glaube schon, wieso?«

Ach Mist, ich hatte ganz vergessen, dass ich hier einen echten Profi vor mir hatte, was rednerische Kreativität anging. Von David eine klare Aussage zu bekommen, wenn er nicht wollte, war so gut wie unmöglich.

Er sollte vielleicht in die Politik gehen, die sagten auch oft alles Mögliche, ohne eindeutig zu werden. Jedenfalls kam es mir so vor.

»Und? Wer war da noch alles dabei?«

»Na, alle, die da waren.«

Ich stöhnte entnervt auf. »Sag mir einfach wer, ich war nämlich nicht so ganz bei mir, okay?«

David strubbelte sich durch die Haare. »Mich nervt das auch, dass wir nicht drüber reden sollen, ehrlich. Aber Mama hat uns schwören lassen, dass wir das Thema nicht ansprechen, bevor es dir besser geht, also …«

»Was?«

»Na, geht es dir besser? Dann könnten wir ja darüber reden, wenn du willst.«

Ich hätte es mir eigentlich denken können, dass meine Eltern hinter dem Schweigen meiner Geschwister standen, trotzdem war ich doch einigermaßen erstaunt, dass sie sich tatsächlich daran gehalten hatten.

»Mir geht's gut«, sagte ich und starrte auf das Handy, das gerade brummte. Kurz überflog ich die Nachricht, die auf der Oberfläche erschien. *Ich bin's, Micky.*

Gab es ja wohl nicht, woher hatte der meine Nummer?

»Na gut, wer war alles da, lass mich mal kurz nachdenken: Mama war da, Vivi und ich und dann natürlich Micky. Und jetzt könntest du mir endlich erzählen, was genau an dem Tag eigentlich passiert ist. Da kursieren ja die wildesten Gerüchte.«

Ich starrte immer noch auf das Display, während ich gleichzeitig versuchte, meine Gedanken zu sortieren.

»Micky war auch da?«

Also hatte Mercedes mir keinen Quatsch erzählt, als sie behauptete, dass ihr Bruder mich gefunden hatte. Es gefiel mir so gar nicht. Mich packte eine bleierne Müdigkeit. Ich wollte mich irgendwo in meiner Decke vergraben – die Welt, so wie sie sich mir präsentierte, konnte mich mal. Ich wollte auf einmal gar nichts weiter wissen.

»Das war wohl nichts, von wegen, es geht dir gut, he? Du siehst aus, als hättest du gerade ein Gespenst gesehen, weißt du das?«

»Tut mir leid«, flüsterte ich. »Ich glaube, ich muss mich kurz hinlegen, ja?«

»Okay? Soll ich Mama holen?«

Ich schüttelte den Kopf. »Nee, lass mal, ich bin nur plötzlich so müde.« Und ohne mich auszuziehen, kroch ich unter meine Bettdecke und zog sie mir über die Augen. Es war mir egal, was mein Bruder dachte. Mir war gerade alles egal. Ich wollte nur noch meine Ruhe.

Als ich aufwachte, war es stockdunkel im Zimmer. Ein Blick nach draußen bestätigte meinen Verdacht. Es war vermutlich mitten in der Nacht. Ich musste wohl ziemlich lange geschlafen haben. Dummerweise fand ich mein Handy nicht. Mist. Ich hatte es doch vorhin noch gehabt! Gerade jetzt hätte ich mir gerne noch mal die Nachricht von Micky angesehen, wenn sie denn wirklich von ihm gewesen war.

Leise schlich ich mich auf den Flur um zu sehen, ob nicht noch jemand von meiner Familie wach war. Wie spät mochte es sein? Ich tappte vorsichtig Stufe für Stufe nach unten, um in der Küche auf die Uhr zu sehen, und mir außerdem irgendetwas Essbares aus dem Kühlschrank zu holen.

Im Haus war es ganz still. Es war merkwürdig, als Einzige wach zu sein, während die Anderen alle schliefen. Ich kam mir vor wie jemand, der sich hatte einfrieren lassen und zu früh aufgewacht war. Der Kühlschrank surrte leise, als ich ihn öffnete. Ich nahm mir einen Joghurt heraus, den ich sofort aufriss. Die Zeiger der großen, runden Uhr über dem Küchenschrank standen auf halb zwei. Es war also wirklich mitten in der Nacht.

Auf den Fliesen war es kalt, und ich beschloss, mit meiner Joghurtbeute wieder nach oben in mein Bett zu gehen, wo es warm und gemütlich war.

Zurück in meinem Zimmer suchte ich noch einmal alles nach meinem Handy ab. Es musste doch da sein. Zuletzt hatte ich es in der Hand gehabt, als ich mit David gesprochen hatte. Ich überlegte allen Ernstes, ob ich meinen Bruder wecken sollte, ließ es dann aber doch lieber sein. In Gedanken ließ ich die Situation auf dem Spielplatz immer wieder an mir vorbeiziehen, in der Hoffnung, mich an Mickys Erscheinen zu erinnern. Aber da war nichts weiter als die Erkenntnis, dass dort, wo Lous Haus hätte stehen sollen, nur ein heruntergekommener Spielplatz gewesen war. Fast hätte ich wieder geschrien, eine blasse Erinnerung tauchte auf und verschwand sofort wieder. Ich konnte mich anstrengen, so viel ich wollte – ich hing in einer Endlosschleife.

»Was 'n los?« Eine verschlafene Vivi stand plötzlich an meiner Tür. Erschrocken sah ich auf.

»Nichts, ich hab mir nur was aus der Küche geholt.«

»Ach so, dann ist es ja gut. Ich hatte ein Geräusch gehört und dachte schon, es wären Einbrecher im Haus! Alles okay bei dir?«

Vivi war ja strange! Ich wäre mit Sicherheit nicht alleine losgegangen, um nachzusehen. Und überhaupt. Wieso war sie eigentlich so schnell wach?

»Alles gut. Ich hatte nur Hunger. Das Abendbrot habe ich ja leider verpasst. Du kannst also wieder ins Bett gehen.«

Keine Ahnung, wieso mich diese Vivi, wie sie da so im Schlafanzug, ungeschminkt und mit verstrubbelten Haaren nicht weiter verunsicherte. Es war fast normal, mit ihr zu sprechen. Sie wirkte überhaupt so ganz anders, als ich sie in Erinnerung hatte. Vielleicht träumte ich ja auch nur, und morgen, wenn ich aufwachte, würde wieder alles sein wie immer.

»Ich glaube, ich hole mir auch so einen.« Vivi wies auf den Joghurt, den ich in der Hand hielt. Und schon war sie auf dem Weg nach unten. Gedankenverloren löffelte ich in meinem Becher herum. Vielleicht könnte ich ja von Vivi erfahren, ob sie näheres über Mickys Einsatz wusste und was er erzählt hatte. Wenn ich doch nur mein Handy wiederfinden würde. Es war wie verhext.

Schneller als gedacht war Vivi wieder da und setzte sich auf meine Bettkante. »Rück mal«, befahl sie und ich machte ihr schleunigst Platz. »Ich hab ganz kalte Füße bekommen«, setzte sie hinzu, als sie mit unter die Decke kroch. Ja, das konnte ich fühlen. Huh, ihre Zehen waren wie Eiszapfen an meinen Beinen. Einträchtig löffelten wir unseren Joghurt.

»Also«, fuhr sie fort. »Erzähl mir mal, was los war. Bis jetzt durften wir ja nicht darüber sprechen, aber du machst einen ganz vernünftigen Eindruck.«

Hm. Vivi war jetzt nicht gerade meine erste Wahl, wenn ich denn überhaupt jemandem etwas erzählen wollte. Ich meine, hey, das war Vivi. Meine über allem stehende Schwester, gewitzt und klug und nicht zu vergessen, manchmal auch ziemlich gemein, jedenfalls mir gegenüber. Ich traute dem Braten erst mal nicht.

»Na los, erzähl schon. Ich glaube das nämlich alles nicht, was da so erzählt wird. Und das mit Micky schon mal gar nicht. Nie im Leben würde der so was tun!«

»Was meinst du damit?«, fragte ich vorsichtig nach.

»Ach, du weißt schon.« Vivi machte eine ausladende Bewegung, so als wollte sie deutlich machen, wieviel alles so gesagt würde.

»Nein«, sagte ich unsicher. »Keine Ahnung, was du meinst.«

»Na, was in der Schule erzählt wurde, als du nicht da warst. Erst das mit deiner Ohnmacht und so. Und als Micky dich da gefunden hatte, auf dem Spielplatz, da gings dann natürlich los. Ich weiß auch nicht, wer damit angefangen hat, dass Micky dich womöglich …« Sie verdrehte die Augen. »Aber niemals, nein, das habe ich nicht eine Sekunde geglaubt, echt nicht. Das war ja auch totaler Quatsch, oder? Also hier glaubt das natürlich keiner. Sonst hätten sie ihn bestimmt nicht mehr zu dir gelassen, naja, aber du hast ihm dann ja auch ganz schön eins reingewürgt, so schnell wie der wieder weg war! Ich meine, Micky hat dich schließlich mit hergebracht und so!«

Ich schluckte. Jetzt musste ich also doch auswandern. In die Schule konnte ich nicht mehr zurück. OMG, was sollte ich nur tun? Wieviel Geld hatte ich noch? Reichte es für eine Fahrkarte nach, ja – wohin? Nein, Schwachsinn, ich musste die Schule wechseln. Konnte man das so ohne weiteres? Wie lange hatten wir noch Ferien?

Mein Hirncrash wurde mit sofortiger Wirkung schlagartig unterbrochen, als Vivi sagte: »Wer hätte das gedacht, meine kleine Schwester ist eine Berühmtheit. Du hast schon mindestens 950 follower!«

»Was?« Der Joghurt hing kurz vor der Speiseröhre fest und ich verschluckte mich und musste husten.

»Nochmal, was?«, fragte ich entsetzt, nachdem ich wieder sprechen konnte.

»Das war nicht meine Idee, falls du das jetzt denkst. Das war diese Lou aus der Parallelklasse, mit der du angeblich immer rumhängst. Also, mein Fall wäre die nicht, so nerdig wie die ist. Aber egal. Sie hatte die Idee, eine Schulseite mit dir zu machen. Und die geht echt steil!«

»Was?«, fragte ich wieder, diesmal total lau. Das war ein Alptraum! Ich setzte mich gerade hin und zog Vivi dadurch die Decke weg. Lou aus meiner Parallelklasse! Okay. Aber hieß das … sie war also doch … oder nicht? Nein, das war diese andere Lou, die, bei der ich angerufen hatte, ganz sicher. »Weißt du, wie die aussieht?«, fragte ich Vivi, die gerade versuchte, sich die Decke wieder über die Beine zu ziehen.

»Hä? Weißt du nicht mehr, wie deine Freundin aussieht? Du bist ja echt schräg.« Vivi grinste.

»Bitte«, sagte ich so weinerlich, wie mir möglich war. Das zog auch bei Vivi – hoffte ich wenigstens.

Vivi rückte ein bisschen ab, und betrachtete mich kritisch. »Na gut. So eine kleine graue Maus, ziemlich unscheinbar, sieht schon jetzt aus, als hätte sie ihr Leben hinter sich. Hier.« Sie zückte ihr Handy und hielt es mir kurz darauf unter die Nase.

Ich blickte auf eine kleine blasse Gestalt, die auf eine Schaukel wies. Aber das war doch …? Mit einem Satz war ich aus dem Bett.

»Hey, was ist denn jetzt los?« Vivi starrte mich an.

»Die spinnt wohl!«, rief ich laut. »Was soll denn das? Überhaupt, das ist doch verboten, einfach über jemanden zu schreiben, der das nicht abgenickt hat, oder? Das darf die doch gar nicht!« Mein Energielevel stand auf speeding. Ich war so wütend wie – ohne Worte. Ich war die Wut herself!

In Windeseile zog ich mir meine Jacke an. Ich musste dringend zu dieser Lou und ihr die Meinung geigen. Ha! Wenn ich mit der fertig war, dann würde sie aber … !

»Ey, was machst du?« Vivi war auch aufgestanden und packte mich am Arm. »Es ist mitten in der Nacht, wo willst du denn jetzt hin?«

»Die mache ich fertig«, zischte ich mit zusammengebisse-nen Zähnen und riss meinen Arm los.

»Aber Toni, von mir aus gerne, ich komme sogar mit, wenn du willst, aber nicht jetzt, okay? Komm, das war wohl doch keine gute Idee, dir das zu zeigen, was? Aber wenn du dir den ganzen Verlauf ansiehst, bist du bestimmt, na, vielleicht nicht gerade begeistert, aber sie hat das nicht schlecht gemacht und sie hat ja nicht deinen Namen benutzt oder dein Foto. Aber alle wissen natürlich, um wen es sich handelt. Außerdem tappt sie, wie wir alle, im Dunkeln. Sie kann ja auch nichts weiter tun, als Vermutungen aufzustellen, weißt du. Sie macht das wirklich schlau. Reg dich bloß nicht so auf, nachher wecken wir noch Mama auf, und das wäre jetzt wirklich nicht …«

»Schon geschehen!« Meine Mutter stand plötzlich im Zimmer. »Ihr spinnt wohl! Wieso bist du nicht in deinem Bett?«, fauchte sie erstaunlicherweise nicht mich, sondern Vivi an. »Und du ziehst dir jetzt auch bitte einen Schlafanzug an und legst dich hin, ja?«, sagte sie etwas sanfter zu mir. »Komm mein Schatz, soll ich dir helfen?«

Meine Wut war verraucht. Ich schaute Vivi nach, als sie aus dem Zimmer schlich, sie sah mich noch einmal kurz schulterzuckend an, bevor sie durch die Tür verschwand.

Meine Mutter nahm mich in den Arm. »Hast du etwa Fieber?« Sie fühlte meine Stirn und meine Wangen ab. »Nein, hast du nicht, aber jetzt ab ins Bett. Soll ich dir noch etwas holen? Zu trinken vielleicht? Einen warmen Kakao? Du musst es nur sagen, hm?«

»Nein, danke Mama.«

Soeben war ich wieder ins Kleinkinderalter gebeamt worden – und unter uns: ich genoss es!

Sprich nicht nur über das, was du begreifen kannst.
Denke das Unmögliche.

»Ich glaube, ich bin tot«, sagte die Frau auf dem Boden. Sie lag da und bewegte sich nicht, was uns alle zutiefst verstörte.

Tatsächlich befand ich mich, zusammen mit Tante Marlene, meinen Eltern sowie Frau Himmelreich, bei einer Familienaufstellung, die einzig und allein für mich stattfand.

Tante Leni hatte mir zwar vorher genau erklärt, wie das Ganze ablaufen würde, aber davon, dass Leute sich einfach hinschmissen und für tot erklärten, hatte sie nichts gesagt.

»Es läuft folgendermaßen. Wir treffen uns alle in einem geschützten Raum. Niemand kennt den anderen oder weiß, worum genau es geht. Das würde die Leute zu sehr beeinflussen. Es weiß also niemand von unserer Geschichte, unserer Familie oder sonst irgendetwas über uns. Zuerst werde ich aufstellen und wenn das nicht reicht, dann kommst du an die Reihe. Wir werden aus den Leuten, die sich freundlicherweise zur Verfügung stellen, die Personen aussuchen, die uns repräsentieren, dann die Personen, die wir aufstellen wollen. Also in meinem Fall wäre das Luzie, dann meine Eltern, Großeltern und so weiter«, hatte sie gesagt.

»Da brauchst du aber viele Leute, wenn du die alle aufstellen willst«, hatte ich sie unterbrochen.

»Ach was.« Tante Leni hatte eine wegwerfende Handbewegung gemacht. »Das wird schon klappen, irgendwie wird
sich alles ergeben!«

Da hatte sie recht. Es waren tatsächlich unglaublich viele Leute da. Ich kannte niemanden. Genau so wenig wie
meine Eltern, die mitgekommen waren. Frau Himmelreich
war auch da. Sie saß mir gegenüber in dem Stuhlkreis, den
wir gleich zu Anfang gebildet hatten. Die Aufstellung wurde
von einem Therapeuten-Duo geleitet, welches mir ebenfalls
komplett unbekannt war. Sie allerdings wussten Bescheid,
worum es uns ging.

Leni hatte gerade ihre Ururgroßmutter und deren
Schwester aufgestellt. Sie war der Meinung, dass hier der
Ursprung unserer seltsamen Freundschaft mit Luzie, Lou
oder wie sie nun hieß liegen musste.

»Kannst du uns sagen, was passiert ist?«, fragte der Therapeut mit der Glatze und dem Bart und beugte sich ein
wenig vor.

Wir warteten gespannt und taten das Gleiche.

»Ich bin tot«, wiederholte die Frau, die am Boden lag.
»Ich kann nicht mehr mit euch kommunizieren!«

Allgemeines Getuschel setzte ein und wir lehnten uns alle
wieder enttäuscht zurück.

»Vielleicht kann die Schwester etwas dazu sagen?« So
schnell gab sich der Bärtige nicht geschlagen. Hier ging es
nicht nur um eine Aufstellung, hier ging es logischerweise
auch um seine Therapeutenehre!

Die Frau, die sich Leni als ihre Ururgroßmutter ausgesucht hatte, schwieg. Sie verschränkte die Arme und warf ihren Kopf in den Nacken. So, als hätte sie wahnsinnig lange Haare, die sie zurückwerfen würde. Das sah etwas komisch aus, denn sie trug eine schnittige Kurzhaarfrisur – das Einzige, was sich zurückwerfen ließ, waren ihre langen Ohrringe, die dabei leise klirrten.

Schließlich hielt sie ihren Kopf schief, starrte die Person am Boden an und zischte: »Du hast es nicht anders verdient!«

»Was hat sie getan?«, schaltete sich nun der Therapeut wieder ein.

»Ich sage nichts. Aber sie hat es verdient!«

Verdammt, was denn nun? Wir beugten uns alle wieder etwas vor.

In die Person am Boden kam plötzlich Leben. Hochinteressant, war sie doch nicht tot?

»Du!«, schrie sie ihre ›Schwester‹ an. Sie ging mit erhobenem Zeigefinger auf sie los. Dabei raffte sie mit der einen Hand immer wieder Luft an der linken Seite hoch, jedenfalls sah es so aus. »Du eifersüchtiges Biest! Er hätte dich niemals genommen, er liebte mich! Mich!«, wiederholte sie nochmals. »Eingeschlossen hat sie mich! Und ich kam nicht mehr hinaus!« Sie fing an zu schluchzen. »Als sie mich fanden, war es zu spät. Ich war bereits erstickt!«

Atemlos folgten wir alle dem Schauspiel. Wieso war sie erstickt? Wo hatte ihre Schwester sie eingesperrt?

»Wir fühlen alle mit dir«, schaltete sich nun der kleinere der Therapeuten ein. Bis jetzt hatte er noch nicht so viel gesagt. Im Gegensatz zu dem Glatzkopf hatte er viele Haare, die er zu einem Zopf hochgebunden trug. »Woran bist du erstickt?«, fragte er sanft.

»Feuer«, stammelte die Frau, die nun scheinbar nicht mehr tot war, und rang mit dem Atem. Sie hustete und wedelte vor sich mit der Hand herum, als wollte sie etwas vertreiben, ein Insekt vielleicht? Dabei raffte sie schon wieder etwas Imaginäres mit der anderen Hand hoch. »Überall ist Rauch«, flüsterte sie. »Ich habe Angst. Wenn das Feuer meinen Rock erfasst …« Sie warf sich wieder hin. »Ich bin tot.«

Das war jetzt eindeutig. Sie hatte wirklich schauspielerisches Talent, keine Frage.

Der Therapeut kniete besorgt neben ihr. »Wollen wir lieber abbrechen?«

Die Tote schüttelte den Kopf.

Jetzt fing die Schwester an zu weinen. »Das wollte ich doch nicht, es war ein Unfall! Ich konnte doch nicht ahnen, dass die Lampe umfällt und den Vorhang in Brand setzt! Bitte glaube mir! Ich weiß nicht, wie das passieren konnte. Wäre ich doch nur gleich wieder zurückgegangen. Aber ich kam zu spät!« Sie stürzte zu der Frau am Boden und beide weinten jetzt herzzerreißend.

»Ich habe ihn geliebt!«

»Ich doch auch!« Sie umarmten sich heftig.

Also mir war das etwas unangenehm, das Geschluchze ging mir ein bisschen auf die Nerven. Hörten die gar nicht mehr auf?

»Ihr müsst euch verzeihen, wenn ihr könnt«, hörte ich nun wieder den kleinen Therapeuten sprechen.

Beide Frauen standen auf und reichten sich die Hände.

»Ich verzeihe dir«, sagte die Frau, die ja eigentlich tot war zu der anderen, und hielt sie ein wenig mit ausgestreckten Armen von sich. Dabei sah sie ihr tief in die Augen.

»Ich verzeihe dir auch!«

»Wunderbar«, freuten sich der bärtige und der kleine Therapeut gemeinsam. »Wir möchten das hier gerne abbrechen. Geht bitte wieder auf eure Plätze. Wir machen eine kleine Pause und überlegen dann, wie wir weitermachen und ob überhaupt.«

Der glatzköpfige Therapeut lächelte die ganze Truppe an. »Vielen Dank, das war wirklich großartig!«

Die beiden Frauen, die eben noch Schwestern gewesen waren, setzten sich etwas verschämt auf ihre Stühle. Jetzt schienen sie mir wieder ganz normal zu sein. Puh!

»Das waren aber doch Schauspieler, oder?«, fragte ich Leni, die neben mir saß und sehr nachdenklich aussah.

»Nein«, sagte sie mit einem Seufzer. »Das hatte ich dir doch erklärt. Sie schlüpfen nur einfach in die Rolle des Menschen, den sie verkörpern sollen. Aber es sind Leute wie du und ich. Vielleicht haben sie Spaß am Spielen, aber sie kommen aus ganz normalen Berufen, glaube mir.« Sie nahm meine Hand und zog mich hoch. »Komm, wir gehen ein Stückchen zusammen.«

»Krass«, murmelte ich und sah mich nach meinen Eltern um, die neben den beiden Therapeuten standen und sich scheinbar sehr angeregt unterhielten.

Frau Himmelreich kam uns entgegen, als wir gerade den Raum verlassen wollten.

»Wie geht es dir damit, Antonia? Möchtest du darüber reden?«

Ich schüttelte den Kopf. »Danke, aber ich gehe kurz mit Leni nach draußen, wenn das okay ist.«

»Natürlich.« Sie nickte mir freundlich zu. Ich mochte sie wirklich. Mittlerweile war sie fast so etwas wie eine Ersatzfreundin für mich geworden. Ich war nun schon fünfmal bei ihr gewesen und jedes Mal ein bisschen lieber. In der letzten Stunde hatten wir beschlossen, die Familienaufstellung zu machen und ich war sehr überrascht, dass meine Eltern nichts dagegen einzuwenden hatten.

»Alles, was hilft, ist gut«, hatte Papa gesagt und mir dabei leicht über meinen Kopf gestrubbelt. Meine Mutter hatte sich nicht weiter darüber geäußert. Nur, dass sie auf jeden Fall auch mitkommen würde, hatte sie uns mitgeteilt.

»Na, was sagst du dazu?«, fragte Leni, nachdem wir ein kurzes Stück gegangen waren.

»Ich weiß nicht.« Ich wickelte meinen Schal etwas fester um meinen Hals und zog ihn bis zu den Ohren hoch. Huh, es war richtig kalt draußen. Ich wusste absolut nicht, was ich mit all dem anfangen sollte.

Leni schwieg.

Nachdem sie auch ein paar Minuten später noch nichts sagte, entschloss ich mich, etwas von mir zu geben.

»Keine Ahnung, was ich davon halten soll. Ist doch komisch, dass die wussten, was angeblich vor – was weiß ich wie vielen Jahren – passiert ist, oder? Ich meine, das haben die sich vielleicht einfach nur ausgedacht, könnte doch sein.« Ich verstummte wieder.

In Wahrheit fand ich das alles so derartig merkwürdig, dass ich einfach nicht wollte, dass es wirklich sein könnte. Andererseits, wer weiß, wellenartige Energien, die sich vielleicht irgendwo stauen konnten? Wäre das denkbar? Ich kam überhaupt nicht klar, echt nicht.

»Ich glaube, wir müssen umkehren, die Pause ist bestimmt gleich vorbei.« Tante Leni hielt es offenbar für überflüssig, mir ihre Gedanken dazu mitzuteilen.

»Nimmst du denen das ab?«, hakte ich nach. Nun hatte ich schon etwas dazu gesagt, jetzt wollte ich auch wissen, wie Leni darüber dachte.

»Später«, sagte Leni kurz. »Wir müssen uns jetzt beeilen, damit wir rechtzeitig wieder da sind.«

Ich fand es blöd, dass sie nicht weiter darüber sprechen wollte, trottete aber brav mit ihr zurück.

Als wir ankamen, war nur noch die Hälfte der Leute da. Und auch die waren dabei, sich ihre Jacken und Mäntel anzuziehen. Ich suchte mit dem Blick meine Eltern. Sie warteten abfahrbereit am Ausgang, der zum Parkplatz führte.

»Wieso gehen die alle? Ich dachte, wir besprechen das noch mal …«

Tante Leni wirkte auch leicht irritiert. »Vermutlich sind wir zu spät gekommen. Aber das kann eigentlich nicht sein – oh, hallo!« Der bärtige Therapeut stand plötzlich zusammen mit Frau Himmelreich neben uns.

»Wir haben beschlossen, die Sitzung hier abzubrechen, jemandem ist schlecht geworden.«

Ja, das konnte ich nachvollziehen. Mir selber war auch ganz schwummerig. Kein Wunder bei dem Zirkus hier.

»Wie bitte?« Der Bärtige sah mich streng an.

Ups, hatte ich das jetzt laut gesagt?

»Sie ist noch sehr mitgenommen.« Leni hatte netterweise für mich geantwortet. Am liebsten hätte ich mir den Mund zugehalten, damit ich nicht nochmal ungewollt etwas sagte.

»Ich denke auch, das muss ziemlich hart für dich gewesen sein!« Frau Himmelreich ergriff ebenfalls Partei für mich.

Ich sah zu meinen Eltern hinüber, die uns zuwinkten. Vermutlich hatten sie keine Lust mehr, noch länger auf uns zu warten.

»Wem ist denn schlecht geworden?« Leni wollte, wie immer, alles ganz genau wissen.

»Der Teilnehmerin, welche die tote Schwester gespielt hat. Wir müssen uns um sie kümmern, sie kommt nicht aus der Rolle heraus. Waren die beiden Zwillinge? Könnte das sein?«

»Was? Nein, das nicht. Aber – natürlich! Jetzt verstehe ich!« Tante Leni sprach in Rätseln. War ja schön für sie, dass sie eine Erleuchtung hatte, ich dagegen tappte völlig im Dunkeln!

Meine Ma kam mit energischen Schritten auf uns zu. »Papa und ich würden jetzt gerne fahren. Kommst du?« Sie nahm mich vorsichtig in den Arm. »Fährst du dann hinter uns her oder möchtest du gleich nach Hause?«, fragte sie Leni.

»Ich muss noch etwas klären. Aber wenn ihr mögt, und das hier nicht allzu lange dauert, komme ich noch nach. Ist das in Ordnung?«

Meine Mutter nickte. »Natürlich.«

Ich war einerseits ganz froh hier wegzukommen, andererseits hatte mich auch die Neugier gepackt. Zwillingsschwestern? Das junge Mädchen, welches ich gesehen hatte, war älter gewesen. Es waren auf jeden Fall Schwestern. Hatte also die eine Schwester die andere auf dem Gewissen? Aber das würde heißen … omG! Wir hatten eine Mörderin in der Familie!

Philosophieren ist wie …
mit Gedanken zu verrückten Ideen tanzen.

Die Schule hatte mich wieder. Zwei Wochen nach der Familienaufstellung befand ich mich auf dem Weg in die Pause, die ich mit Mercedes verbringen wollte. Das Thema Micky hatte sie nicht weiter angesprochen, was mir sehr gelegen kam. Ich hatte nämlich keine Ahnung, was ich ihr dazu hätte sagen sollen.

Tante Leni und ich waren den Geistern der Vergangenheit leider nicht weiter auf die Schliche gekommen. Nachdem wir uns alle möglichen Gedanken zu dem Thema Luzie oder Lou gemacht hatten, waren wir zu dem Schluss gelangt, dass es zwar möglicherweise doch Zwillingsschwestern gegeben haben könnte, allerdings waren wir sicher, jeweils eher eine junge Frau gesehen zu haben. Gab es womöglich noch eine dritte Schwester? Wir stocherten nach wie vor im Nebel.

Ich war noch zweimal bei Frau Himmelreich gewesen, aber auch sie konnte mir das Phänomen Lou nicht wirklich erklären. Wir verblieben so, dass ich sie alle zwei Wochen besuchen sollte, um, wie sie sagte, zu gewährleisten, dass ich mich auf dem richtigen Weg befand. Aber was war denn der richtige Weg? Einfach weitermachen und so tun, als ob es nie eine Lou gegeben hätte? Auf dem Weg in die Aula ging ich gefühlt in einer Überschallgeschwindigkeit an dem Klassenraum der 8L1 vorbei, ständig in der Panik und gleichzeitig auch Hoffnung, Lou würde dort stehen. So, wie sie immer dagestanden hatte, wenn ich sie zur Pause abholte. Aber sie war nie da. Und ich würde sie wohl auch niemals wieder sehen.

Keine Ahnung, was ich ohne Mercedes gemacht hätte. Aber sie hatte sich gleich am ersten Tag ohne weitere Fragen auf den Platz neben mich gesetzt, und ich war darüber sehr froh gewesen.

»Da bin ich. Uff, hier halt mal!« Mercedes drückte mir ein Tüte in die Hand, setzte sich auf die Bank neben mir und schmiss dabei ihre Tasche von sich. »Ich hätte die Tasche doch lieber im Klassenraum lassen sollen, boah ist die schwer!«

»Was schleppst du denn alles mit dir rum? Wie brauchen heute doch gar nicht so viele Bücher!«

»Stimmt, aber ich habe zwei Bücher für dich mitgebracht. Ich dachte, sie könnten dich interessieren!«

»Okay?« Jetzt war ich aber gespannt. »Welches Brötchen ist für mich?«, fragte ich und hielt ihr die offene Tüte unter die Nase.

»Das mit Käse. Warte mal. Hier. Quantentheorie. Und dann noch dies hier: Unerklärliche Phänomene!«

Ich nahm beide Bücher in Empfang. Neugierig blätterte ich in dem Buch mit dem Titel *»Unerklärliche Phänomene - ein neuer Ansatz«*. Fünf Tage nach Schulbeginn hatte ich Mercedes tatsächlich von meiner imaginären Freundschaft mit Lou erzählt. Und das auch nur, weil mir Mercedes von sich aus etwas über ihre Familie erzählt hatte, die scheinbar einen besonderen Umgang mit ihren verstorbenen Vorfahren pflegte. »In Peru ist es nichts Besonderes, dass einen Geister heimsuchen. Es ist sozusagen normal«, hatte sie gesagt.

Mercedes Vorfahren stammten aus Peru. Ihre Mutter war zwar bereits in Deutschland geboren, ihre Eltern hielten aber an den alten Sitten und Gebräuchen aus ihrer Zeit in Peru fest. Mercedes Vater stammte aus einer deutschen Familie und hatte sich während des Studiums unsterblich in ihre schöne Mutter verliebt. Mercedes erzählte mir die Geschichte ihrer Eltern fast andächtig. Von Micky sagte sie allerdings nichts. So, als hätte sie nur vergessen, ihn zu erwähnen.

»Gefallen dir die Bücher? Ich habe sie aus Papas Bücherregalen. Ich dachte, es könnte dir weiter helfen.

»Ja, danke, auf jeden Fall sind sie interessant. Das Buch über Quantenphysik ist schon älter, wahrscheinlich gibt es da mittlerweile neuere Ansätze!«

»Kann sein, ich hatte nicht auf das Erscheinungsdatum geguckt. Schlimm?«

Ich sah sie an. Es war typisch für sie, sich fast zu entschuldigen, wobei es doch gar nichts gab, wofür sie sich hätte entschuldigen müssen. Es war so anders mit ihr zusammen zu sein. Kein Vergleich zu Lou, die mir immer etwas ironisch geantwortet hatte.

Mercedes lächelte mich an. »Was ist?«

»Du bringst mir extra Bücher mit und ich habe nichts

Besseres zu tun, als herumzunörgeln. Ich bin manchmal echt blöd.«

»Ach Quatsch, gar nicht.« Sie überlegte eine Weile. »Darf ich dich mal was fragen?«

»Hä? Du musst mich doch nicht fragen, ob du etwas fragen darfst. Sag schon, was du fragen möchtest!«

Mercedes druckste ein bisschen herum. »Du musst mir aber versprechen, dass du dich nicht aufregst!«

»Hallo? Mich regt eher auf, dass du nicht einfach mal fragst!«

»Naja, es ist wegen, ehm, Micky.«

Ach Mensch, war ja klar, dass sie irgendwann damit anfangen würde, aber musste das nun heute sein? Musste es überhaupt sein? Ich seufzte.

»Und, was ist mit ihm?«

»Es geht ihm nicht gut, weißt du. Eigentlich schon seit er vor ein paar Wochen bei euch war und du ihn sozusagen rausgeschmissen hast. Nichts gegen dich«, sagte sie hastig. »Du hattest bestimmt deine Gründe, aber er ist mein Bruder und ich liebe ihn sehr!«

Das konnte natürlich nur von Mercedes kommen. Soweit kannte ich sie mittlerweile. Ihre Familie stand über allem. Und ich kannte wirklich niemanden, der oder die *ich liebe ihn* so ganz locker über den eigenen Bruder sagen würde.

Es ging Micky also nicht gut. Was sollte das heißen?

»Was hat er denn?«, fragte ich mittlerweile doch etwas beunruhigt.

»Na, es geht ihm nicht gut«, sagte Mercedes wieder.

»Ja, aber was hat er denn?«, fragte ich ungeduldig.

»Es geht ihm ein bisschen wie dir, glaube ich. Nur, dass er nicht darüber redet. Er will immer nur mit dir sprechen. Aber du willst ja nicht. Sonst hättest du ihm ja mal geantwortet, meint er. Kannst du dich nicht einmal mit ihm treffen? Ich könnte ja dabei sein, wenn du ihn nicht alleine treffen willst.« Sie legte den Kopf schief.

Mist. Ich wusste doch, dass da noch irgendetwas offen war. Aber ich war so beschäftigt mit mir selbst gewesen, dass ich niemals auf die Idee gekommen war, es könnte jemand anderem ähnlich schlecht gehen. Und ja, stimmt. Micky hatte mich doch um ein Treffen gebeten. Das war an dem Tag, öh – ja, wann war das gewesen?

Meine Erinnerung setzte schlagartig wieder ein. David hatte nach Tinka gefragt, welcher übrigens das Handy ins Klo gefallen war und seitdem nicht mehr funktionierte. Wie kann man nur so blöd – naja, ich sag nichts mehr. Mir waren schon seltsamere Dinge passiert. Ich sollte lieber den Mund halten.

Jedenfalls war es ewig her. Es hatte sich eben alles nur um mich gedreht. Auch bei uns zu Hause war es eine ganze Zeit ziemlich still gewesen. Niemand kam vorbei wie sonst. Bis auf Leni, aber die gehörte mittlerweile schon zu dem engsten Kreis der Familie.

»Okay«, sagte ich, und sah Mercedes direkt in die Augen. »Aber lieber alleine.«

Gleich am nächsten Tag sollte das Treffen mit Micky stattfinden. Ich wollte ihn nicht so gerne bei mir zu Hause haben, darum hatte ich vorgeschlagen, uns nach dem Unterricht in der Aula zu treffen. Ich hatte es mir an der Wand zwischen dem Gang zum Außenbereich und der Aula auf einem der vielen Stühle gemütlich gemacht und wartete mit eisigen Fingern und vermutlich hochrotem Kopf auf ihn. Von meinem Magen mal ganz zu schweigen. Der veranstaltete gerade wilde Experimente mit seinem Inhalt. Mir war schon ganz schlecht.

Endlich sah ich ihn. Er stand auf der gegenüberliegenden Seite und sprach mit einem Mädchen, das ich vom Sehen kannte. Sie arbeitete bei der Schülerzeitung, so viel wusste ich. Ungeduldig wippte ich mit den Füßen. Was redeten die denn da? Ich dachte, es wäre ihm so wichtig, mich zu treffen? Ein seltsames Gefühl machte sich in mir breit.

Gerade eben war mir vor Aufregung noch schlecht gewesen, jetzt war ich auf einmal nur noch wütend. Vielleicht sollte ich einfach gehen? Unschlüssig sah ich mich nach meiner Tasche um, die hinter mir stand. Als ich wieder zu Micky sah, war er verschwunden. Äh, was jetzt?

»Wollen wir woanders hingehen?« Zwei Beine waren vor mir aufgetaucht. Überrascht sah ich hoch zu der Stimme, die zu den Beinen gehörte.

Und da stand er. Micky.

Mein Herz machte blupp und gleichzeitig verabschiedete sich mein Sprachzentrum, denn ich war unfähig, irgendwas zu sagen. Was war denn los mit mir? Ich starrte ihn an, als ob ich noch niemals einen Menschen gesehen hätte.

Mein Blick blieb an seinem Mund hängen, der ein bisschen schief stand, was vielleicht daran lag, dass er einen Ansatz von Lächeln zeigte.

»Komm«, sagte Micky und zog mich mit der einen Hand etwas vom Stuhl hoch, an dem ich wie festgetackert saß.

Endlich kam wieder Leben in mich.

»Wohin?« Meine Stimme klang wie eingerostet und ich musste andauernd schlucken, weil mein Mund so trocken war. Immerhin stand ich auf.

»In den Schülerraum. Ich habe den Schlüssel.«

»Bist du auch bei der Schülerzeitung?«

»Ja, ich schreibe ab und zu was für die. Aber für den Social-Media-Artikel über dich kann ich nichts. Das war ein Mädchen aus der Achten. Lou heißt die. Aber sie ist jetzt raus bei uns. Komm, hier lang.«

Micky lenkte mich Richtung Schülerzimmer.

»Dürfen wir denn da überhaupt rein?«

Micky sah mich unbestimmt an. »Da ist jetzt keiner. Und ja, ich darf da rein. Und dann kann ich ja wohl jemanden mitnehmen, oder?«

Ich blieb abrupt stehen. So ganz alleine mit Micky in einem Raum, in dem sonst niemand war. Hm.

»Wir können die Tür auflassen, wenn dir das lieber ist. Aber da ist es gemütlicher als auf den Stühlen in der Aula.«

Konnte der auch Gedanken lesen? »Okay«, brachte ich heraus und setzte mich wieder in Bewegung.

»Da sind wir.« Micky schloss die Tür auf und gab den Blick in einen kleinen Raum frei, in dem sich außer einem niedrigen Tisch mit Sesseln drumherum auch eine kleine Küchenzeile befand. In der Ecke stand sogar ein Sofa. Es sah aus wie ein kleines Wohnzimmer. Aber es wirkte sehr clean. Schließlich sah ich an der einen Wand einen Fotokopierer und einen Ablagetisch. Daneben standen zwei Rechner. Hier wurde auf jeden Fall auch gearbeitet.

»Setz dich einfach irgendwohin. Ich mache uns einen Tee.«

Nach ein paar Minuten kam Micky mit zwei dampfenden Bechern zurück und stellte sie auf den niedrigen Tisch. »Ich hoffe, du magst Früchtetee, was anderes haben wir im Moment nicht.«

»Schon okay.« Ich hüstelte etwas ungekonnt, und griff nach einem der Becher. Es war gut, etwas Warmes in den Händen zu halten, es beruhigte mich etwas.

Micky sah mich prüfend an. »Ich möchte etwas mit dir besprechen, was ich noch niemandem erzählt habe. Und ich weiß nicht genau, wie ich es sagen soll, ohne dass du mich für vollkommen bescheuert hältst.«

»Keine Sorge.« Ich machte eine wegwerfende Bewegung. »Wenn sich hier jemand Gedanken darum machen muss, dann ja wohl eher ich.« Plötzlich war ich wieder ganz bei mir. Micky hatte ein Problem und er wollte mit mir darüber reden.

Ich schaltete in den Krankenschwestermodus und sah ihn, wie ich hoffte, verständnisvoll an. So, wie Frau Himmelreich das manchmal machte. Ich sollte möglicherweise auch in Erwägung ziehen, später eine Laufbahn als Therapeutin einzuschlagen.

»Ja also«, begann Micky. Er war offensichtlich sehr nervös, denn er drehte seinen Becher ununterbrochen in der Hand. »Als du da gelegen hast, du weißt schon, auf dem Spielplatz. Da war kurz, also, als ob …«

»Hrhrm. Alles in Ordnung hier?« In der Tür stand Frau Greif und blinzelte uns an.

Obwohl wir uns nur unterhalten hatten, fuhren wir auf, als ob das etwas Verbotenes wäre.

Micky hatte sich besser im Griff als ich. »Alles okay. Wir besprechen nur gerade etwas.«

»Dann ist es ja gut.« Frau Greif lächelte verhalten. »Ich lasse euch wieder allein. Soll ich die Tür lieber zumachen?«

Micky sah mich an. Ich nickte.

»Na dann.« Frau Greif drehte sich um und zog die Tür leise hinter sich zu.

Wir standen eine Zeitlang reglos voreinander. Es war, als hätte jemand einen Vorhang beiseite geschoben und wir würden uns zum ersten Mal richtig sehen.

Plötzlich war die Luft um uns herum ein einziges Knistern. Gleichzeitig machten wir einen Schritt aufeinander zu. Und dann spürte ich Mickys Atem ganz dicht bei meinem, seine Hände, die mich sanft an sich zogen und dann schließlich nur noch seinen Mund auf meinem. Ich schwebte irgendwo zwischen Himmel und Erde und wünschte, dass dieses Gefühl nie wieder aufhören würde.

»Ihr habt euch geküsst?« kreischte Tinka.

»Pst, nicht so laut, bist du irre?« Fast hätte ich ihr den Mund zugehalten.

Wir saßen oben bei mir im Zimmer. Ich hatte einfach das dringende Bedürfnis gehabt, mit jemandem über diesen ersten richtigen Kuss meines Lebens zu sprechen. Dabei war meine erste Wahl auf Tinka gefallen.

Schließlich konnte ich damit wohl schlecht zu Mercedes gehen, oder? Zu seiner Schwester. Nein, wirklich nicht.

»Und dann?« Tinka wirkte etwas atemlos.

»Wie – und dann? Dann sind wir irgendwann wieder gegangen.«

»Und – was wollte er dir nun eigentlich erzählen?«

Tja, das war jetzt so eine Sache, die ich mit Tinka lieber nicht besprechen wollte. Außerdem wäre das Micky gegenüber unfair. Schließlich hatte er nur mir davon erzählt. Und die einzige Person, der ich es überhaupt hätte erzählen wollen, schwebte gerade in Richtung New York irgendwo über uns in einem Flugzeug. Leni suchte mal wieder überall in der Weltgeschichte nach neuen Ideen.

»Ach, das war gar nichts weiter. Wahrscheinlich nur ein Vorwand. Wie sieht es denn bei dir und David aus?«, versuchte ich abzulenken.

Tinka zog eine Schnute. »Pff, keine Ahnung. Manchmal denke ich, da ist was zwischen uns und dann ist David wieder so – «

»Was?«, hakte ich nach.

»Ich weiß nicht, es ist auch komisch, das mit dir zu besprechen.«

Daran hatte ich noch gar nicht gedacht. Ihr ging es mit mir so ähnlich, wie mir mit Mercedes! Schließlich war ich Davids Schwester.

»Na, so kühl irgendwie. So abweisend«, fuhr Tinka bekümmert fort.

»Ich glaube ganz bestimmt, dass er dich gerne hat«, sagte ich mitfühlend und lächelte sie dabei an. »Ich bin mir sogar sicher. Vielleicht ist mein großer Bruder ja auch einfach schüchtern!«

»Meinst du?«, fragte Tinka ungläubig.

Ich zuckte mit den Schultern. »Könnte doch sein.«

»Hm.« Tinka stand auf. »Ist er gerade da?«

»Ich glaube schon. Guck doch einfach nach.«

»Das mache ich auch.« Damit rauschte sie aus der Tür.

Ich blieb noch eine Weile auf der Bettkante sitzen, schlang die Arme um meine hochgezogenen Knie, und ließ den Nachmittag noch einmal an mir vorbeiziehen.

Konnte man glücklicher sein? Nein, entschied ich. Es konnte nichts Schöneres geben als dieses wunderbare Gefühl.

Kurz dachte ich noch einmal daran, was Micky mir zwischendurch ins Ohr gemurmelt hatte. Ganz leise, so, dass wirklich niemand außer mir es hören konnte. *»Ich war kurz der Meinung, so ein Flimmern über dir gesehen zu haben.«*

Aber ich hatte noch alle Zeit der Welt, mir darüber Gedanken zu machen. Jetzt, in diesem Augenblick, war ich irrsinnig glücklich. Und nichts und niemand konnte mir das nehmen. Alles andere war unwichtig. War das nicht verrückt? Zum ersten Mal in meinem Leben hatte ich nicht das Bedürfnis, etwas zu analysieren. Ich war verliebt!

Danke

Als Ersten möchte ich Fenna und meinem kleinen Mann mit Brille danken. Ersterer, weil unter anderem durch sie der Anstoß zu dieser Geschichte kam, Zweiter, weil sie das Buch von Anfang an begleitet hat und mir mit unermüdlicher Geduld zur Seite stand.

Außerdem möchte ich mich bei meiner Tochter bedanken, die sich die Buchidee anhörte und für gut befand. (Ja, ich weiß, die Ursprungsversion war eine andere.)

Danke an Onida, die mir ihre Augen »lieh« und mir in Bezug auf Jugendsprache unter die Arme griff!

Ein besonderer Dank an Kirsten, die verschiedene Korrekturen anmerkte und akribische Fehlersuche betrieb. :)

Ein dickes Dankeschön an Laurent, der mir bei allem, was Physik betrifft, weitergeholfen hat.

Ebenfalls unersetzlich waren meine Testleserinnen:

Sisa Liya, danke für die konstruktive Kritik!

Janine, ich habe durch die Anmerkungen noch einiges bereinigen können! Ich hoffe, dass es zu einer Zusammenarbeit kommt.

Anni, dankeschön. Die Aufmunterung konnte ich gut gebrauchen!

Noch einmal an alle: Danke, ihr habt mich soooo weitergebracht!

Im Voraus danke ich jetzt schon meinen Erstlesern Claudia und ihren Kindern, hoffentlich gefällt es euch!

Und zuletzt möchte ich mich bei meiner Familie bedanken. Lucas, für einen unbeschreiblich guten Soundtrack. Petra, für die Auswahl des Covers und viele geduldige Gespräche. Detlef, für die Partitur zu dem Soundtrack, nachdem ich die Melodie auf dem Klavier geklimpert habe. Meiner Mutter, die sich das alles anhören musste und uns eine Unterweisung in den Tonarten gab. Gelernt ist gelernt!

Und danke an alle, die mich unterstützt haben, hier aber nicht aufgeführt sind. Ihr seid wunderbar!